오 헨리 단편 소설을 다시 읽다

오 헨리 단편 소설을 다시 읽다

김욱동 지음

시리즈 네 번째 고전

이 책은 '원문과 함께 읽는 고전 작품 해설' 시리즈의 네 번째에 해당한다. 『노인과 바다를 다시 읽다』, 『동물농장을 다시 읽다』, 『위대한 개츠비를 다시 읽다』를 잇달아 출간한 뒤 이번에 『오 헨리 단편소설을 다시 읽다』를 내보낸다.

첫 번째 책의 책머리에서 나는 '고전'이라는 산에 오르려는 독자들에게 친절한 안내자의 역할을 맡겠다고 밝혔다. 이 점에서는 이 책도 앞의 책들과 다르지 않다. 이 책에서 나는 오 헨리가 어떻게 작품을 구상하고 집필하고 출간하였는지, 어떤 주제를 염두에 두고 창작하였는지, 시간과 공간의 벽을 뛰어넘어 현대 독자들에게 어떠한 보편적 의미를 전달하는지, 형식과 기교를 어떻게 사용하였는지, 한국어 번역 텍스트의 수준이나 상태는 과연 어떠한지 등 여러 문제를 폭넓게 다루었다. 또한, 어떤 특정한 비평 유파나 이론에 치우치지 않고 넉넉한 시선으로 텍스트를 읽으려고 애썼다는 점에서도 이 시리즈의 이전 책들과 크게 다르지 않다.

본명이 윌리엄 시드니 포터인 오 헨리는 20세기 초엽 미국 뉴욕 시를 중심으로 활약한 작가다. 장편 소설은 한 편도 쓰지 않고 오직 단편 소설만 집필하였다. 그에게 단편 소설은 문학을 떠나 삶 그 자체였다고 할 수 있다. 신산스러운 삶에서 벗어나기 위한 몸부림이었으며, 수감 생활을 하고 사회에 나온 뒤 생활비를 벌 수 있는 유일한 수단이었다. 이렇듯 구체적인 삶을 떠나 단편 소설은 그에게 이렇다 할 의미가 없었다.

지금도 크게 달라지지 않았지만 오 헨리에게는 얼마 전까지만 해도 '통속 작가' 또는 '대중 작가'라는 달갑지 않은 꼬리표가 어두운 그림자처럼 늘 붙어 다니다시피 하였다. 문학성보다는 대중의 인기에 영합하여 작품을 썼기 때문일 것이다. 그러나 순수 문학과 대중 문학 사이에 놓여 있던 높다란 장벽은 이제 베를린 장벽과 함께 허물어져 버렸다. 순수 문학과 대중 문학을 구분 지어야 한다는 주장은 그럴듯해 보이는 논리 한 꺼풀만 벗겨놓고 보면 한낱 기득권이나 현 상태를 유지하려는 음모에 지나지 않는다. "모든 것은 이데올로기"라는 말도 있듯이 이 두 문학을 엄격히 구분하려는 시도는 어디까지나 이데올로기에서 비롯했을 뿐이다. 문학에는 '훌륭한' 문학과 '훌륭하지 못한' 문학이 있을 뿐, 순수 문학이나 대중 문학이란 따로 없다.

48년이라는 짧은 생애에 오 헨리는 무려 300여 편이 넘는 작품을 썼다. 그중 30여 편은 어디에 내놓아도 조금도 손색이 없을 만큼 아주 훌륭하다. 미국 문학사는 말할 것도 없고 세계 문학사에서도 그의 단편 소설은 최고봉을 차지하고 있다. 더구나 오 헨리는 단편 소설의 수준을 한 단계 끌어올렸다. 유형적 인물의 성격 창조라든지, 예상치 않은 방향으로 작품을 끝내는 '트위스트 엔딩'이라든지, 온갖 어휘와 수사법을 사용하는 언어 구사력 등에서 그를 따를 만한 작가가 없다. 아무리 그를 날카롭게 비판하는 사람도 그가 단편 소설 장르에서 이룩한 업적을 인정하지 않을 수 없을 것이다.

나는 이 책을 쓰면서 문학을 공부하는 대학생과 대학원 학생을 예상 독자로 삼았지만, 인문학에 관심 있는 일반 독자도 염두에 두었다. 이 책에 이어 앞으로도 영국과 미국 문학에서 '현대의 고전'으로 일컬을 수 있는 작품을 선별하여 단행본으로 계속 출간할 것이다. 끝으로 이 책이 햇빛을 보기까지 여러모로 수고해준 이숲 출판사의 임왕준 주간에게 고마움을 전한다.

2017년 정월
해운대에서 김욱동

제1부

오 헨리의 단편 소설

제1장
'윌리엄 시드니 포터'에서 '오 헨리'로

　미국의 현대 소설가 어니스트 헤밍웨이는 불행한 어린 시절이야말로 작가에게 더할 나위 없이 좋은 교육이 된다고 말한 적이 있다. 어린 시절에 겪은 뼈저린 고통과 절망은 뒷날 작가가 작품을 쓰는 데 창조적 에너지가 될 수 있다는 말이다. 그런데 헤밍웨이의 이 말은 어느 작가보다도 미국의 대표적인 단편 소설 작가라고 할 오 헨리에게 참으로 잘 들어맞는다. 좁게는 미국 문학사, 넓게는 세계 문학사를 통틀어 오 헨리만큼 불행한 어린 시절을 보낸 작가도 찾아보기 쉽지 않기 때문이다.

　남북전쟁이 한창 진행 중이던 1862년 9월 미국 노스캐롤라이나 주 길퍼드 군 그린스버러에서 남쪽으로 몇 킬로미터 떨어진 농장 '워스 플레이스'에서 태어난 오 헨리는 일찍이 세 살 때 폐결핵으로 고생하던 어머니를 여의었다. 지금과는 달라서 이

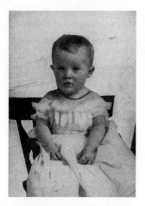

어린 시절의 오 헨리. 미국 노스캐롤라이나 주 그린스버러 근교 길퍼드 농장에서 태어난 그는 불우한 어린 시절을 보냈다.

무렵 폐결핵은 난치병과 다름없어 한번 걸리면 죽음으로 이어지기 일쑤였다. 아내가 사망하자 오 헨리의 아버지는 어린 아들을 데리고 어머니 집으로 들어가 살았다. 그러나 독학으로 내과 의사가 되다시피 한 오 헨리의 아버지는 정신질환 증세를 보이는 데다 알코올 중독자로 아버지 구실을 제대로 하지 못하였다. 이렇게 고아와 다름없던 오 헨리는 할머니와 고모 밑에서 자라면서 무척 외로운 어린 시절을 보내야 하였다.

오 헨리는 고모 이블리나 마리아 포터가 운영하는 초등학교를 졸업한 뒤 그린스버러의 린지 스트리트 고등학교에 입학했지만, 가정 형편이 어려워 학업을 중단하고 열다섯 살이 될 때까지 고모 밑에서 공부하였다. 1876년 오 헨리는 삼촌의 약국에서 조수로 일하기 시작하여 열아홉 살 때 약제사 자격증을 획득하였다. 뒷날 교도소에 갇혔을 때 그는 이곳에서 약제사로 일하게 되어 다른 수감자들보다 비교적 편안하게 수감 생활을 할 수 있었다. 약국에서 근무하면서 오 헨리는 미술에 대한 재능을 발휘하여 틈틈이 동네 사람들을 스케치하곤 하였다. 삼촌이 없는 동안 손님이 돈이 없어 외상으로 약을 구입할 때면 오 헨리는 그 손님을 스케치하여 삼촌에게 보여 주었다. 그런데 그가 스케치한 인물이 아주 사실적이어서 삼촌은 그 손님이 누구인지 금방 알아볼 정도였다는 것이다.

오 헨리는 뒷날 「사랑의 희생」이라는 작품에서 이러한 경험을 감동적인 작품으로 형상화한다. 주인공 조 래러비가 약국에서 일하던 시절에 그린 그림을 약국 진열장에 걸어놓은 것을 언급하는 장면이 나온다.

> 회화 예술에 대한 천부적인 재능을 타고난 조 래러비는 일찍이 미국 중서부의 떡갈나무가 많이 자라는 습지 출신이었다. 이미 여섯 살 때 어느 저명인사가 읍내 우물 펌프 가를 바삐 지나가는 모습을 그린 적이 있었다. 이 작품은 액자에 끼워져 고르지 않게 알이 박힌 옥수수 이삭과 함께 약국 진열장에 걸려 있다.

이 작품에서 조는 오 헨리 자신으로 보아 크게 틀리지 않는다. 두 사람은 예술에 대한 "천부적인 재능"을 타고났지만, 조가 회화 예술(미술)에 탁월한 재능이 있는 반면, 오 헨리는 회화 예술뿐 아니라 언어 예술(문학)에도 탁월한 재능이 있다는 점이 다

흔히 '미국의 모파상'으로 일컫는 오 헨리의 캐리커처. 그는 미국 문학사뿐 아니라 세계 문학사에 단편 소설 장르를 확립했다.

르다. 또한, 위 인용문에서 어느 저명인사 중의 한 사람은 그린스버러에서 개업하고 있던 의사 제임스 K. 홀이다. 오 헨리는 약국에서 홀이 처방한 약을 조제하면서 틈틈이 이 의사의 캐리커처를 그리곤 하였다. 그런데 이 두 사람의 관계는 단순히 의사와 약사와의 관계 이상이었다. 말하자면 홀과 오 헨리는 아버지와 아들 같은 관계였다. 홀은 오 헨리를 아들처럼 생각하고, 오 헨리는 홀을 아버지처럼 따랐다.

오 헨리의 어머니가 폐결핵으로 사망하였듯이 그 자신도 건강이 썩 좋은 편은 아니었다. 어머니와 마찬가지로 폐결핵과 천식 증세를 보인 그는 1882년 봄 제임스 홀과 함께 그린스버러를 떠나 이 무렵 황무지와 다름없던 텍사스로 갔다. 좀 더 따뜻한 남부 지방에 가면 천식 증세가 조금이라도 완화될 것 같았기 때문이다. 마침 홀의 아들 리처드가 텍사스 주의 라샐 군에서 목장을 경영하고 있었다. 오 헨리는 리처드의 집에 머물면서 텍사스의 대초원에서 목동과 우편배달부 노릇을 하며 외롭게 지냈다. 이곳에서 이민자들로부터 프랑스와 독일어를 배우고 멕시코 이민자들로부터는 스페인어를 배웠다. 평소 음악에 관심

있던 그는 이민자들로부터 민속 음악을 배우기도 하였다.

리처드 홀의 아내 엘리자베스는 교육을 많이 받은 여성으로 집의 서재에 책을 많이 가지고 있었다. 오 헨리는 이 서재에서 소설, 시, 역사, 전기, 과학, 잡지 기사 등 그야말로 닥치는 대로 읽었다. 특히 그는 늘 큼직한 『웹스터 대사전』을 옆에 놓고 읽고 또 읽었다. 사전을 '읽는다'는 것이 조금 이상하게 들릴지 모르지만, 그는 사전을 뒤적이면서 음식을 먹듯이 게걸스럽게 어휘를 습득하였다. 오늘날 젊은 세대들이 스마트폰을 늘 손에 들고 있는 것처럼 그는 사전을 가까이하였다. 그의 풍부한 어휘력과 정확한 어휘 구사력은 바로 이때 습득한 것이다.

그로부터 2년 뒤, 그러니까 1884년 봄 오 헨리는 라샐 농장

텍사스 주 오스틴에서 오 헨리가 거주하던 집으로 지금은 오 헨리 기념관으로 사용되고 있다.

텍사스 주 오스틴에서 단란한 결혼 생활 시절 아내와 딸과 함께 찍은 사진. 오 헨리는 폐결핵으로 아내를 일찍 잃었다.

을 떠나 오스틴으로 거처를 옮겼다. 조지프 해럴의 집에서 머물면서 그는 약제사, 제도사, 은행 출납계 직원, 저널리스트 등 온갖 일에 종사하였다. 특히 이 무렵 리처드 홀이 텍사스 주 토지 감독관 직책을 맡고 있었기에 오 헨리는 텍사스 주의 토지 사무소(GLO)에서 제도사로 근무하면서 평소 관심을 두던 그림과 삽화의 실력을 한껏 발휘할 수 있었다. 다른 곳에서처럼 오스틴에서도 그는 새로운 환경에 적응하면서 주위 인물과 상황을 예리하게 관찰하였다. 이러한 경험은 뒷날 그가 작가가 된 뒤에 소중한 자산이 되었음은 두말할 나위가 없다. 물론 그는 틈틈이 글 쓰는 일도 게을리하지 않았다.

오 헨리는 고향을 떠나 먼 타향인 텍사스 주 오스틴에서 살면서 부유한 집안의 딸인 애설 에스티스를 만나 사랑하지만, 그녀의 어머니가 한사코 반대하는 바람에 쉽게 결혼할 수 없었다. 그녀의 어머니가 두 사람의 교제를 반대한 것도 그렇게 무리가 아닌 것이 이때 에설은 겨우 열일곱 살밖에 되지 않은 고등학생인 데다 폐결핵을 앓고 있었기 때문이다. 마침내 두 사람은 도

1894년 오 헨리가 오스틴에서 은행에 근무하며 발행한 주간 유머 잡지 『롤링스톤』

망하다시피 하여 어렵사리 결혼하였다. 그러나 조산아로 태어난 첫아들은 태어난 지 몇 시간 만에 사망하고, 애설도 이듬해 딸을 낳은 뒤 마침내 사망하고 말았다.

오스틴 은행에 근무하던 시절 오 헨리는 『롤링스톤』이라는 유머 주간잡지를 편집하여 발간하기도 하였다. 잰 위너가 뉴욕 시에서 발행하는 로큰롤 잡지와 제호가 같은 것이 흥미롭다면 흥미롭다. 은행을 그만둔 뒤부터 오 헨리는 이 잡지를 발간하는 데 온 힘을 쏟았다. 남부 생활이며 인물들이며 정치에 대한 풍자며 만화와 삽화 등과 함께 오 헨리가 직접 쓴 단편 소품과 스케치 등을 실었다. 한때 1,500부가 팔릴 정도로 독자를 확보했지만 1895년 4월 독자의 반응이 신통하지 않은 데다 계속 발간할 자금이 부족하여 결국 일 년 만에 종간하고 말았다.

이 잡지를 종간하면서 오 헨리는 그 특유의 유머와 위트로 "그 잡지는 일 년쯤 굴러가다 누가 보아도 이끼가 끼는 징조가 보였다. 이끼와 나는 한 번도 친구가 된 적이 없으며, 그래서 『롤링스톤』과 작별을 고하고 말았다."라고 밝힌 적이 있다. 여

텍사스 주 오스틴에서 은행원으로 근무할 무렵의 오 헨리. 이때 은행 공금 유용으로 검찰에 기소되었다.

기서 그는 "구르는 돌에는 이끼가 끼지 않는다."라는 서양 격언을 빗대어 말하고 있다. 그러나 이 주간잡지 출간은 문필에 대한 그의 관심을 가늠해 볼 수 있는 대목이다. 이 주간지는 비록 실패로 돌아갔지만 그의 글과 삽화가 『휴스턴 포스트』 신문 편집인의 관심을 끌어 이 신문에 칼럼을 연재하는 계기가 되었다.

오스틴에서 잠시 은행에 근무하던 오 헨리는 공금 유용 혐의로 경찰에게 쫓기는 몸이 된다. 경찰에 체포되어 구속되지만 장인의 도움으로 가까스로 보석으로 풀려나 재판을 받게 되었다. 그러나 루이지애나 주 남단에 있는 도시 뉴올리언스를 거쳐 중앙아메리카 온두라스로 피신하였다. 그 뒤 아내의 병이 위중하다는 전갈을 받고 잠시 귀국하였다가 검거되어 재판을 받았다. 마침내 5년 유죄 판결을 받고 3년 3개월 동안 오하이오 주 콜럼버스에 있는 연방 교도소에서 수감 생활을 하였다.

오 헨리가 은행에 근무하는 동안 정말로 공금을 횡령했는지, 아니면 억울한 누명을 쓰고 있었는지는 그 자신 말고는 아무도 모른다. 그가 사망한 지도 벌써 한 세기 이상이 지난 지금 그 사건은 더더욱 수수께끼로 남아 있을 수밖에 없다. 다만 한 가지 분명한 것은 그를 비롯한 은행 책임자들이 회계 기록을 소홀히 했다는 점이다. 더구나 오 헨리는 오스틴을 떠나 뉴올리언스와 온두라스로 도피함으로써 혐의 사실을 더욱 입증하는 결과를 낳았다. 그가 도피 행각을 벌이지만 않았어도 혐의에서 풀려날 수도 있었을지 모른다. 재판이 진행되는 동안 그는 체념한 채 조금도 자신을 방어하려고 하지 않고 오직 변호사에게 모든 것을 맡기다시피 하였다.

뉴욕 시에 살던 무렵 오 헨리는 한 친구에게 조지프 콘래드의 한 작품을 언급하면서 "나는 로드 짐과 같네. 우리 두 사람은 인생의 가장 중요한 시기에 한 가지 치명적인 과오를 범했지. 그런데 우리는 그 과오로부터 회복할 수 없었거든."이라고 털어놓은 적이 있다. 여기서 오 헨리가 '치명적인 과오'가 과연 공금 횡령을 두고 말하는 것인지, 아니면 도피 행각을 두고 말하는 것인지는 지금으로써는 알 길이 없다. 여러 정황으로 미루어 보아 그가 근무하던 은행 직원이 대부분 은행 장부를 소홀히 관리한 것 같다. 오 헨리의 전임자도 사표를 제출해야 했고 그의 후임자는 자살 시도까지 했다는 사실은 이 점을 뒷받침한다.

오 헨리에게 교도소 생활은 그야말로 치명적이었다. 가뜩이나 내성적인 데다 신경이 과민한 그에게 수감 생활은 감당하기 어려운 것이었다. 약제사로서 비교적 편안하게 수감 생활을 했는데도 오 헨리는 감옥 생활에서 처참한 삶의 모습을 목격하고 적잖이 절망에 빠지곤 하였다. 감옥에서 장인에게 보낸 한 편지에서 그는 "[감옥]에서처럼 인간의 삶이 그처럼 가치 없는 것인 줄은 예전에 한 번도 상상해 본 적이 없습니다."라고 고백하였다. 그러면서 "이곳에서 인간은 영혼이나 감정이 없는 짐승 취급을 받고 있지요."라고 털어놓았다.

수감 생활 이후 오 헨리는 '수인(囚人) 트라우마'라고 일컬을 수 있는 정신적 외상을 겪었다. 감옥 문을 나서자마자 오 헨리는 그 이전의 모든 삶에 대하여 완전히 잊고 싶었다. 그는 "이제 두 번 다시 감옥 이름을 언급하지 않을 것이네."라고 수감 생활을 하면서 비교적 친하게 지낸 앨 제닝스에게 털어놓은 적이 있다. "죄와 벌에 대해 이제 한마디도 입 밖에 내지 않겠네…. 내가 이 감옥 벽 뒤에서 호흡했다는 사실을 잊으려고 하네." 그의 말대로 오 헨리는 콜럼버스의 감옥에서 출옥한 뒤 완전히 다른 사람으로 탈바꿈하다시피 하였다.

오 헨리는 3년 남짓 수감 생활을 하면서 몹시 수치심과 굴욕감을 느꼈다. 오하이오 연방 교도소에서 의사로 근무한 존 토머스는 "지난 8년 동안 교도소 의사로서 만 명이 넘는 죄수들을 다루어 왔지만 오 헨리처럼 수감 생활에 대해 그토록 굴욕감을 느낀 사람을 만나 본 적이 없다."라고 회고하였다. 그러나 오 헨리가 수감 생활을 하면서도 한 가지 다행스러운 것은 교도소 약국에서 약제사로 일할 수 있었다는 점이다. 약사 자격증이 있는 덕분에 그는 약제사가 퇴근한 야간에 약제사로 일할 수 있었다. 글을 쓸 시간이 생긴 것은 말할 것도 없고 다른 수감자들과 떨어져 혼자 있을 수 있었다. 더구나 오 헨리는 그 뒤 한 간수의 개인 비서가 되면서 교도소 밖에서 생활할 수도 있게 되었다.

이렇게 다른 수감자들보다 비교적 편안하게 수감 생활을 하던 오 헨리는 틈틈이 작품을 쓰기 시작하였다. 그에게 수감 생활은 그동안 관심을 기울여 온 글을 쓸 수 있는 더할 나위 없이 좋은 계기가 되었다. 『모비 딕』(1851)의 작가 허먼 멜빌은 고래잡이를 하던 드넓은 바다를 두고 "나의 하버드 대학이요 나의 예일 대학"이라고 부른 적이 있다. 이렇듯 그에게 고래잡이 하던 대양은 교육과 문학 수업의 장(場)과 다름없었다. F. 스콧 피츠제럴드와 어니스트 헤밍웨이에게는 프랑스 파리의 카페가 문학 수업의 장이었고, 윌리엄 포크너에게는 미국에서도 오지 중의 오지라고 할 미시시피 시골과 자연이 교육장의 역할을 하였다. 그렇다면 오 헨리에게는 다름 아닌 연방 교도소가 바로 그러한 역할을 맡았던 셈이다.

감옥에서 생활하던 1898년 9월 오 헨리의 단편 소설 「라버
캐년의 기적」이라는 단편 소설이 마침내 미네소타 주 세인트폴
에서 발행하는 신문 『파이어니어 프레스』에 처음 발표되었다.
이 작품이 이 신문에 실리게 된 것은 S. S. 맥클루어 회사가 작품
을 배급하였기 때문이다. 물론 이 작품은 오 헨리가 감옥에 갇
혀 있을 때 쓴 것은 아니다. 한 해 전 오스틴에 머물던 1897년에
쓴 작품이다. 다만 발표가 조금 늦어져 그가 수감 생활을 할 때
세상의 빛을 보게 되었을 뿐이다. 그의 많은 작품 중에서도 '오
헨리'라는 필명이 아닌, 그의 본명 윌리엄 시드니 포터의 이름
으로 발표된 것은 이 단편 소설 한 편밖에 없다.

오 헨리가 수감 생활을 하고 있을 때 집필하여 발표한 작품
은 그 이듬해 12월 뉴욕 시에서 발행하던 잡지 『맥클루어스』에
실린 「휘슬링 딕의 크리스마스 스타킹」이라는 단편 소설이다.
이 작품 말고도 그는 「조지아의 지배」와 「돈의 미로」라는 작품
을 발표하기도 하였다. 그런데 오 헨리는 자신의 정체를 철저히
숨긴 채 친구를 시켜 원고를 잡지사에 대신 보내게 하였다. 물
론 그는 이름도 '오 헨리'라는 필명을 사용하였다. 그러므로 잡
지사나 신문사에서는 작품의 작가에 대해서는 까맣고 모르고
있었다.

감옥 문을 나서기 전까지 오 헨리는 단편 소설을 열두 편 정

도 썼다. 그 작품들을 모두 발표한 것은 아니었지만 그중 일부
는 잡지에 발표되어 이 무렵 독자들의 관심을 끌기 시작하였다.
그의 육체는 비록 감옥 벽에 굳게 갇혀 있었지만 그의 상상력은
오히려 바깥세상을 향하여 활짝 열려 있었다. 세계 문학사에서
오 헨리는 이렇게 감옥에서 작가로 데뷔했다는 점에서도 관심
을 끌기에 충분하다. 만약 교도소에서 수감 생활을 하지 않았더
라면 그는 어쩌면 작가가 되지 않았을지도 모른다. 이러한 가정
이 지나치다면, 적어도 오늘날 우리가 알고 있는 오 헨리 같은
작가는 아마 탄생하지 않았을 것이다.

그런데 오 헨리가 작가가 된 것은 결코 우연한 일만은 아니
었다. 고모가 경영하는 사립학교에서 교육을 받았을 뿐 이렇다
할 제도 교육은 받지 않았지만 그는 어렸을 적부터 문학에 자못
깊은 관심을 기울였다. 특히 그는 책 읽는 것을 무척 좋아하였
다. 고전적인 작품에서 흔히 '십 전 소설'이라고 일컫는 통속 소
설에 이르기까지 가리지 않고 닥치는 대로 읽고 또 읽었다. 그
중에서도 오 헨리가 특별히 좋아한 작품은 에드워드 윌리엄 레
인이 영어로 번역한 『아라비안나이트』(1840, 1859)와 영국의 저
술가 로버트 버튼이 쓴 『우울증의 해부』(1621)라는 책이었다.

아랍 문학의 최고봉으로 흔히 '천일야화(千一夜話)'로 일컫는
『아라비안나이트』는 그렇다고 쳐도 버튼의 『우울증의 해부』는

나이 어린 독자가 읽기에는 난해한 책이다. 버튼의 책은 우울증을 의학적으로 분석한 과학서이면서 동시에 철학서요 문학서이기 때문이다. 오 헨리가 어린 시절에 이렇게 난해한 책을 읽었다는 것은 그의 지적 수준을 가늠해 볼 수 있는 좋은 단서가 된다. 어찌 되었든 독서는 오 헨리에게 쓰라린 현실에서 벗어나기 위한 도피처였으며, 동시에 마음껏 상상의 나래를 펼 수 있는 찬란한 우주였다.

오 헨리에게 책을 읽는 습관을 붙이게 해 준 사람은 바로 그의 고모였다. 고모는 아버지를 대신하여 그에게 멘토 역할을 톡톡히 하였다. 사망하기 얼마 전 오 헨리는 "열세 살과 열아홉 살 사이에 나는 그 뒤에 읽은 것보다 더 많은 책을 읽었다."라고 털어놓은 적이 있다. 또한, "이 무렵 나의 독서 취향은 지금보다 훨씬 더 고상하였다. 고전 작품이 아니면 아예 읽지 않았다. (⋯) 스무 살이 되기 전에 나는 독서를 모두 마친 셈이다."라고 밝혔다. 뛰어난 작가가 흔히 그러하듯이 오 헨리도 제도 교육보다는 독서와 구체적인 삶의 경험을 통하여 작가 수업을 받았다. 그에게 제도 교육은 잘 맞지 않는 옷처럼 거추장스러운 것에 지나지 않았다.

수인(囚人) '30664번' 오 헨리는 1901년 7월 모범수로 형기보다 2년 가까이 일찍 감옥에서 풀려났다. 방금 앞에서 언급한 존 토머스 의사에 따르면 "그는 고분고분하게 규율을 잘 따르고 성실하게 수감 생활을 한 모범수였다. 그의 기록은 모든 면에서 깨끗하였다."라고 한다. 그도 그럴 것이 오 헨리는 행여 수감 생활 성적이 나빠 형기가 연장되지나 않을까 여간 조심하지 않았다. 교도소에서 불의를 보아도 화를 내고 행동을 옮기기보다는 혼자서 울분을 삭이는 편이었다. 어떤 의미에서는 지나치게 소심하고 기회주의적이라고 할 수도 있다. 그러나 하루라도 빨리 지옥 같은 교도소에서 벗어나기 위해서 그는 어쩔 수 없이 그렇게 할 수밖에 없었을 것이다.

감옥 문을 나서자마자 오 헨리가 기차를 타고 향한 곳은 펜실베이니아 주 피츠버그였다. 장인과 딸 마거릿이 살고 있는 이곳에서 육체적으로나 정신적으로 지친 몸을 추스르고 난 뒤 그는 뉴욕 시로 향하였다. 이 무렵 뉴욕은 지금 같은 활기찬 대도시는 아니었지만 소도시의 티를 완전히 벗고 있었다. 그는 1906년에 출간한 두 번째 작품집에 '4백만 명'이라는 제목을 붙였다. 그런데 이것은 이 무렵 뉴욕 시에 살고 있는 전체 주민의 숫자였다.

미국은 남북전쟁이 끝나고 난 뒤부터 산업화가 본격적으로 진행되면서 도시의 인구 유입이 급격하게 늘어났다. 유럽에서 많은 이민자가 도시로 밀려든 것도 바로 이 무렵이었다. 그래서 뉴욕을 비롯한 대도시는 이제 미국 생활에서 핵심적 역할을 하였다. 오 헨리는 고향 노스캐롤라이나 주와 텍사스 주 그리고 오하이오 주의 들판에 자신의 과거를 모두 떨쳐버린 채 이 새로운 대도시에서 새롭게 뿌리를 내리려고 하였다. 그는 강물처럼 도도히 흐르는 군중과 어울리며 대도시 뉴욕의 익명성 속에 안전하게 숨을 수 있었다. 그에게 텍사스가 잃어버린 건강을 추스르기 위한 휴식처였다면 뉴욕은 쓰라린 과거 악몽을 잊기 위한 피난처였다.

그런데 흥미로운 것은 뉴욕 시는 오 헨리에게 한낱 피난처가 아니라 제2의 고향과 같은 곳이 되었다는 점이다. 그가 뉴욕 시에 도착한 것이 1902년 2월이고 그곳에서 사망한 것이 1910년 7월이니 겨우 8년 남짓 이 도시에서 산 셈이다. 뉴욕에 도착하고 나서 처음 두 해 동안은 낯설기 그지없었다. 그러나 점차 뉴욕 생활에 적응하면서 그는 이곳에 깊이 뿌리를 내렸다. 사망하기 한 해 전, 그러니까 1909년 가을에 오 헨리가 찾아간 고향 노스캐롤라이나 주의 그린스버러는 오히려 낯선 타향과 같았다. "경치가 너무 좋고 공기가 너무 신선한" 것이 뉴욕 생활에 익숙해진 그에게는 오히려 부담스러웠다. 그래서 오 헨리는 그 이듬해 봄에 다시 뉴욕으로 돌아왔다.

고향 방문을 회고하면서 오 헨리는 "[고향의] 산들을 백 년 바라봐도 아무런 아이디어를 떠올릴 수 없었다. 하지만 [뉴욕의] 다운타운 한 블록만 걸어도 한 문장을 생각해 내고 사람들의 얼굴에서 무엇인지 볼 수 있었다―한마디로 이야기를 만들어낼 수 있었다."라고 고백한 적이 있다. 그만큼 뉴욕은 이제 그에게 삶의 일부가 되었던 것이다.

문학 지리학적 관점에서 보면 미국의 한 작가는 흔히 특정한 지역과 깊이 연관되어 있다. 가령 너새니얼 호손 하면 매사추세츠 주의 세일럼이 자연스럽게 떠오르고, 마크 트웨인 하면 미주리 주의 해니벌이 자연스럽게 떠오른다. 트웨인의 문학적 아들이라고 할 수 있는 윌리엄 포크너 하면 미시시피 주 옥스퍼드가 떠오른다. 이와 마찬가지로 로버트 프로스트 하면 뉴잉글랜드 지방이, 프랭크 노리스 하면 캘리포니아 주의 샌프란시스코가 떠오른다. 그런데 뉴욕 시 하면 이제 오 헨리를 쉽게 떠올리게 마련이다. 오 헨리와 뉴욕 시는 이제 떼려야 뗄 수 없을 만큼 깊이 연관되어 있다시피 하다.

오 헨리가 집필한 300편이 훨씬 넘는 작품 중에서 대부분은 그가 뉴욕에 이주한 뒤 이 도시에 살면서 쓴 것들이다. 또한, 그의 작품 중에서 뉴욕 시를 지리적 배경이나 소재로 쓴 작품이 가장 많다. 더구나 그의 가장 대표적이라고 할 작품은 대부분 이 도시를 중심적인 배경으로 삼고 있다. 가령 「마지막 잎새」

와 「크리스마스 선물」을 비롯하여 「준비된 등불」, 「순경과 찬송가」, 「재물의 신과 사랑의 신」, 「낙원에 들른 손님」, 「추수 감사절의 두 신사」, 「식탁에 찾아온 봄」 등 뉴욕 시가 배경이 된 작품은 하나하나 손가락에 꼽을 수 없을 정도이다.

20세기 초엽의 기준으로 보아도 짧다면 짧은 마흔여덟 살의 젊은 나이로 이 세상을 떠나면서 오 헨리는 한 친구에게 "뉴욕 시를 바라볼 수 있도록 창문의 커튼을 걷어주게나. 어둠 속에서 집에 돌아가고 싶지 않으니까."라고 말했다고 전해진다. 독일의 문호 요한 볼프강 폰 괴테는 임종의 시각에 "나에게 좀 더 빛을!"이라고 말하면서 죽었다. 얼핏 보면 두 사람이 임종을 맞이하면서 내뱉은 말이 서로 비슷한 것 같지만 실제로는 큰 차이가 난다. 괴테의 마지막 말이 자못 형이상학적이라면 오 헨리의 마지막 말은 좀 더 형이하학적이다.

오 헨리는 죽음을 맞이하는 행위를 뉴욕 시에 있는 자신의 집에 돌아가는 것으로 보았다. 그런데 그는 어둠 속이 아닌 밝은 빛 가운데에서 집에 돌아가고 싶었던 것이다. 오 헨리가 뉴욕 시에 얼마나 깊은 애정을 품고 있었는지 가늠해 볼 수 있는 대목이다. 비록 남부 노스캐롤라이나 주의 시골에서 태어나 성장하였고 텍사스의 초원에서 청년 시절을 보냈으면서도 그의 상상력은 언제나 뉴욕 같은 대도시를 향하여 활짝 열려 있었다.

오 헨리가 즐겨 찾던 뉴욕시의 피트 술집. "오 헨리 때문에 유명해진 술집"이라는 선전 문구가 보인다.

그런데 지금까지의 악몽 같은 과거를 모두 잊고 뉴욕 시에서 새로운 출발을 하기 위하여 오 헨리는 상징적 몸짓이 필요하였다. 자신의 이름을 바꾼 것이 바로 그것이다. 윌리엄 셰익스피어는 『로미오와 줄리엣』(1595)에서 "장미꽃을 다른 이름으로 불러도 아름다운 향기는 그대로"라고 말했지만 이름을 바꾸는 행위는 때로 상징적 의미가 무척 크다. 지금은 흔히 개인 이름과 성만 사용하지만 20세기 초엽만 하더라도 개인 이름과 성

사이에 중간 이름을 사용하는 것이 유행이었다. 그런데도 그는 '윌리엄 시드니 포터'라는 전형적인 앵글로색슨 본명을 버리고 평범하기 그지없는 '오 헨리'라는 이름을 필명으로 삼았다. 물론 감옥에서 작품을 기고할 때도 '오 헨리'라는 필명을 사용하였지만 뉴욕을 삶의 본거지로 삼은 뒤부터는 비교적 이 이름을 고집하였다.

오 헨리가 이렇게 이름을 바꾼 것은 「다시 찾은 삶」에서 금고털이 전문범인 주인공 지미 발렌타인이 수감 생활을 마치고 세상 밖으로 나와 새로운 삶을 다짐하면서 본래 이름을 버리고 '랠프 스펜서'로 이름을 바꾼 것과 궤를 같이한다. 이 작품에서 주인공이 이름을 '지미 발렌타인'에서 '랠프 스펜서'로 바꾼 것은 범죄자로서의 이제까지의 삶을 버리고 새로운 삶을 살겠다는 결연한 각오다. 지미와 마찬가지로 오 헨리도 이렇게 이름을 바꿈으로써 잿더미를 헤치고 다시 살아난다는 저 전설의 새 불사조처럼 어두운 과거라는 죽음에서 다시 툭툭 털고 일어나 예술가로 되살아나다시피 하였다. 앞으로 그에게서는 공금 횡령 수배자, 도피자, 수감인의 모습은 이제 아무리 눈을 씻고 찾아도 찾을 수 없을 것이다.

그런데 '윌리엄 시드니 포터'라는 그의 본명이 처음 세상에 알려진 것은 그가 사망한 지 몇 해가 지난 뒤였다. 버지니아 대학교의 C. 앨폰소 스미스 교수가 『오 헨리 전기』(1916)를 출간하면서 이 사실을 처음 밝혀내었다. 이렇듯 오 헨리는 윌리엄 시드니 포터라는 본명과 함께 어두운 과거를 사망하면서 무덤까지 가지고 갔다. 심지어 하나밖에 없는 그의 딸 마거릿조차 그 사실을 까맣게 모르고 있을 정도였다. 처가에서는 딸에게 아버지가 사업으로 멀리 집을 떠나 있다고 말했던 것이다.

이렇게 오 헨리는 자신의 본명과 수감 생활을 비롯한 모든 과거를 철저하게 숨겼다. 그는 대도시의 익명성에 자신의 과거를 숨겼을 뿐 아니라 '오 헨리'라는 필명으로도 자신의 과거 신분을 감추었다. 과거를 언급하기를 꺼린 그는 될 수 있는 대로 인터뷰를 멀리했을 뿐 아니라 신문 기자들의 카메라도 한사코 피하려고 하였다. 성인이 되어 찍은 그의 사진이 별로 남아 있지 않은 것도 바로 그 때문이다.

윌리엄 시드니 포터가 어떻게 해서 '오 헨리'라는 필명을 사용하게 되었는지 그 과정은 그 자체로 한 편의 소설과 같다. 윌리엄 트레보는 『오 헨리의 세계』(1973)라는 책의 서문에서 오 헨리가 3년여 동안 오하이오 주 연방 교도소에 수감되어 있을 때 '오린 헨리'라는 간수가 있었으며, 오 헨리는 그의 이름을 따서 필명을 지었다고 지적하였다. 그런가 하면 작가요 학자인 가이 대븐포트는 이와는 전혀 다른 주장을 펼치기도 한다. 즉 'O.

Henry'라는 이름은 'Ohio penitentiary'에서 첫 단어의 첫 글자 'O'와 'h', 그리고 둘째 단어에서 각각 'en'과 'ry'를 따와 만들었다는 것이다.

오 헨리의 이름과 관련하여 이와는 조금 다른 이야기도 전해온다. 앞에서 이미 언급하였듯이 1884년 그는 오스틴으로 이주하였고 3년 동안 조지프 해럴 가족의 집에서 방을 하나 얻어 살았다. 이때 해럴 가족들은 '헨리'라는 고양이를 기르고 있었다. 이 무렵 오 헨리는 "오, 헨리!", "오, 헨리!"라고 고양이 이름을 자주 불렀다고 한다. 그래서 그는 고양이의 이름을 따서 자신의 필명을 지었다는 것이다.

그러나 '오 헨리'라는 필명의 유래를 캐묻는 사람들에게 그때마다 서로 다르게 설명하곤 하였다. 가령 1909년 『뉴욕 타임스』와의 인터뷰에서 그는 이름의 유래에 대하여 비교적 상세히 설명한다.

내가 '오 헨리'라는 필명을 사용한 것은 뉴올리언스에 머물 때였습니다. 한 친구에게 이렇게 말했지요. "작품을 투고하려고 하네. 얼마나 도움이 될지는 모르겠지만, 필명을 하나 만들고 싶네. 그러니 자네가 하나 좋은 거로 골라주게." 그랬더니 그 친구는 신문을 펴서 유명 인사 명단에 처음 나오는 이름 중에서 하나를 고르자고 제안하더군요. 상류사회에 관한 칼럼에서 우리는 사교 파티에 대한 기사를 찾아냈습니다. "여기에 유명 인사들이 있군."이라고 그가 말했지요. 우리는 명단을 죽 읽으며 내려가다 '헨리'라는 이름을 보게 되었습니다. "이거면 성으로는 됐네. 자, 이제 개인 이름을 고르세. 난 짧은 게 좋아. 자네 이름처럼 세 음절짜린 질색이야."라고 내가 말했습니다. 그랬더니 "그럼 첫머리 글자를 쓰는 게 어떻겠나?"라고 말하더군요. "좋아. '오(O)' 자는 가장 쓰기 쉬운 철자에 속하니까."

오 헨리는 개인 이름 '오(O)'에 대하여 이와는 조금 다르게 설명하기도 하였다. 한 신문사에서 '오' 자가 무슨 글자의 약어냐는 질문을 받자 그는 "O가 '올리버'의 프랑스 이름인 '올리비에'의 약어"라고 말해 줬지요. 그래서 내 작품 중 몇 편은 그 신문에 '올리버 헨리'라는 이름으로 실렸습니다."라고 대답한 적이 있다.

사망하기 마지막 10년 동안 그는 '오 헨리'라는 이름 대신에 '윌리엄 S. 파커'를 비롯하여 'S. H. 피터스', '텐 아이크 화이트', '제임스 블리스', '존 아버스넛' 등 여러 필명을 사용하기도 하였다. 그러나 '오 헨리'라는 필명으로 그는 이제 미국 문학사에 길이 남게 되었다. 이 필명은 『톰 소여의 모험』(1876)과 『허클베리 핀의 모험』(1884)의 작가 새뮤얼 랭혼 클레멘스의 필명 '마크 트웨인'처럼 매우 유명하게 되었다. 새뮤얼 랭혼 클레멘스라는 본명은 몰라도 '마크 트웨인'이라는 필명을 아는 사람이 많듯이, 윌리엄 시드니 포터라는 본명을 아는 사람은 별로 없어도 '오헨리'라는 필명을 알고 있는 사람은 아주 많다. 한마디로 '오 헨리'란 필부필녀(匹夫匹女)나 갑남을녀(甲男乙女)를 뜻하는 '철수'나 '영수'처럼 흔하디흔한 이름이다. 이렇게 그는 이름에서부터 체면이나 권위의 가면을 훌훌 벗어버리고 평범한 인물과 진부한 일상 경험을 소재로 작품을 쓰기로 마음먹었다.

오 헨리는 필명의 역사만큼이나 파란만장하고 다채로운 인생 여정을 겪었다. 교도소 수감 생활을 비롯하여 그가 겪은 온갖 경험은 뒷날 그가 작가로서 작품이라는 꽃을 피우는 데 그야말로 비옥한 토양이 되었다. 소년 시절과 청년 시절에는 그토록 열심히 책을 읽던 그가 한때 잠시 책에서 손을 놓은 적이 있었다. 한 친구가 그에게 왜 더는 소설을 읽지 않느냐고 묻자 그는 "내 인생의 로맨스와 비교해 볼 때 소설은 너무 싱겁기 때문이지요."라고 대답하였다. 상상력이 빚어낸 찬란한 우주라고 하지만 어렸을 적부터 오 헨리가 겪어 온 파란만장한 삶의 여정과 비교해 보면 아마 상상력의 산물인 허구적 소설은 김빠진 맥주처럼 싱겁기 짝이 없었을 것이다. 물론 여기서 그가 말하는 '로맨스'란 감미로운 애정보다는 신산스런 삶의 역경을 가리킴은 두말할 나위가 없다.

　오 헨리가 소년기와 청년기에 겪은 다양한 경험은 뒷날 그의 작품에 잘 나타나 있다. 그가 대부분 작품에서 다루는 작중 인물들은 길거리나 시장바닥에서 흔히 만날 수 있는 사람들이다. 사무원, 점원, 웨이터와 웨이트리스, 순경, 약제사, 변호사, 예술가 지망생 등이 바로 그들이다. 그런가 하면 그의 작품에서는 노숙자, 도둑, 범죄자 같은 흔히 사회적 약자나 반사회적 인물들도 자주 만나게 된다. 오 헨리는 작가들이 머릿속으로 작중 인물들과 플롯을 만들어 내려고 몇 시간 몇 날을 두고 고심하는 창작 태도를 전혀 이해할 수 없다고 털어놓은 적이 있다. 그러면서 자신은 책상에 일단 앉으면 연필이 알아서 작품을 쓴다고 밝힌다. "내가 쓴 모든 작품은 여행 중 우연히 목격한 실제 경험이다. 내 작중인물들은 내가 알고 있는 실재 인물을 그대로 복제해 놓은 것이다."라고 밝힌 적이 있다. 그러고 보니 그가 왜 그토록 헨리 제임스를 싫어했는지 알 만하다. 제임스는 구체적인 경험보다는 상상력에 의존하여 작품을 쓴 작가였다.

　경험이 다양하고 풍부한 만큼 그의 작품은 다른 작가의 작품과 비교해 볼 때 무엇보다도 소재가 무척 다양하다. 세계 문학사를 통틀어 오 헨리만큼 삶의 여러 경험을 폭넓게 다루는 작가도 아마 찾아보기 쉽지 않을 것 같다. 물론 그는 창녀 이야기

같은 누추하거나 어두운 삶의 경험이나 종교를 둘러싼 이야기는 좀처럼 다루려고 하지 않는다. 기질적으로 그러한 소재는 별로 마음에 들지 않았다. 이 무렵 독자들의 취향에 적잖이 어긋날 뿐 아니라 이러한 소재로 작품을 쓰다가는 자칫 추문에 휘말리거나 비판을 받기 쉽기 때문이다.

이 점에서 오 헨리는 다분히 사실주의와 자연주의 전통에 서 있으면서도 적어도 소재의 선택에서만은 낭만주의적 전통에 따랐다. 넓게는 사실주의 전통, 좁게는 자연주의 전통에서는 삶의 경험이 아무리 누추하고 보잘것없더라도 진솔하게 표현하기 마련이다. 그래서 가난, 폭력, 살인, 편견, 질병, 부패, 타락, 매춘 같은 소재를 즐겨 다룬다. 자연주의 작가들이 그동안 인간의 어둡고 비참한 모습과 악에 지나치게 초점을 맞춘다고 비판을 받아 온 까닭이 바로 여기에 있다. 프랑스에서는 흔히 '하수구의 사도(使徒)'로 일컫는 에밀 졸라 같은 작가들이 이 전통에 서서 활약하였다. 미국 문학으로 좁혀 보면 프랭크 노리스, 스티븐 크레인, 시어도어 드라이저, 업튼 싱클레어, 셔우드 앤더슨 같은 작가들이 주로 자연주의 전통에서 작품을 썼다.

그러나 오 헨리는 이러한 삶의 어두운 모습과 악을 옆에서 절망하며 지켜보는 소극적인 방관자일 뿐 몸소 팔을 붙이고 나서 개선하려는 적극적인 사회 개혁자는 아니었다. 그래서 그는 때로 사회 현실을 외면한 채 책 속으로 숨어 버린다는 비판을 받기도 한다. 어쩌면 어렸을 적부터 가치 박탈을 겪으면서 신산스러운 삶을 살아왔기 때문일지도 모른다. 어찌 보면 비판적 리얼리즘이나 사회주의 리얼리즘 계열에 속한 작가들이 흔히 그러하듯이 그는 문학과 정치를 구분 지어 생각하려고 했던 것 같다. 사회 개혁가처럼 현실을 개선하는 작업에 직접 나서기보다는 비록 간접적인 방법이기는 하지만 예술 작품을 빌려 독자들의 마음을 바꾸려고 하였다. 근본적으로 독자의 의식을 전환한다는 점에서 보면 문학의 역할은 사회 개혁이나 현실 정치 못지않거나 어떤 의미에서는 그보다도 더 클지도 모른다.

미국의 저명한 비평가 에드먼드 윌슨은 문학을 크게 '단거리' 문학과 '장거리' 문학으로 나눈 적이 있다. 「마르크스주의와 문학」이라는 유명한 글에서 그는 문학의 이데올로기적 기능을 지나치게 강조하는 프롤레타리아 문학을 단거리 문학으로, 좀 더 보편적 관점에서 인간 경험을 다루는 문학을 장거리 문학으로 간주한다. 윌슨은 "단거리 문학은 즉각적 효과를 얻기 위하여 설교를 하고 팸플릿을 쓴다."라고 불평을 털어놓는다. "예술은 강간 행위가 아니라 오히려 일종의 유혹"이라는 수전 손탁의 말도 이와 같은 맥락에서 이해할 수 있다. 그렇다면 오 헨리는 단거리 문학이 아닌 장거리 문학을, 문학을 강간이 아닌 유혹으로 보았다고 할 수 있다.

오 헨리는 장거리 문학은 아니더라도 '중거리' 문학을 썼다고 할 수 있다. 즉각적 효과를 노리고 작품을 쓰지는 않았지만 궁극적으로 삶을 개선하는 데 이바지했기 때문이다. 오 헨리가 여러 작품에서 깊은 애정을 느끼고 묘사한 '점원 아가씨들'은 이 경우의 좋은 예가 된다. 미국의 26대 대통령 시어도어 루스벨트는 점원 아가씨들을 비롯한 공장 노동자들의 삶을 개선하는 데 여러모로 노력하였다. 그런데 그는 "뉴욕의 점원 아가씨들을 위하여 내가 시도한 개혁은 오 헨리의 작품에서 힌트를 얻었다."라고 밝힌 적이 있다.

오 헨리는 주위에서 쉽게 볼 수 있는 일상 경험을 즐겨 작품의 소재로 삼는다. 아무리 평범하고 범상한 일상 경험이라도 좀처럼 그의 시선에서 벗어나는 법이 없었다. 실제로 어떤 일상 경험에서도 그는 쉽게 작품의 실마리를 찾아낼 수 있었다. 그리고 일단 실마리를 찾으면 그는 놀라운 상상력을 발휘하여 마치 연금술사가 무쇠 덩어리를 황금으로 만들 듯이 예술 작품으로 승화시키곤 하였다.

예를 들어 오 헨리는 어느 날 뉴욕 시에 있는 한 식당에서 친구들과 함께 식사하고 있었다. 뉴욕의 일간지 『선데이 월드』의 편집자로 있던 어빈 S. 콥이 그에게 어떻게 해서 그렇게 다양한 작품의 플롯을 얻을 수 있느냐고 물었다. 그러자 오 헨리는 콥에게 "눈을 돌리는 곳마다 이야깃거리가 있지요. 세상만사가 모두 작품의 소재가 됩니다."라고 대답하였다. 그러면서 식탁 위에 놓여 있는 메뉴 한 장을 집어 들었다. "바로 이 메뉴에도 이야깃거리가 있지요."라고 말하고는 「식탁에 찾아온 봄」이라는 작품의 줄거리를 들려주는 것이 아닌가.

그래서 그런지는 몰라도 오 헨리는 단편 소설을 쓰되 어느 한 유형에 머물지 않고 여러 장르에 걸쳐 영역을 넓혀 나갔다. 예를 들어 「크리스마스 선물」이나 「휘슬링 딕의 크리스마스 스타킹」은 미국 독자들이 좋아하고 미국에서 자생한 전형적인 크리스마스 스토리에 속한다. 「이십 년 뒤」, 「다시 찾은 갱생」, 「붉은 추장의 몸값」은 범죄 소설에 해당한다. 「마지막 잎새」, 「사랑의 희생」, 「하그레이브의 멋진 연기」 같은 작품은 예술가 소설로 볼 수 있다. 「사랑의 묘약」은 익살 광대극에 가깝다. 「재물의 신과 사랑의 신」과 「어느 분주한 브로커의 로맨스」, 「식탁에 찾아온 봄」 등은 로맨스 소설에 해당한다. 그런가 하면 「가구가 딸린 셋방」 같은 작품은 괴기 소설이나 유령 소설로 분류되기도 한다.

오 헨리 문학에는 이러한 소재와 장르의 다양성 말고도 생동감 넘치는 장소 의식이라는 또 다른 특징이 있다. 미국의 남부 지방은 말할 것도 없고 중앙아메리카 등지에 옮겨 다니면서 살아야 했던 그는 다른 어떤 작가보다도 지리적 공간에 대한 감각이 뛰어나다. 그의 작품에서 공간은 단순히 지리적 배경 이상의 큰 의미가 있다. 말하자면 지리적 배경은 마치 작중인물들처럼 살아서 호흡한다. 적어도 이 점에서는 20세기 작가 어니스트 헤밍웨이와 아주 비슷하다. 이 두 작가에게 공간은 작중인물이나 주제와 깊이 연관되어 있다.

더구나 오 헨리는 어느 작가보다도 지리적 배경을 넓게 잡는다. 온두라스 같은 중앙아메리카에서 텍사스 주 대초원에서 뉴욕 시에 이르기까지 그 스펙트럼이 무척 넓다. 좀 더 구체적으로 말해서 그가 작품에서 즐겨 사용하고 있는 공간적 배경은 1) 온두라스, 2) 미국 남부, 3) 미국 서부, 4) 감옥, 5) 뉴욕 시 등 크게 다섯 지역이다. 그러니까 미국의 전 지역과 중앙아메리카를 공간적 배경으로 삼고 있는 셈이다.

오 헨리의 첫 번째 작품집인 『양배추와 왕』(1904)에 수록된 작품들은 온두라스라는 이국적 배경으로 펼쳐지고 있다. 요즘 웬만한 상가나 쇼핑몰에 가면 '바나나 리퍼블릭(공화국)'이라는 의류 회사 간판을 쉽게 보게 된다. 미국과 캐나다를 비롯하여 한국과 일본 등지에 500개가 넘는 점포가 있는 이 회사 이름은 바로 오 헨리가 위 작품집에서 수록한 「안추리아 공화국」에서 처음 사용한 것이다. 그는 온두라스를 가리키는 말로 이 용어를 처음 사용했지만 지금은 규모가 작고 불안정한 라틴아메리카 열대 국가를 가리키는 말로 흔히 쓰인다.

두 번째 작품집 『서부의 마음』(1907)에 수록된 작품들은 오 헨리가 젊은 시절을 보낸 텍사스의 목장과 대초원을 그 중심적인 배경으로 삼고 있다. 앞에서 지적하였듯이 그는 텍사스의 라 샐 군과 오스틴 그리고 휴스턴에서 머무는 동안 그곳의 인물들과 사건과 풍경을 예리하게 관찰하였다. 이 무렵 텍사스는 몇몇 대도시를 제외하고 나면 오늘날과는 전혀 달라서 법의 손길이 미처 미치지 않는 무법천지와 거의 다름없었다. 캠프 불을 피워 놓고 주고받는 과장된 허풍 이야기를 자주 들었는가 하면, 목동들과 가축을 훔치는 도둑 사이에 벌어지는 크고 작은 싸움이며 보안관에 쫓기는 범법자들을 목격하기도 하였다. 그가 일단 관찰한 대상이나 주변에서 전해 들은 이야기는 마치 우엉의 가시가 옷에 달라붙듯이 그의 상상력에 찰싹 달라붙었다. 오 헨리가 남부와 서부를 배경으로 쓴 작품은 줄잡아 50편이 된다. 이들 작품에는 카우보이를 비롯하여 범법자, 떠돌이, 술집 주인, 사기꾼, 변호사, 학교 교사 등이 주로 작중인물로 등장하여 감동적인 드라마를 펼친다.

서부개척 소설로 유명한 미국 작가 제인 그레이는 오 헨리

가 서부를 소재와 배경으로 쓴 작품 「최후의 음유시인」을 서부
대초원과 목장을 다룬 최고의 걸작으로 높이 평가한다. 그레이
의 말대로 뉴욕 시를 소재로 한 작품들의 그늘에 가려 그러하지
서부 경험을 다룬 오 헨리의 작품들도 자못 중요하다. 그레이는
남부와 서부를 방문한 적은 있지만 오 헨리처럼 직접 살아 본
적은 없다. 그러나 오 헨리는 15년 정도 남부와 서부에 살면서
몸소 겪은 경험을 작품으로 형상화했기 때문에 그의 작품은 좀
더 피부에 와 닿는다.

한편 『4백만 명』(1906), 『준비된 등불』(1907), 『도시의 목소리』
(1908), 『철저한 사업』(1910)에 실린 작품들은 그가 '지하철 위의
바그다드'라고 부른 뉴욕 시를 배경으로 도회인이 느끼는 삶
의 애환을 실감 나게 그린다. 앞에서 이미 지적하였듯이 '4백만
명'이란 이 무렵 뉴욕 시에 살고 있던 전체 주민의 수를 말한다.
『도시의 목소리』에는 '더 많은 4백만 명의 이야기'라는 부제가
붙어 있다. 또 『철저한 사업』에도 '좀 더 많은 4백만 명의 이야
기'라는 부제가 붙어 있다.

한마디로 오 헨리가 다루는 지역이나 장소는 동부에서 서
부, 남부에서 북부에 이르는 미국 전역을 두루 포함하고 있다시
피 하다. 오 헨리가 다루지 않은 지방이 하나 있다면 그것은 아
마 미국의 동북부 지방일 것이다. 흔히 '뉴잉글랜드'라고 일컫

는 이 지역은 미국에서도 이른바 '점잖은 전통'이 큰 힘을 떨치는 곳으로 아무래도 시골 사람이 연미복을 입은 것처럼 그의 상상력에 잘 들어맞지 않고 낯설게 느껴졌다. 오 헨리는 「고무나무 이야기」에서 폐품을 파는 고물상을 언급하면서 "헨리 제임스의 작품, 축음기판 여섯 장, 테니스화 한 켤레, 겨자 병 두 개, 고무로 만든 식물" 등을 모두 1달러 89센트에 판다고 밝힌다.

여기서 찬찬히 눈여겨볼 것은 오 헨리가 헨리 제임스를 고물이나 폐품 취급을 한다는 점이다. 제임스는 미국 문학에 심리적 리얼리즘 전통을 세웠을 뿐 아니라 소설 장르를 예술의 반열에 올려놓는 데 크게 이바지한 작가다. '점잖은 전통'을 대변하는 가장 대표적인 소설가인 그는 주로 뉴잉글랜드 상류 계급을 작품의 소재로 즐겨 다루었다. 그런데 오 헨리가 비평가들한테서 흔히 '미국 소설의 대가(大家)'로 융숭한 대접을 받고 있는 제임스의 작품을 고물이나 폐품으로 여긴다는 것이 여간 놀랍지 않다. 오 헨리는 고물이나 폐품처럼 제임스도 이제는 미국 문단에서 폐기해야 할 작가라는 사실을 넌지시 밝힌다.

그러고 보니 이렇게 제임스를 싫어한다는 점에서 오 헨리는 또 다른 중서부 작가 마크 트웨인과 비슷하다. 트웨인은 헨리 제임스보다는 심리학자인 그의 형 윌리엄 제임스를 훨씬 더 좋아하였다. 무엇보다도 허위의식을 싫어하는 트웨인으로서는 헨리 제임스가 잘난 체하는 속물처럼 보였던 것이다. 트리니다드 출신의 소설가로 노벨 문학상을 받은 V. S. 나이폴은 트웨인보다 한술 더 떠 헨리 제임스를 두고 "끔찍스러운 작가… 사실상 이 세계에서 최악의 작가"로 혹평하였다.

소설을 숭고한 예술로 간주한 헨리 제임스와는 달리 오 헨리는 소설 창작이 생활의 일부라는 사실을 조금도 숨기지 않았다. 오 헨리는 소설 창작을 고귀한 예술가의 소명이라기보다는 평범한 일상적 직업으로 생각하였다. 오하이오 주 감옥에서 작품을 쓰기 시작한 것은 예술에 대한 정열 때문이라기보다는 여덟 살 난 딸 마거릿의 생활비를 벌기 위해서였다. 이 무렵 마거릿은 아버지의 수감 생활에 대해서는 까맣게 모른 채 펜실베이니아 주 피츠버그에서 외할아버지와 함께 살고 있었다.

감옥에서 나와 작가가 된 뒤에도 오 헨리는 생활비를 벌기 위하여 작품을 쓴다는 사실을 조금도 숨기지 않았다. 이 점과 관련하여 그는 "소설 창작은 나에게 방세를 내고 음식과 옷을 사고 필스너를 구입하는 방법일 뿐이다. 나는 그밖에 다른 이유나 목적에서 글을 쓰지 않는다."라고 밝힌 적이 있다. 다시 말해서 그에게 소설 창작은 한낱 의식주를 해결하는 방법에 지나지 않았다. 여기서 '필스너'란 연수(軟水)를 사용하여 향기는 약하지만, 쓴맛이 강한 라거 맥주를 말한다. 19세기 중엽 체코슬

로바키아의 '필센'이라는 도시에서 처음 생산되었기 때문에 그러한 이름이 붙었다. 이 맥주를 무척 좋아한 오 헨리는 결국 그 때문에 작가로서의 역량을 좀 더 발휘하지 못하고 일찍 사망하였다. 간경변증에 당뇨병과 심장병 등으로 일찍 세상을 떠났다. 한마디로 제임스가 소설 장르를 천상의 별처럼 이상화하였다면, 오 헨리는 소설 장르를 질퍽한 대지로 끌어내렸다고 할 수 있다.

오 헨리의 작품에서 대도시를 비롯한 장소는 단순히 지리적 배경 이상의 의미를 지닌다는 점이다. 어린 시절부터 사귄 친구요 오 헨리가 사망한 뒤 처음으로 그의 전기를 쓴 C. 앨폰소 스미스는 오 헨리에게 장소란 마치 작중인물 같은 역할을 맡는다고 지적하였다. 다시 말해서 뉴욕 같은 도시는 작중인물의 행동에 직접 또는 간접으로 큰 영향을 미친다. 예를 들어 「추수 감사절의 두 신사」에서 주인공 스터피 피트가 앉아 있는 매디슨 광장, 「마지막 잎새」에서 존시와 수가 함께 아틀리에를 사용하고 있는 워싱턴 광장 서쪽의 그리니치 마을, 「낙원에 들른 손님」에서 로터스 호텔이 자리 잡고 있는 브로드웨이는 오 헨리의 작품에서 작중인물과 더불어 살아 숨 쉬는 한 생명체라고 해도 크게 틀리지 않을 것이다.

오 헨리가 이렇게 단순한 공간적 배경을 살아 숨 쉬는 작품의 요소로 끌어올릴 수 있었던 것은 미국 문학에서 리얼리즘의 전통을 세운 윌리엄 딘 하웰스가 말하는 '인접성의 본능'이 뛰어나기 때문이다. '인접성의 본능'이란 특정한 지역의 특징을 관찰하고 묘사하는 타고난 재능을 말한다. 오 헨리가 남달리 이러한 재능을 지닐 수 있었던 것은 어렸을 적부터 이 지방 저 지방을 옮겨 다니며 지역 특유의 관습과 풍습을 예리한 눈으로 관찰하였기 때문이다.

그러나 이렇게 특정한 지역과 깊이 연관되어 있으면서도 오 헨리에게는 좀처럼 '지방색 작가'라는 꼬리표가 붙지 않는다. 그가 활약하던 무렵 미국 문단은 여러 지방의 특성을 다루는 이른바 '지방색 문학'이 큰 힘을 떨치고 있었다. 예를 들어 오 헨리에게 가장 큰 영향을 준 브레트 하트는 주로 캘리포니아 주를 비롯한 서부 개척 지방의 생활에 뿌리를 둔 작품을 써서 관심을 모았다. 햄린 갈런드는 아이오와 주와 위스콘신 주를 비롯한 중서부 지방의 농촌 지방을, 새러 온 주웨트와 메리 윌킨스 프리먼은 뉴잉글랜드 지방의 삶의 모습을 즐겨 그렸다. 그런가 하면 조얼 C. 해리스, 케이트 쇼핀, 조지 W. 워싱턴 케이블은 남부 지방 특유의 삶을 즐겨 작품의 소재로 삼았다.

오 헨리는 이들 작가와는 달리 뉴욕 같은 특정 지역에 국한된 문제를 다루되 그 지역의 이질적인 풍습이나 말투를 묘사하는 것으로 그치지 않고 삶의 보편적 문제로 끌어올린다. 한마디로 그의 작품이 가장 찬란한 빛을 내뿜을 때는 지리적 한계나 공간적 제약을 완전히 초월한다. 그가 중심적인 지리적 배경으로 삼는 뉴욕은 인간이 살고 있는 지구촌 어느 곳에 해당하고, 그가 즐겨 다루는 작중인물들은 인간 가족의 구성원이다. 뛰어난 작가가 흔히 그러하듯이 오 헨리도 구체성과 보편성, 특수성과 일반성 사이에서 절묘하게 조화와 균형을 꾀했던 것이다.

제2장
오 헨리 문학과 해학

　　오 헨리 문학의 중요한 특징 중의 하나는 탁월한 해학성이다. 그의 전기 작가 로버트 H. 데이비스는 "나는 우울할 때마다 오 헨리의 작품을 읽는다."라고 말한 적이 있다. 그만큼 그의 작품에서 해학이 차지하는 몫은 생각 밖으로 아주 크다. 미국 작가를 통틀어 아마 오 헨리만큼 해학적인 작가도 찾아보기 드물 것 같다. 어쩌면 '미국의 셰익스피어' 또는 '미국 문학의 링컨'으로 흔히 일컫는 마크 트웨인이 오 헨리를 능가하거나 그와 비슷한 수준일 것이다. 오 헨리는 트웨인과 더불어 미국 문학, 아니 세계 문학사에서 보기 드문 해학 작가로서의 위치를 차지하고 있다. 인간미 넘치는 따스한 유머 감각이 오 헨리의 작품 전편에 녹아 있어 그의 작품을 읽는 독자들은 자신도 모르게 살며시 미소를 짓거나 웃게 된다.

해학이나 웃음을 유발하는 이유를 두고 학자들 사이에서는 아직껏 의견이 일치하지 않는다. 그러나 해학이나 웃음은 크게 세 가지 이유에서 비롯한다는 것이 일반적인 견해다. 첫째, 인간은 흔히 상대방이 결점을 지니고 있거나 자신보다 불리한 입장에 놓여 있을 때 웃음을 터뜨리게 된다. 17세기 영국의 철학자 토머스 홉스는 "웃음이란 갑작스러운 영광"에서 비롯한다고 지적한 적이 있다. 여기서 그가 말하는 '영광'이란 남보다 잘났다고 우쭐대는 자만심을 말한다.

둘째, 해학이나 웃음은 긴장 이완과 깊이 관련되어 있다. 이 이론에 따르면 심리적으로 억압되어 있던 감정이 갑자기 발산되면서 웃음이나 해학이 비롯한다. 지그문트 프로이트는 해학이나 웃음을 '검열자'의 의표를 찌르는 수단으로 간주하였다. 여기서 '검열자'라는 인간의 자연스러운 충동을 발산하지 못하도록 억압하는 내적 금기를 말한다. 특히 인간의 모든 행동을 성(性)과 관련지어 설명한 프로이트는 억압되거나 긴장되어 있던 성욕이 발산될 때 웃음이나 해학이 생긴다고 보았다. 이와 관련하여 프랑스의 철학자 앙리 베르그송은 사회가 웃음이나 해학을 무기로 삼아 유별난 개인을 교정하는 수단으로 삼는다고 지적하였다. 그러나 이와는 반대로 웃음이나 해학은 오히려 개인이 사회를 교정하는 수단으로 삼는 경우가 훨씬 많다.

셋째, 해학이나 웃음은 부조화나 불일치와 깊이 연관되어 있다. 가령 삶의 겉모습과 참모습, 외견과 실재, 예상하는 기대와 그 결과 사이에 간극이나 괴리가 생길 때 해학이나 웃음이 비롯한다. 임마누엘 칸트는 일찍이 인간이 삶에 거는 어떤 기대가 좌절될 때 웃음이 유발한다고 지적하였다. 적어도 이 점에서 해학이나 웃음은 아이러니와 깊이 연관되어 있다. 아이러니란 바로 외견이 실제와 다를 때, 기대가 예상과 다를 때 생겨나기 때문이다.

그렇다면 오 헨리의 해학은 과연 어디에서 비롯하는 것일까? 방금 앞에서 지적한 세 가지 이론 중에서 마지막 이론에 가장 가깝다. 그의 작품 가운데에는 「세상 사람들은 모두 친구」나 「어느 바쁜 브로커의 로맨스」 또는 「사랑의 묘약」처럼 어릿광대의 익살 같은 조금 질이 떨어지는 해학도 없지 않다.

첫 번째 작품은 도둑질하러 남의 집에 들어간 한 도둑이 집주인이 류머티즘을 앓는 것을 보고 동병상련해서 서로 친구가 된다는 이야기다. 전혀 불가능한 이야기는 아니지만 그러한 일이 일어날 가능성은 아주 희박하다. 두 번째 작품은 뉴욕 증권가의 브로커가 여비서와 결혼하고도 일로 너무 바쁜 나머지 그 사실을 까맣게 잊고 다시 프러포즈한다는 이야기다. 이 이야기는 서양에서나 한국에서 코미디 프로그램에서 단골 메뉴로 자주 등장한다. 그리고 세 번째 이야기는 어처구니없는 실수 때문에 빚어지는 소극(笑劇)을 다룬다. 한 젊은이가 아가씨를 사랑하지만 자신과 사귀는 것을 좋아하지 않는 아가씨의 아버지 때문에 결혼할 수가 없다. 그래서 평소 잘 알고 지내던 약제사한테서 수면제를 처방받아 아가씨 아버지에게 먹힌 뒤 두 젊은 남녀가 가출하기로 결심한다. 그런데 아버지에게 줄 약을 아가씨가 실수로 대신 먹어 그 계획은 물거품으로 돌아가고 만다.

그러나 오 헨리의 작품에서 해학은 삶의 겉모습과 실제 모습, 삶에서 기대하는 이상과 그 현실 사이의 엄청난 괴리 때문에 생겨나는 수준 높은 해학이다. 다시 말해서 그가 즐겨 다루는 해학은 삶의 아이러니나 부조화에서 비롯하는 형이상학적 해학이라고 할 수 있다. 그의 작품에 등장하는 인물들은 이상과 현실, 외견과 실재, 기대와 결과의 차이로 실망하고 좌절한다. 그러면서도 좀처럼 삶에 절망하거나 삶을 포기하지 않고 꿋꿋하게 삶을 이어간다. 물론 「가구 딸린 셋방」처럼 삶에 절망한 주인공이 스스로 목숨을 끊는 경우도 없지 않다.

그녀를 찾으려는 희망과 함께 신념 또한 사라져 버렸다. 그는 앉아서 노래하듯 타고 있는 노란 가스 불을 바라보고 있었다. 그는 곧 침대로 걸어가서 침대 시트를 갈기갈기 가늘게 찢기 시작했다. 그는 칼날을 사용하여 가늘게 찢은 헝겊으로 문 틈바구니를 하나도 남기지 않고 꼭꼭 틀어막았다. 모든 것이 다 준비되자 그는 전깃불을 끈 뒤 가스를 다시 완전히 틀어 놓고 만족스러운 듯이 침대 위에 드러누웠다.

이 작품에서 오 헨리는 셋집이 밀집되어 있는 뉴욕 시 웨스트사이드 지역을 지리적 배경으로 삼는다. 이 지역의 붉은 벽돌집에 사는 사람들은 "마치 흐르는 세월만큼이나 바람개비처럼 속절없이 이곳저곳을 떠돌아다니며" 살고 있는 떠돌이들이다. "영원한 떠돌이들"인 그들은 어느 한 곳에 뿌리를 박지 못하고 부평초처럼 이 셋방에서 저 셋방으로 정처 없이 옮겨 다닌다. 몸뿐 아니라 마음도 정신도 언제나 떠돌이인 사람들이다. 주인공은 셋집들이 옹기종기 모여 있는 이 지역에서 사랑하는 여성 미스 배시너를 찾고 있다. 오 헨리는 주인공이 극단에서 노래를 부르는 코러스걸인 배시너와 어떻게 헤어졌는지에 대해서는 언급하지 않는다. 다만 주인공은 그녀가 있을 법한 셋집을 찾아 헤매고 있지만 아무리 찾아도 찾을 길이 없다. 마침내 삶에 좌절한 주인공이 선택한 방법은 자살이다.

그러나 오 헨리의 작품에서 주인공들은 대개 삶의 외견과 실재, 기대와 결과, 이상과 현실의 괴리나 간극을 첨예하게 깨닫고 있으면서도 좀처럼 삶에 절망하지 않는다. 어떤 의미에서 그들은 삶의 부조화나 아이러니를 삶의 일부나 본질로 받아들이기 때문이다. 가령 「순경과 찬송가」를 한 예로 들어보기로 하자. 이 작품에서 주인공 소피는 오갈 데 없는 노숙자로 날씨가 추운 한겨울이 되자 차라리 경찰에 잡혀 수용소에서 겨울을 나고 싶어 하지만 아무리 애를 써도 번번이 실패한다. 한 번은 돈 한 푼 없이 식당에서 식사한 뒤 경찰에 잡히려고 하지만 뜻대로 되지 않는다. 또 한 번은 치한 역할도 해 보지만 그것도 실패로 끝난다. 남의 우산을 훔치는 행동도, 한밤중에 길거리에서 고함을 지르면서 소란을 피우는 행동도 하나같이 아무런 소용이 없다. 그러다가 소피는 어느 한적한 예배당에서 은은히 들려오는 찬송가 가락을 들으며 새로이 인생을 출발하기로 다짐한다. 그의 마음이 모든 것을 받아들일 준비가 되어 있는 상태에다 감미로운 찬송가의 감화력으로 그의 영혼에 갑자기 놀라운 변화가 일어나기 시작한다.

이제 자신을 수렁과 같은 삶에서 끌어올리리라. 이제 다시 한번 인간이 되도록 노력하리라. 그리고 자신을 사로잡고 있는 악을 이겨내리라. 그에게는 아직도 시간이 있었다. 그는 아직 나이가 젊은 편이었다. 지난날의 뜨거운 야망을 되살려서 그것을 굽히지 않고 꼭 이루어 가리라. 그 엄숙하면서 달콤한 오르간 소리가 그의 마음에 혁명 같은 변화를 일으켰다. 내일은 번화한 시내에 나가 일자리를 찾으리라. 언젠가 모피 수입 상인이 운전기사 일을 하지 않겠느냐고 물어본 적이 있었다. 내일 그 사람을 만나 일자리를 부탁해 보자. 그는 이제 이 세상에서 떳떳한 인간 구실을 할 것이다. 그리고….

소피가 이렇게 지금까지의 삶의 방식을 모두 버리고 새로운 삶을 살려고 다짐할 때 그가 기대한 것과는 전혀 다른 결과가 일어난다. 찬송가를 들으며 마음의 결의를 다지고 있는 동안 갑자기 순찰을 하던 순경이 그에게 다가온다. 그는 곧 순경에게 체포되고, 이튿날 아침 즉결 재판소에서 블랙웰 섬의 감옥에서 세 달 동안 금고형의 처벌을 받는다. 소피가 그토록 바랄 때는 기회가 없다가 막상 이렇게 마음을 고쳐먹고 새사람이 되려고 하니 운명은 정반대 방향에서 손짓하는 것이 아닌가. 참으로 삶의 아이러니라고 아니할 수 없다.

이렇게 삶의 겉모습과 그 겉모습 뒤에 숨어 있는 실제 모습이 얼마나 다른지 설득력 있게 보여 주는 또 작품으로 「낙원에 들른 손님」이 있다. 찌는 듯이 무더운 어느 여름날 한 여성이 뉴욕 시의 고급 호텔에 찾아와 '마담 엘루아즈 다르시 보몽'이라는 귀부인티가 나는 이름으로 투숙하면서 일주일 동안 머물겠

오 헨리의 작품 「순경과 찬송가」를 대본으로 제작한 영화의 한 장면.

다고 한다. 그녀는 상류 사회의 세련된 태도에다 또한 우아함까
지 갖추고 있어 호텔 종업원 사이에서 여간 인기가 있지 않다.
이 귀하디귀한 손님은 좀처럼 호텔 바깥으로 나가는 법이 없이
"마치 송어가 웅덩이 속의 투명한 안식처에 떠 있듯이" 시원한
호텔에 틀어박혀 지낸다.

　보몽 부인이 이 호텔에 투숙한 지 사흘째 되던 날 '해럴드 패
링턴'이라는 젊은 남자가 이 호텔에 투숙한다. 그는 호텔 사무
원에게 사나흘 동안 묵겠노라고 말하면서 유럽행 기선의 출항
에 관하여 물어본다. 이렇게 묻는 것으로 추정해 보면 아마 유

럽으로 여행을 떠나기 직전 잠시 이 호텔에 투숙하고 있는 듯하다. 이 젊은이 역시 "마음에 드는 여관에 투숙한 여행자의 흡족한 모습으로" 이 조용한 호텔의 고요 속에 곧 파묻혀 버린다.

이러한 상황에서 예상할 수 있듯이 이 두 남녀 사이에는 곧 애정이 싹튼다. 해럴드 패링턴이 도착한 이튿날 저녁 식사를 마친 보몽 부인은 식당에서 나가다가 그만 손수건을 떨어뜨린다. 패링턴은 그 손수건을 주워 그녀에게 돌려준다. 예로부터 서양에서는 젊은 여성이 남성의 곁에 살짝 손수건을 떨어뜨려 관심을 끄는 것이 남성의 관심을 끄는 고전적인 방법이다. 아니나 다를까 패링턴은 손수건을 집어 그녀에게 건네고, 이 일이 계기가 되어 두 사람은 곧바로 친해진다.

호텔을 떠나기 마지막 날 밤 마담 보몽은 패링턴에게 자신은 지금까지 행동한 것처럼 귀부인이 아니며 한낱 뉴욕의 한 백화점에서 근무하는 점원일 뿐이라고 고백한다. 일주일에 받는 8달러 중에서 아끼고 아껴 이렇게 일주일 동안 귀부인처럼 여름휴가를 보냈다는 것이다. 그녀의 이름도 고상한 '마담 보몽'이 아니라 '매미 시비터'다. 지금 입고 있는 고급 드레스도 할부로 산 것으로 수금원이 일주일에 1달러씩 받아간다고 말하기도 한다. 이렇게 고백한 뒤 그녀는 자기 방으로 돌아가려고 자리에서 일어선다.

그러자 갑자기 패링턴이 매미에게 자신도 내일 아침에 일하러 가야 한다고 고백한다. '해럴드 패링턴'이라는 귀족티 나는 이름은 어디까지나 가명일 뿐 실제 이름은 평범하기 그지없는 제임스 맥메이너스, 그냥 줄여서 '지미'라고 부른다고 밝힌다. 지미는 그녀에게 "지금부터 당장 일을 시작해도 나쁠 건 없지요."라고 말하면서 종잇조각 하나를 건넨다. 그러면서 "그건 1달러 할부금 영수증입니다. 저는 삼 년 전부터 '오도우드와 레빈스키' 상점에서 수금원으로 일하고 있습니다."라고 말한다. 그러니까 지미 역시 평범한 소시민이지만 그녀처럼 멋진 호텔에 한번 투숙해보고 싶어 돈을 모아 그렇게 했던 것이다.

그런데 여기서 한 가지 찬찬히 눈여겨봐야 할 것은 이 두 젊은 주인공은 삶의 겉모습과 실제 모습, 외견과 실재, 이상과 현실의 괴리를 느끼면서도 좀처럼 절망하지 않는다는 점이다. 웬만한 사람들 같으면 아마 자신도 상대방을 속였으면서도 감쪽같이 속았다고 화를 낼 것이다. 그러나 패링턴은 매미 시비터의 정체를 알고서도 그녀에 대한 태도는 전과 조금도 달라지지 않는다. 이 점에서는 매미도 마찬가지여서 상대방이 유럽 여행을 떠나는 귀족이 아니라 평범한 수금원이라는 사실을 알아차리고도 실망하거나 낙심하지 않는다. 지미는 매미에게 "당신이나 나나 휴가를 보내는 데 똑같은 방법을 생각해 냈다니 이 얼마나 재미있는 일입니까? (…중략…) 자, 매미 씨, 이번 토요일 밤 함께 배를 타고 코니아일랜드로 놀러 가지 않겠습니까?"라고 제안한다. 그러자 가짜 마담 엘르와즈 다르시 보봉의 얼굴에 갑자기 환한 빛이 감돌면서 "어머나, 패링턴 씨, 꼭 가겠어요. 토요일 날은 열두 시에 상점을 닫거든요. 지난 일주일 동안 여기서 상류사회 사람들과 호화롭게 지냈지만 코니아일랜드도 좋을 것 같아요."라고 대답한다.

이렇듯 오 헨리의 작품에 등장하는 인물들은 삶을 바라보는 시각이 넉넉하여 여유가 있다. 이 점에서 아이다라는 호텔 타이피스트 이야기를 다룬 「매혹의 옆모습」도 마찬가지다. 매기 브라운 부인이라는 부유한 여성과 함께 살려고 갔다가 실망하고 다시 호텔에 돌아와 평범한 타이피스트로 일한다는 이야기이다. 아이다는 브라운 부인의 엄청난 재산과 달콤한 말에 현혹되어 함께 살지만 실제로 브라운 부인은 여간 인색한 사람이 아니다. 브라운 부인이 매기를 유별나게 좋아한 것은 그 제목에서 엿볼 수 있듯이 그녀의 옆모습이 1달러짜리 은화에 새겨진 여성의 모습과 똑 닮았기 때문이다. 가난한 젊은 여성의 후원자가 된다거나, 자신의 독신 생활이 외로워서 같이 살 사람을 원하는 것과는 거리가 멀어도 한참 멀다.

한편 아이다는 매기 브라운의 참모습을 제대로 헤아리지 못할 뿐 아니라 이번에는 신문사에서 일하는 래스로프라는 젊은 화가의 마음도 제대로 헤아리지 못한다. 그가 자신을 좋아하는 것이 매기 브라운한테서 물려받은 막대한 유산 때문인 줄로 오해하고 있기 때문이다. 그러나 실제로 래스로프가 아이다를 좋아하는 것은 유산 상속 때문이 아니라 그녀의 인간성이 좋기 때문이다. 마침내 화려한 겉모습 뒤에 가린 참모습을 알아본 아이다는 래스로프의 진정한 마음을 알아차리고 그의 청혼을 받아들이기에 이른다.

오 헨리의 작품에는 「매혹의 옆모습」의 아이다처럼 온갖 시련을 겪은 끝에 인간이나 사물의 겉모습과 참모습 사이의 차이를 구분해 낼 수 있는 인물이 있는가 하면, 끝까지 그 차이를 알아차리지 못하는 인물들이 있다. 예를 들어 「구두쇠 연인」에는 틀에 박힌 일상생활에 너무 익숙한 나머지 참다운 부(富)와 행복이 과연 무엇인지 잘 모르는 백화점 점원 아가씨가 등장한다. 어느 날 화가요 시인이며 유럽을 이웃집 드나들 듯이 하는 엄청난 재산가이기도 한 어빙 카터가 우연히 메이지라는 아가씨가 일하는 백화점에 들른다. 메이지를 보고 첫눈에 반한 카터는 온갖 방법으로 그녀의 환심을 사려고 한다.

그러나 그럴 때마다 메이지는 젊은 남성들이 흔히 그러하듯이 백화점 점원에게 상투적으로 하는 행동으로 생각하고 가

볍게 넘겨 버린다. 어느 날 카터는 그녀에게 청혼하면서 결혼한 뒤에는 뉴욕을 떠나 멋진 곳에서 함께 "일이나 사업 따윈 모두 잊어버린 채 삶을 마치 긴 휴일처럼 살자."라고 제안한다. 그러면서 카터는 결혼한 뒤 그녀를 어디로 데리고 가면 좋을지 잘 알고 있다고 밝힌다.

> "그곳은 내가 자주 갔던 곳이니까. 잔잔한 파도가 아름다운 물가에 언제나 밀려오고, 일 년 내내 여름철인 해안을 상상해 봐. 그곳에선 사람들은 어린아이처럼 행복하고 자유롭지. 우린 바로 그런 해안으로 가서 메이지가 원할 때까지 언제까지나 그곳에 머물러 있을 거야. 그런 머나먼 도시 중에서도 어느 한 도시에 가면 아름다운 그림과 조각들이 가득한, 웅장하고도 멋진 궁전들과 탑들이 있지. 그 도시에서는 물이 곧 길이고, 여행할 때 사람들은…"

카터는 계속하여 유럽의 여러 도시와 인도와 일본 같은 동양 나라들을 언급하며 말을 이어나간다. 그러자 메이지는 갑자기 자리에서 벌떡 일어나면서 쌀쌀맞게 이제 그만 집에 가겠다고 말한다. 이튿날 백화점에서 메이지와 친하게 지내는 한 아가씨가 그녀에게 다가와 카터와 만나 어떻게 되었는지 묻는다. 그러자 메이지는 그 사람하고는 이제 끝장났다고 말하면서 "나하고 결혼해서 말이야, 이 근처 코니아일랜드 유원지로 신혼여행 가자는 거지 뭐야!"라고 대답한다.

기껏해야 뉴욕 시 남쪽 코니아일랜드 유원지밖에는 가 보지 못한 메이지로서는 카터가 말하는 유럽과 동양의 유적지나 관광지를 알 리 없다. 자신에게 어마어마한 행운이 다가왔는데도 삶의 겉모습과 참모습을 제대로 헤아리지 못하는 그녀는 안타깝게도 그 행운을 놓치고 만다. 백만장자인 젊은 남성을 맨해튼 근처 코니아일랜드 유원지로 신혼여행을 가자고 제안하는 구두쇠로 착각하고 있었던 것이다. 아이다가 자유의지로 자신의 삶을 마음대로 선택한다면 메이지는 이렇게 무지 때문에 삶의 반경이 그만큼 좁아진다.

오 헨리의 작품을 읽을 때마다 얼굴에 살며시 번지는 미소와 그 미소 뒤에 느끼게 되는 조금 씁쓸한 뒷맛은 삶의 아이러니와 인간의 약점을 얄미울 만큼 날카롭게 꼬집기 때문이다. 그러나 인간의 약점에 대한 그의 비판은 그렇게 신랄하지는 않다. 이 점에서 다 같이 웃음과 해학을 다루면서도 오 헨리는 마크 트웨인 같은 작가들과는 조금 다르다. 트웨인과 비교해 볼 때 오 헨리는 훨씬 더 인간적이라고 할 수 있다.

해학과 웃음을 자아내는 작품에서 흔히 볼 수 있듯이 오 헨리는 평범한 소시민이거나 삶이라는 싸움에서 패배한 낙오자들을 즐겨 작중인물로 삼는다. 그의 작중인물은 하나같이 사회로부터 버림을 받거나 사회의 밑바닥에서 떠도는 부랑아이거나 거지들(「순경과 찬송가」, 「추수 감사절의 두 신사」), 사회가 정한 제도나 규범을 깨뜨리는 범법자들(「검은 독수리의 행방」, 「세상 사람들은 모두 친구」, 「'붉은 추장'의 몸값」), 아니면 한때는 남부럽지 않은 생활을 했지만 지금은 상황이 달라진 삶의 패배자들(「하그레이브스의 멋진 연기」, 「어느 도시 보고서」), 아니면 삶의 축제에 초대받지 못한 국외자들(「가구 딸린 셋방」)이다.

오 헨리의 작품에는 때로 돈 많은 작중인물이 등장하기도 하지만 그들은 흔히 참다운 행복이 과연 무엇인지를 제대로 모르고 살아간다. 예를 들어 「재물의 신과 사랑의 신」에서 로크월 영감은 돈이라면 무엇이든지 다 살 수 있다고 믿고 있으며, 「오월은 결혼의 달」에서 쿨슨 영감은 오히려 재산 때문에 자식과 참다운 관계를 맺을 수 없다. 「매디슨 광장의 아라비안나이트」에서 돈 많은 카슨 차머스는 "정글 속에 갇힌 야수처럼 의혹이라는 정글 속에서 갇힌 채" 안절부절못하며 초조하게 삶을 영위하고 있다.

그러나 누구보다도 오 헨리로부터 깊은 관심과 동정을 받고 있는 인물이라면 역시 어린 나이로 백화점 같은 상점에서 고달프게 일하고 있는 점원 아가씨들이다. 여기서 '점원 아가씨'란 백화점 같은 상점에서 일하는 여성을 가리키지만, 직장에서 근무하는 사무원과 공장에서 일하는 노동자들, 식당에서 일하는 웨이터와 웨이트리스들, 그리고 뮤지컬에서 노래하는 코러스 걸들을 두루 가리키는 일종의 제유적(提喻的) 표현임은 두말할 나위가 없다. 그들은 이를테면 찰스 디킨스의 작품에 흔히 등장하는 순수하지만 상처받기 쉬운 나이 어린 작중인물과 비슷하다. 오 헨리의 작품에서나 디킨스의 작품에서나 주인공들은 산업화가 본격적으로 진행되면서 자본주의의 그늘에 가려 착취당하고 희생당하는 사람들이다.

뉴욕 같은 대도시를 배경으로 하고 있는 오 헨리의 작품에는 점원 아가씨들이나 이와 비슷한 사회 계층에 속한 노동자들이 자주 등장한다. 앞에서 이미 언급한 「매혹의 옆모습」, 「구두쇠 연인」, 「낙원에 들른 손님」을 비롯하여 「식탁에 찾아온 봄」, 「준비된 등불」, 「사랑의 희생」, 「백작과 결혼식 초대 손님」 등 이러한 부류를 작중인물로 삼고 있는 작품은 하나하나 헤아리기 어려울 만큼 아주 많다.

시카고에서 활약한 시인 베이철 린지는 오 헨리를 두고 "보잘것없는 점원 아가씨들의 기사(騎士)"라고 부른 적이 있다. 여기서 린지가 '기사'라는 낱말을 사용한다는 점에 주목해야 한다. 기사는 중세 유럽 때부터 말을 타고 싸우는 전사에게 주는 명예스러운 칭호다. 흔히 중세 서유럽 '봉건 제도의 꽃'으로 일 컫는 기사는 전쟁터에서는 말할 것도 없고 일상생활에서도 도덕, 윤리, 명예, 충성심, 용맹, 신의 등을 목숨보다도 소중하게 생각하였다. 기사도 정신은 인간의 본성에 내재해 있는 관용과 정의감 등을 최대한 발휘하는 것을 말한다. 그렇다면 린지가 오 헨리를 "점원 아가씨들의 기사"라고 부른 것은 이 작가가 얼핏 보잘것없어 보이는 점원 아가씨들을 따스한 시선으로 바라보았기 때문이다.

미국에서 산업화가 진행되고 그 과정에서 빈부의 격차가 벌어지기 시작하면서 자본가들처럼 돈을 많이 번 사람들은 상점 점원들이나 노동자들을 업신여기거나 하찮게 보는 경향이 없지 않았다. 더구나 남성 노동자들보다도 여성 노동자들에 대한 태도는 더욱 심하였다. 백화점이나 대도시의 상점에서 일하는 점원들은 흔히 고아거나 비록 고아는 아닐지라도 돈을 벌기 위하여 시골에서 상경한 젊은 여성들이 대부분이었다. 그들은 재산과 사회적 신분에서 밑바닥에 놓여 있다시피 하였다.

요즈음과는 달리 20세기 초엽만 하여도 백화점 점원 아가씨들은 열악한 환경에서 일하는 데다 저임금에 시달렸다. 오 헨리는 「구두쇠 연인」의 첫머리에서 "'비기스트' 백화점에서는 점원 아가씨들이 3천 명이나 된다. 메이지는 그중의 한 사람이었다. 나이는 열여덟 살이었으며, 신사용 장갑 매장의 점원이었다."라고 시작한다. 한 백화점에서 일하는 여성이 무려 3천 명이나 된다니 백화점의 규모가 얼마나 큰지 쉽게 미루어볼 수 있다. 백화점이 아무리 크다고 해도 한 백화점에 3천 명이나 되는 종업원이 근무하다 보면 여러모로 어려운 점이 많을 것이다.

또한, 이 무렵 백화점에는 매장 감독이라는 사람이 있어 점원 아가씨들의 일거수일투족을 감시하다시피 하였다. 매장 감독에 대하여 오 헨리는 이 작품에서 "[그는] 이 백화점에서는 마치 샤일록 같은 인물이었다. 무엇인가 꼬투리를 잡기 위해서 가게 안을 냄새 맡으며 돌아다닐 때의 그의 콧마루는 반드시 요금을 내고 지나가야 하는 유료 다리만큼이나 거북스러웠다."라고 밝힌다. 두말할 나위 없이 샤일록은 윌리엄 셰익스피어의 희극 『베니스의 상인』(1600)에 등장하는 욕심 많고 인정머리 없는 유대인 상인이다. 백화점 점원 아가씨들은 열악한 근무 조건에서 일하는 것으로도 모자라 샤일록 같은 매장 감독에게 시달려야 하였다.

오 헨리는 여러 작품에서 이러한 점원 아가씨들을 작중인물로 즐겨 삼고 있을 뿐 아니라 더 나아가 그들의 애환을 호의적으로 묘사한다. 작가가 되기 전 자신도 그와 비슷한 직업에 종사하면서 여러모로 부당한 대접을 받은 적이 있어 직업여성에 대하여 좀 더 너그럽고 따스한 시선으로 바라보려고 하였다. 문학 비평가 아서 B. 모리스가 "뉴욕 백화점 카운터마다 오 헨리의 그림자가 드리워져 있다."라고 말하는 까닭이 바로 여기에 있다. 점원 아가씨에 대하여 오 헨리는 「준비된 등불」의 첫머리에서 이렇게 말한다.

> 물론 이 문제에는 두 가지 면이 있다. 우선 그 한 면을 살펴보기로 하자. 우리는 흔히 '점원 아가씨들'이라는 말을 듣는다. 그런데 실제로 그러한 부류의 여성이 따로 있는 것은 아니다. 그들은 상점에서 일함으로써 생계를 유지할 뿐이다. 어째서 그들의 직업이 형용사로 사용된단 말인가? 자, 공평하게 생각해 보자. 맨해튼의 5번 가에 살고 있는 아가씨들을 두고 우리는 '결혼 아가씨들'이라고는 부르지 않는다.

오 헨리는 무엇보다도 먼저 '점원 아가씨'라는 용어를 쓰는 것을 못마땅하게 생각한다. 화려한 5번 가의 백화점이나 상점에서 혼수품을 구입하는 아가씨를 '결혼 아가씨'라고 부르지 않듯이 백화점 같은 가게에서 일하는 여성이라고 하여 '점원 아가씨'라고 부를 수 없다는 것이다. 직장 여성에 대한 오 헨리의 태도를 읽을 수 있는 대목이다. 백화점이나 상점에서 근무하는 여성을 '점원 아가씨'라고 부르는 것은 요즈음 다문화주의 이론에서 즐겨 사용하는 표현을 빌리자면 "정치적으로 적합하지 않은" 것이다. 인종이나 계급 또는 성차에 따라 차별하는 것이 정치적으로 적합하지 않은 것처럼 직장에 따라 차별하는 것도 바람직하지 않기는 마찬가지다.

「준비된 등불」에 등장하는 주인공 낸시와 루는 "고향에서 먹고살기가 어려워 일자리를 찾아 대도시에 온" 젊은 여성들이다. 작가의 말대로 "연극 무대 같은 데 나서서 돈을 벌 생각이라곤 조금도 없는 시골 처녀들"이다. 작가는 고향을 떠나 낯선 대도시에서 와서 낮은 임금을 받고 고달프게 육체노동에 시달리는 젊은 아가씨들에게 깊은 애정을 보여 준다. 루는 세탁소에서 일주일에 10달러를 받고 다리미질 일을 한다. 한편 낸시는 뉴욕의 백화점에서 일하는 '점원 아가씨'이다. 그러나 '점원 아가씨'로 백화점에서 일하는 낸시가 받는 돈은 오히려 루보다도 2달러나 적다.

더구나 낸시는 언제나 돈을 소비하는 백화점 손님들을 상대로 생활하기 때문에 그녀가 느끼는 상대적 박탈감은 그만큼 더 클 것이다. 그래서 그런지 이 작품의 화자(話者)는 낸시의 얼굴과 눈언저리에는 전형적인 '점원 아가씨'의 표정이 감돈다고 말한다.

그것은 바로 기만당하는 여성 일반에 대한 경멸에 찬 말 없는 반항,

그리고 앞으로 다가올 복수에 대한 슬픔에 찬 예언의 표정이었다. 그녀가 큰 소리를 내어 웃을 때조차도 이 표정은 사라지지 않았다. 이런 표정은 가난한 러시아 농민들의 얼굴에서도 찾아볼 수 있다. 그리고 어쩌면 그것은 어느 날 우리의 자손들이 우리를 꾸짖기 위해 내려올 가브리엘 천사의 얼굴에서 발견하게 될 그런 표정이었다.

위 인용문에서 오 헨리는 '기만', '경멸', '반항', '복수', '슬픔' 등 하나같이 부정적인 낱말을 즐겨 사용할 뿐 긍정적인 낱말은 아무리 눈을 씻고 찾아보아도 찾아볼 수 없다. 심지어 큰 소리를 내어 웃을 때조차 낸시의 얼굴에서는 기쁜 표정을 찾을 수 없고 오직 이러한 표정만이 감돈다고 말한다.

여기서 한 가지 찬찬히 눈여겨볼 것은 오 헨리가 낸시의 표정을 "가난한 러시아 농민들"의 표정에 빗댄다는 점이다. 잘 알려진 것처럼 제정 러시아 시대 러시아 황제나 귀족들이 농민을 착취하는 바람에 농민들은 극도의 궁핍 상태에 허덕이고 있었다. 그래서 러시아 곳곳에서 민중들이 굶어 죽기 예사였다. 이러한 상황에서 혁명이 일어나지 않았다면 오히려 이상할 정도였다.

그러나 사정은 미국도 마찬가지다. 자유와 평등이라는 깃발을 높이 쳐들고 건국한 미국이지만 국부(國父)들의 민주주의 이

오 헨리는 특히 러시아 형식주의자들한테서 각광을 받았다. 왼쪽은 러시아에서 단편 소설 장르를 확립한 안톤 체홉이다.

상은 시간이 지나면서 점차 빛이 바랬다. 자본주의가 본궤도에 오르면서 자유 대신에 억압이, 평등 대신에 불평등이 자리 잡기 시작했기 때문이다. 프랑스의 현대 철학자 앙리 르페브르의 지적처럼 계급에 따른 착취는 러시아 같은 공산주의 국가나 미국 같은 자본주의 국가나 크게 다르지 않다. 다만 이 두 정치 체제나 경제 체제에서는 착취하는 주체가 서로 다를 뿐이다.

　그러고 보니 20세기 초엽 제정 러시아가 몰락하고 소비에 트 연방정부가 들어서면서 러시아 문학가들이 왜 오 헨리의 작품에 부쩍 깊은 관심을 보였는지 알 만하다. 계급 없는 이상주의 사회의 깃발을 높이 쳐들고 사회주의 혁명을 일으킨 그들은

1962년 러시아에서 발행한 오 헨리 기념 우표. 배경으로 사용한 맨해튼 마천루가 흥미롭다.

대표적인 자본주의 국가의 시민인 오 헨리가 여러 작품에서 묘사하는 작중인물에 적잖이 동정심을 느꼈기 때문이다. 말하자면 「준비된 등불」에 등장하는 주인공 낸시나 루 같은 '점원 아가씨'들은 바로 부르주아 자본가들한테서 착취당하고 압박받는 프롤레타리아 인민 대중이다. 뒤에 다시 자세히 언급하겠지만 러시아 문학 이론가들이 오 헨리에 깊은 관심을 기울인 또 다른 이유는 정치적인 것이 아니라 어디까지나 문학적인 것이었다. 그들에게 오 헨리는 사회주의 리얼리즘을 실천에 옮긴 프롤레타리아 작가일 뿐 아니라 더 나아가 러시아 형식주의 이론에도 잘 들어맞는 중요한 작가였다.

물론 '점원 아가씨들'이 모든 러시아 형식주의 이론가들에게 환영을 받은 것은 아니다. 가령 보리스 아이헨바움은 오 헨리의 작품에 나타난 기법에 깊은 관심을 기울이면서도 '점원 아가씨'라는 전형적 인물 창조에 유보적인 입장을 취한다. 이 점과 관련하여 아이헨바움은 "뉴욕의 점원 아가씨들에 관한 동정 어린 이야기가 러시아 독자들보다는 미국 독자들에게 더욱 호소력이 있다."라고 지적한다. 다시 말해서 낸시 같은 '점원 아가씨'는 어디까지나 미국 자본주의사회가 만들어 낸 산물일 뿐 러시아의 노동자나 농민과는 성격이 조금 다르다는 것이다. 그도 그럴 것이 겉으로는 서로 비슷해 보이지만 좀 더 자세히 들여다보면 미국과 러시아는 사회적·문화적 배경에서 사뭇 다르다.

  위 인용문 마지막 문장에서 오 헨리가 가브리엘 천사를 언급하는 것도 눈여겨볼 필요가 있다. 대천사 가브리엘은 "하느님은 우리의 힘"이라는 뜻으로 아브라함 계통의 종교에서는 하느님의 전령(傳令)으로 등장하는 천사다. 성경에서는 때때로 죽음의 천사 가운데 한 명으로 등장한다. 그런데 오 헨리는 낸시의 얼굴 표정이 최후 심판의 날에 "우리의 자손들이 우리를 꾸짖기 위해 내려올" 가브리엘 천사의 얼굴에서 볼 수 있는 그런 표정이라고 밝힌다. 최후 심판에서 하느님이 낸시 같은 '점원 아가씨'를 착취한 데 대하여 자본가들에게 책임을 물을 것이라고 암시하는 대목이다.

이렇게 오 헨리는 뉴욕 같은 대도시를 배경으로 진부하다 싶을 만큼 평범한 일상 경험을 다루되 그것에 낭만적인 요소를 가미하여 독특한 분위기를 자아낸다. 손에 닿는 것마다 황금으로 만들어 버리는 저 그리스 신화의 미다스 왕처럼 아무리 보잘 것없는 일상 경험이라도 일단 그의 손에 들어오면 로맨스의 빛깔을 띠게 된다. 제시 F. 나이트는 바로 이 점에서 오 헨리 문학의 위대성을 찾는다.

> 오 헨리는 로맨스가 특정한 장소에 있지 않다는 사실을 깨닫고 있었다. 로맨스는 어떤 장소에 고유한 것이 아니다. 오히려 그것은 우리 자신 안에 들어 있다. (…중략…) 로맨스를 결정하는 것은 삶 자체가 아니라 (…중략…) 우리가 어떻게 삶을 바라보느냐에 달려 있다. 오 헨리가 이룩한 가장 탁월한 업적 가운데 하나는 낭만주의와 산업사회의 현대 도시를 서로 결합하는 데 성공했다는 것이다. 오 헨리는 낭만주의를 20세기에 직수입하였다.

앞장에서 이미 지적하였듯이 문학 전통이나 사조에서 보면 오 헨리는 사실주의나 자연주의 전통에 서 있다. 그런데도 그는 같은 시대에 활약한 스티븐 크레인, 프랭크 노리스, 시어도어 드라이저, 업튼 싱클레어, 셔우드 앤더슨 같은 자연주의 작가들과는 크게 다르다. 그들도 오 헨리처럼 누추한 일상 경험을 즐겨 작품의 소재로 삼았지만 지나치게 삶의 어두운 면에 눈을 돌렸다. 다시 말해서 그들의 작품에서는 오 헨리의 작품에서 볼 수 있는 것처럼 훈훈한 인간미와 낭만주의적인 요소를 좀처럼 찾아볼 수가 없다.

물론 오 헨리도 삶을 언제나 그렇게 장밋빛으로 본 것은 아니다. 여러 단편 소설에서뿐 아니라 미처 쓰지 못한 소설과 관련한 한 편지에서 그는 인간이 놓여 있는 비극적 상황을 '쥐덫'에 빗대곤 하였다. 덫에 걸려 있는 쥐처럼 인간도 자신이 제어할 수 없는 덫에 걸려 있다는 것이다. 그러나 오 헨리는 비록 인간의 삶을 덫에 빗대고는 있기는 하지만 그가 말하는 덫은 자연주의자들이 말하는 그것과는 조금 다르다. 에밀 졸라의 자연주의 유산을 물려받은 크레인과 노리스 그리고 드라이저에게 덫이란 인간의 자유 의지로써는 어찌할 수 없는 무자비한 유전과 환경의 힘이었다. 좀 더 구체적으로 말해서 유전에서 비롯하는 생물학적 결정론, 환경에서 비롯하는 사회-경제적 결정론 말이다. 전통적인 자연주의 작가들은 인간의 행동이 개인의 힘으로는 제어할 없는 어떤 내적 또는 외적 힘 때문에 직접 또는 간접 크나큰 영향을 받는 것으로 보았다.

그러나 오 헨리에게 생물학적 결정론과 사회-경제적 결정론은 그렇게 중요하지 않다. 그의 작중인물들은 단순히 꼭두각시처럼 운명의 노리개라고 보기 어렵기 때문이다. 그들은 자신 안에 스스로의 운명을 지니고 다닌다. 오 헨리의 작중인물들은 그 나름대로 자유 의지를 행사하여 스스로의 삶을 개척하려고 한다. 만약 인간이 쥐덫에 갇혀 있다고 한다면 오 헨리의 작중인물은 유전이나 환경보다는 오히려 습관이나 인습의 덫에 갇혀 있다고 해야 할 것이다. 그의 작품에는 습관이나 인습의 굴레에서 벗어나려고 몸부림치지만 어쩔 수 없이 다시 그 굴레에 갇히고 마는 작중인물이 적지 않다.

가령 오 헨리의 작품 중에서 「시계추」는 심리적 결정론을 보여 주는 좋은 예가 된다. 주인공 존 퍼킨스는 직장에서 돌아오자 친정어머니의 몸이 아파 아내가 갑자기 친정집에 간 사실을 알고는 적잖이 실망한다. 그러면서 그동안 자신이 아내 캐티에게 너무 소홀히 했다고 뉘우치고 새사람이 되기로 결심한다. 지금까지 그는 집에 돌아오자마자 아내를 혼자 집에 남겨두고 밖에 나가 친구들과 어울리곤 했던 것이다.

"나는 참으로 못된 녀석이었어." 존 퍼킨스는 생각했다. "캐티를 그런 식으로 대했으니. 캐티와 함께 집에 있지 않고 매일 밤마다 당구나 치고 술이나 마시며 돌아다녔지 뭔가. 불쌍한 캐티가 지겨움을 참으며 혼자 쓸쓸하게 지내는 동안, 난 그런 식으로 늘 놀고 다녔으니 말이야! 존 퍼킨스, 넌 나쁜 놈 중의 나쁜 놈이야. 이젠 귀여운 캐티에게 그동안의 잘못을 보상해 주어야지. 앞으론 캐티를 데리고 나가 재미있는 구경을 시켜 줘야겠어. 그리고 당장 이 순간부터 맥클로스키 일당과는 손을 끊어야지."

그러나 캐티는 친정어머니가 생각한 것처럼 병이 그렇게 심각하지 않자 남편이 걱정되어 곧바로 집에 돌아온다. 아내가 막상 집에 돌아오자 남편은 제목 그대로 시계추처럼 다시 옛날의 상태로 되돌아간다. '작심삼일(作心三日)'이라는 말도 있지만 존은 겨우 몇 시간이 지나지 않아 결심이 흔들린다. 이 소설의 화자는 "아무도 프록모어 아파트의 앞쪽 3층이 다시 기계를 윙윙거리며 '사물의 질서' 속으로 빠져들어 가면서 톱니바퀴들이 짤각 덜커덕 소리를 내는 것을 듣지 못했다. 벨트가 미끄러지고 스프링이 작동했으며, 기어가 조절되어 바퀴들이 원래의 궤도를 따라 돌아가기 시작했다."라고 말한다. 존은 방금 한 결심을 까맣게 잊어버린 채 옛날의 생활습관으로 되돌아간다.

이미 앞에서 오 헨리는 미국의 심리주의 소설가 헨리 제임스를 별로 좋아하지 않았다고 밝혔다. 헨리 제임스보다는 그의

형으로 철학적으로 척박한 미국 땅에 실용주의 철학의 씨앗을
처음 뿌리고 심리학 이론을 펼친 윌리엄 제임스를 훨씬 더 좋아
하였다. 이러한 사정은 윌리엄 제임스도 마찬가지였다. 윌리엄
제임스는 오 헨리의 작품을 무척 좋아했던 것으로 알려져 있다.
제임스는 『심리학 원리』(1890)라는 책에 습관에 한 장(章)을 할
애하고 있다. 그런데 이 습관에 관한 장은 다름 아닌 오 헨리의
작품에서 영향을 받고 집필했던 것이다.

제3장
오 헨리 단편 소설의 중심 주제

　오 헨리는 오직 단편 소설밖에는 쓰지 않았다. 미국 문학은 말할 것도 없고 세계 문학사를 통틀어 그처럼 평생 단편 소설 장르 하나에만 매달린 작가도 찾아보기 그렇게 쉽지 않다. 비평가들이 흔히 오 헨리와 비교하곤 하는 프랑스의 작가 기 드 모파상만 하여도 단편 소설 못지않게 장편 소설, 희곡 시집, 기행문 등 온갖 장르에 손을 대었다. 러시아 대표적인 단편 소설 작가 안톤 체호프도 마찬가지여서 그는 단편 소설을 많이 썼지만 희곡과 수필에도 관심을 기울였다. 이 점에서는 미국의 에드거 앨런 포도, 프랑스의 알퐁스 도데, 영국의 윌리엄 서머싯 몸도 마찬가지다.

　사망하기 얼마 전 오 헨리는 미국 남부 지방을 소재로 한 작품을 구상하여 주간잡지 『콜리어스 위클리』와 연재하기로 계

오 헨리는 많게는 300편에 이르는 단편 소설을 쓴 것으로 알려져 있다.

약까지 맺은 적이 있다. 오 헨리의 건강이 악화되는 등 이런저런 이유로 끝내 그는 이 작품을 집필하지 못하고 말았다. 잡지에 한 번 실리는 것도 아니고 몇 차례에 걸쳐 연재할 계획을 세운 것을 보면 단편 소설 분량이 넘는 작품일지도 모른다. 어찌 되었든 그는 죽는 날까지 단편 소설을 집필하는 데 온 힘을 기울였다.

물론 오 헨리는 단편 소설만을 집필한 것은 아니다. 장편 소설은 집필하지 않았어도 단막 희곡 작품과 시를 썼다. 1903년 3월 『에인즐리 매거진』에 실린 「고함과 분노」라는 희곡이 바로 그것이다. 그는 이 희곡 작품의 제목을 윌리엄 셰익스피어의 비극 『맥베스』(1611)에서 따왔다. 윌리엄 포크너의 대표적인 작품이라고 할 『고함과 분노』(1929)도 셰익스피어의 작품에서 빌려온 것이다. 그러나 셰익스피어의 작품에서 직접 빌려왔다기보다는 오히려 오 헨리의 제목에서 빌려왔다고 보는 쪽이 더 정확하다. 포크너의 작품을 보면 오 헨리가 사용한 작품 제목을 자주 빌려오기 때문이다. 한편 오 헨리는 「샹송 드 보헴」, 「잊기 어려워」, 「두 초상화」, 「허영심」 같은 시 작품을 열 편 정도 쓰기도 하였다. 그러나 그가 애정과 함께 가장 깊은 관심을 기울인 문학 장르는 뭐니 뭐니 해도 단편 소설이다. 단막 희곡이나 시만 하여도 습작 수준에서 크게 벗어나지 않는다.

이렇게 단편 소설 장르에 온 힘을 쏟은 오 헨리는 세계 문학사에서 단편 소설의 수준을 한 단계 끌어올렸다는 평가를 받는다. 이 장르에서 그가 이룩한 업적은 생각보다 무척 크다. 오 헨리 하면 단편 소설을, 단편 소설 하면 곧 오 헨리를 떠올리게 된다. 이렇듯 오 헨리와 단편 소설은 마치 샴의 쌍둥이처럼 떼려야 뗄 수 없을 만큼 서로 깊이 연관되어 있다. 미국 문학사로 그 범위를 좁혀 보더라도 그는 '미국 문예 부흥' 시대에 너새니얼 호손과 허먼 멜빌 그리고 에드거 앨런 포 같은 작가가 수립한 단편 소설 전통을 계승하여 더욱 발전시켰다. F. 스콧 피츠제럴드와 윌리엄 포크너 그리고 어니스트 헤밍웨이 같은 미국 작가들의 작품을 읽다 보면 여기저기에서 오 헨리의 그림자가 자주 어른거린다.

오 헨리는 비단 미국 문학에 그치지 않고 세계 단편 소설사에도 큰 영향을 끼쳤다. 단편 소설가로서 그는 영국의 토머스 하디와 윌리엄 서머싯 몸, 프랑스의 기 드 모파상과 알퐁스 도데, 러시아의 이반 투르게네프와 니콜라이 고골 등과 함께 어깨를 나란히 한다. 한 비평가가 "오 헨리는 단편 소설에 싱그러운

새 바람을 불어넣음으로써 단편 소설이라는 장르가 독자들로부터 받던 불신이나 모욕을 말끔히 씻어 주었다."라고 말하는 것은 바로 그 때문이다. 오 헨리는 무엇보다도 그동안 서자(庶子) 취급받던 단편 소설을 본격적인 문학 장르로 끌어올리는 데 크게 이바지하였다.

오 헨리가 이렇게 미국의 단편 소설 장르를 본격적인 문학 장르로 끌어올린 데에는 그의 천부적인 재능도 재능이지만 그가 활약하던 시대 상황도 한몫 톡톡히 하였다. 19세기 말엽부터 20세기 초엽에 걸쳐 산업의 발달에 힘입어 미국은 그 어느 때보다도 문화 산업이 크게 융성하였다. 그중에서도 신문과 잡지의 출간과 유통은 특히 눈여겨볼 만하다. 이 무렵 뉴욕 같은 대도시에서 일하는 수많은 노동자는 오락거리를 갈구하고 있었으며, 신문과 잡지가 바로 그 역할을 맡고 있었다.

이 무렵 우후죽순처럼 쏟아져 나온 신문과 잡지의 지면 중 상당 부분을 차지하는 것은 단편 소설이었다. 독자들이 읽고 싶어 하는 것은 일상적 현실 세계를 기록한 글이 아니라 어디까지나 현실 도피적인 성향이 짙은 다분히 오락적인 글이었다. 독자들은 일상적 현실에서 얻지 못하는 것을 문학 작품에서 대신 얻고자 하였다. 그래서 신문과 잡지에 실린 단편 소설은 로맨스, 모험, 환상 등이 대부분이었다. 독자들은 프랭크 노리스나 스티븐 크레인의 소설처럼 누추한 현실을 다룬 작품을 아직 받아들일 준비가 되지 않았다. 이러한 상황에서 오 헨리의 작품은 독자의 구미를 충족시키는 데 그야말로 안성맞춤이었다.

20세기 초엽 잡지 전성시대에 편집자로 이름을 떨친 찰스 애그뉴 맥린은 단편 소설 작가에게는 독자들의 구미에 맞는 작품을 쓰기 위해서는 어떤 통찰이 필요하다고 역설하였다.

> 우리가 대부분 바라보는 그대로의 삶은 일종의 혼란과 무질서와 다름없다. 그 리듬과 디자인은 우리에게 보이지 않는다. 이야기꾼은 실타래처럼 얽히고설킨 다양한 색깔을 붙잡아 아름다움과 일관성의 패턴으로 짜 맞춘다. 쓸모없는 쓰레기는 던져버리고, 파편처럼 부서진 경험으로부터 인간 마음의 욕망이라는 궁전을 짓는다. (…중략…) 훌륭한 작가는 다른 작가라면 놓칠지도 모르는, 인간 드라마에서 흥미롭고 낭만적이고 고상하고 매력적인 그 무엇을 찾아내는 사람이다.

위 인용문에서 좀 더 찬찬히 눈여겨봐야 할 것은 "인간 마음의 욕망이라는 궁전"이라는 구절이다. 대도시의 공장이나 상점에서 일하는 노동자들이 갈구하는 욕망은 백화점이나 상점에서 물건을 구매하는 고객과 같은 사람들이 되는 것이다. 생산자나 판매자가 아니라 소비자가 되는 것이야말로 궁극적으로 그들이 마음속에 품고 있는 욕망이요 꿈이다. 「낙원에 들른 손님」의 두 주인공처럼 그들은 일 년 중 며칠만이라도 부유한 사람들처럼 살고 싶다. 그저 부유한 사람들에 그치지 않고 더 나아가 으리으리한 궁전에서 호화롭게 살고 있는 왕이나 왕비처럼 살고 싶은 것이 그들이 가슴속에 품고 있는 꿈이다.

맥린은 뛰어난 작가라면 독자들의 이러한 욕망에 부응하도록 작품을 써야 한다고 지적하였다. 20세기 초엽 '오 헨리 시대'라는 용어에 걸맞게 오 헨리는 맥린이 요구하는 수준을 충족시켰다. 생각해 보면 볼수록 오 헨리가 미국의 문화 산업에 이바지한 몫은 생각 밖으로 무척 컸다. 작가로서 타고난 재능과 이 무렵 미국의 문화 현상이 한데 어울려 오 헨리는 단편 소설 장르에서 탁월한 업적을 남겼다. 그리하여 그가 사망한 지 채 10년도 되지 않은 1919년 기준으로 그의 작품집이 무려 4백만 권 넘게 팔려 나갔다. 4백만 권이라면 뉴욕 시의 전체 인구와 맞먹는 숫자다. 좁게는 뉴욕 시에, 넓게는 미국 문단에 유성처럼 나타났다가 사라졌는데도 그가 이룩한 업적은 이렇게 참으로 엄청나다. 일찍이 문학 비평가 프레드 루이스 패티가 『미국 단편 소설의 발전』(1923)에서 "오 헨리의 출현이야말로 새로운 세기의 가장 놀라운 문학적 현상"이라고 지적한 것도 그렇게 무리가 아니다.

한편 미국에서 단편 소설 지침서 비슷한 핸드북이 쏟아져 나온 것도 바로 이 무렵이었다. 독자의 기대에 부응하여 신문과 잡지에 단편 소설이 많이 실리자 단편 소설 작가 지망생이 눈에 띄게 늘어났다. 그러자 이번에는 이러한 수용에 부응하기 위하여 단편 소설을 집필하는 요령을 다룬 지침서들이나 핸드북들이 출간되어 나오기 시작하였다. 이 책의 저자들은 마치 어려운 수학 문제의 해법을 제시하듯이 단편 소설을 집필하는 공식을 제시하였다. 그래서 한 비평가는 "미국에서 단편 소설의 예술은 이제 마치 엄밀 과학이 되었다."라고 불평을 털어놓기도 하였다.

오 헨리는 단편 소설에서 자칫 진부하다 싶은 일상적 경험을 즐겨 소재로 다룬다. 단편 소설은 흔히 '삶의 단면(tranche de vie)'을 보여 주는 데 가장 알맞은 문학 장르라고 일컫는다. 프랑스 극작가 장 쥘리앵이 처음 사용한 것으로 알려진 이 용어는 처음에는 실제 삶을 자연주의적 기법으로 재현하는 연극을 가리켰다. 그러다가 일상생활의 경험을 다루는 단편 소설을 가리키는 용어로 굳어 버리다시피 하였다. '삶의 단면'이란 글자 그대로 칼로 케이크를 자르듯이 파노라마 같은 다양한 삶에서 한 조각을 잘라내어 그것을 극적으로 실감 나게 묘사하는 것을 말한다.

그런데 오 헨리야말로 '삶의 단면'을 가장 잘 묘사한 단편소설 작가라고 할 만하다. 동시대나 그 이전에 활약한 작가들과 비교해 볼 때 그는 미국인들의 삶 중에서 전형적이라고 할 단면을 선택하여 여실히 보여 준다. 특히 그가 묘사하는 삶의 단면에는 어느 작가보다도 사회사적 의미가 크다. 19세기 프랑스의 소설가 스탕달은 일찍이 소설을 두고 "한길에 걸어놓은 거울"이라고 밝힌 적이 있다. 거울이 사물을 비추어내듯이 소설은 길거리나 시정(市井)에서 일어나는 일을 샅샅이 묘사한다는 뜻이다.

최근 들어 문학 작품이 역사책보다도 오히려 역사적 사실을 더 진솔하게 담고 있다는 말을 심심치 않게 듣는다. 문학이란 단순히 상상력이 빚어낸 허구적 산물만은 아니라는 뜻이다. 마찬가지로 역사도 단순히 객관적 사실을 기록해 놓은 것 이상의 어떤 것이다. 이 점에서 본다면 오 헨리의 작품이야말로 20세기 초엽의 미국 사회를 들여다볼 수 있는 더할 나위 없이 좋은 역사책이다. 그의 작품에는 이 무렵의 미국의 사회상이 고생물을 간직하고 있는 화석처럼 고스란히 간직되어 있기 때문이다.

오 헨리가 활약하던 20세기 초엽은 미국의 역사에서 격변기 중에서도 격변기였다. 남북전쟁을 분수령으로 미국은 사회적으로 크나큰 변화를 겪었다. 전쟁이 끝난 뒤 산업화와 공업화가 급속도로 진행되면서 경제적 부국을 이루었으며, 이러한 과정에서 사회적으로 여러 부산물과 역기능이 생겨났다. 오 헨리의 작품에는 이러한 경제적 상황 말고도 1898년의 미국-스페인 전쟁, '명백한 운명'이라는 깃발을 높이 쳐들고 서부로 영토를 확장해 가던 서부 개척과 그 개척지의 생활 등을 엿볼 수 있다. 또한, 이 무렵 뉴욕 같은 대도시들과 중소도시들이 우후죽순처럼 생겨났으며, 이러한 도회의 생활방식과 풍물과 관습을 연구하는 데에도 그의 작품은 아주 소중한 자료가 된다.

가령 오 헨리는 작품에서 커피나 음식의 가격 등 얼핏 대수롭지 않게 보이는 것까지 상세히 기록한다. 이 무렵에는 커피한 잔에 2센트밖에 하지 않았고, 25센트만 주면 꽤 괜찮은 식당에서 송아지 고기 요리를 즐길 수 있었다니 이 당시의 구매력을 미루어볼 수 있다. 이 밖에도 20세기 초엽 미국의 대도시에서 유행한 의상이라든지, 이 무렵 관심을 끌었던 연극이나 오락이라든지 이 시대에 살았던 사람들의 취향과 기호를 연구하는 데 좋은 자료가 된다. 이 점에 오 헨리는 거의 같은 시기에 활약한 작가 시어도어 드라이저와 아주 비슷하다. 『시스터 캐리』(1900)와 『미국의 비극』(1925)을 비롯한 작품에서도 19세기 말엽 미국 대도시를 중심으로 한 시대상을 읽을 수 있다.

그러나 오 헨리의 작품이 단순히 사회사적인 의미만을 지니고 있다면 아마 지금처럼 독자들로부터 큰 반응을 얻지 못할 것이다. 아직도 그의 작품은 미국뿐 아니라 전 세계에 걸쳐 큰 사랑을 받고 있다. 감수성 예민한 사춘기 문학소녀에서 소설 이론을 연구하는 전문적인 학자에 이르기까지 뭇 사람들이 그동안 그의 작품에 깊은 관심을 기울여 왔다. 미국에서 그의 작품은 중고등학교의 필독서 목록에 올라와 있다. 「마지막 잎새」나 「크리스마스 선물」 같은 작품은 한국의 중고등학교 교과서에도 단골 메뉴로 나온다. 성탄절이 가까운 12월이 되면 그의 작품이 새해 달력처럼 인기를 끈다.

　　오 헨리는 단편 소설의 내용이나 주제에 끼친 영향도 무척 크다. 어느 작가보다도 인간성의 숭고함과 고귀함을 드러내는 데 남다른 관심을 기울였다. 사회적 지위나 신분, 지적 능력, 물질적 재산과 관계없이 그는 모든 인간을 깊은 동정과 애정의 시선으로, 그리고 그들을 이해하는 마음으로 바라보았다. 구대륙 유럽과 비교해 볼 때 자유와 평등의 민주주의를 부르짖는 신대륙 미국에서는 사회적 신분이나 지위는 별다른 의미가 없었다. 그러나 상업 자본주의로 발전한 미국은 경제적 지위나 신분이라는 또 다른 계급을 만들어 내기에 이르렀다. 19세기 말부터 20세기 초엽에 걸쳐 빈부 차이의 골이 그 어느 때보다도 깊어졌다.

그런데 오 헨리는 자본가들보다는 오히려 그들이 억압하고 착취하는 노동자들에 깊은 관심을 기울였다.

단편 소설을 인간화했다는 평가를 받는 오 헨리.

오 헨리의 전기를 쓴 C. 앨폰소 스미스는 일찍이 워싱턴 어빙이 단편 소설을 '전설화'하였고, 에드거 앨런 포가 그것을 '표준화'하였으며, 너새니얼 호손이 그것을 '우화화'하였고, 브레트 하트가 그것을 '지역화'하였다면, 오 헨리는 그것을 '인간화'하였다고 지적한 적이 있다. 스미스의 말대로 단편 소설은 오 헨리에 이르러 비로소 인간의 모습을 갖추었다고 할 수 있다. 이렇듯 인도주의야말로 오 헨리 문학에서 가장 핵심적인 주제이다. 그의 작품에 관류하는 한 가지 주제가 있다면 그것은 바로 동료 인간에 대한 뜨거운 동정과 이해다. 거지와 부랑아와 노숙자, 도둑이나 범법자, 삶의 낙오자와 패배자처럼 삶의 밑바닥에 떠도는 사람들, 그리고 낮은 임금에 시달리는 직장 여성은 비록 사회로부터 소외된 채 그늘진 응달에 살고 있지만 오 헨리에게는 여전히 '인간 가족'의 소중한 구성원일 뿐이다. 그는 가난하고 외로운 사람들을 따뜻한 마음으로 감싸 안고, 그들의 약점과 한계를 너그러운 마

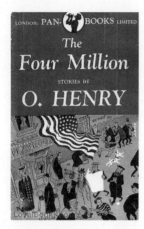

오 헨리를 단편 소설 거장의 반열에 올려놓는 데 크게 기여한 두 번째 작품집 『4백만 명』. 4백만 명이라는 숫자는 20세기 초엽 뉴욕 시의 인구수다.

음으로 이해하려고 노력하였다.

언젠가 뉴욕에서 변호사 개업을 하고 있던 워드 맥앨리스터는 "뉴욕 시에서 알 만한 가치가 있는 사람은 모두 4백 명밖에는 되지 않는다."라고 말한 적이 있다. 이 말을 들은 오 헨리는 그러한 사람이 "4백 명이 아니라 4백만 명은 된다."라고 반박하였다. 4백만 명이란 바로 이 무렵 뉴욕 시에 살고 있는 전체 인구를 말한다. 다시 말해서 뉴욕 시에 살고 있는 사람이라면 하나같이 사회적 신분이나 재산 또는 학식과 관계없이 모두 "알 만한 가치가 있는" 사람들이라는 것이다. 그래서 오 헨리는 한 작품집에 '4백만 명'이라는 제목을 붙였다. 그런데 오 헨리의 애정과 관심은 비단 뉴욕 시민에게만 그치지 않는다. 미국 시민 전체, 더 넓게는 지구촌에 살고 있는 모든 주민으로 확대된다. 이렇게 휴머니즘을 부르짖는다는 점에서 그는 가히 '미국의 빅토르 위고'라고 할 만하다.

오 헨리가 인도주의의 주제 중에서도 특히 힘주어 말하고 있는 주제는 사랑과 희생의 중요성이다. 동료 인간에 대한 동정과 이해는 바로 사랑과 희생이 없이는 불가능하다. 말하자면 사랑과 희생은 휴머니즘의 집을 떠받들고 있는 기둥이라고 할 수 있다. 사랑과 희생의 주제는 사회의 최소 단위라고 할 가족 구성원의 관계에서 가장 잘 엿볼 수 있다. 오 헨리는 가족 구성원 중에서도 젊은 부부의 사랑과 희생을 즐겨 다룬다.

가령 「크리스마스 선물」을 한 예로 들어보자. '현자의 선물' 또는 '동방박사의 선물'로도 일컫는 이 작품에서 여주인공 델러는 자신이 그토록 아끼는 머리채를 팔아 사랑하는 남편에게 줄 선물로 시곗줄을 산다. 마찬가지로 짐은 짐대로 가보(家寶)처럼 전해 내려온 자신의 소중한 시계를 팔아 아내에게 줄 머리빗을 산다. 이 젊은 부부는 사랑하는 배우자에게 선물을 하지 않고 크리스마스이브를 보낼 수 없기 때문이다. 그러나 그들이 준비한 선물은 적어도 지금 당장은 아무 쓸모가 없다. 델러는 머리카락을 잘라 팔았고, 짐은 시계를 팔았기 때문이다. 짐이 슬픔에 잠긴 아내에게 "델러, 우리, 크리스마스 선물을 당분간 치워 둡시다. 그것들은 지금 당장 사용하기엔 너무 훌륭한 것들이니."라고 말하는 까닭이다.

오 헨리는 이 작품에서 행복이란 물질적인 데에서 오는 것이 아니라 어디까지나 정신적인 데에서 오는 것이라는 진리를 새삼 일깨워준다. 짐과 델러는 가난할망정 더없이 행복하다. 이 젊은 부부가 살고 있는 집은 그들 소유가 아닌 남의 집이며, 그 것마저 전셋집이 아닌 사글셋집이다. 오 헨리는 화자의 입을 빌려 "가구가 딸린, 일주일에 집세 8달러짜리 아파트. 말할 수 없을 정도로 누추한 집은 아니라 할지라도 혹 거지 떼라도 몰려들지 않을까 경계해야 할 만큼 초라한 집이었다."라고 말한다. 짐이 일주일에 30달러씩 받던 경기가 좋던 시절에는 그런대로 생활을 꾸려갈 수 있었지만 수입이 20달러로 줄어든 지금 그들은 매우 절약하면서 살아갈 수밖에 없다.

일주일에 8달러의 돈벌이와 일 년에 백만 달러의 돈벌이─과연 어떤 차이가 있을까? 수학자나 지식이 많은 사람에게 물어보아도 그들은 틀린 대답을 할지 모른다. 성경에 나오는 동방박사들은 값진 선물을 가지고 왔지만 그 선물 가운데에도 그 해답은 없었다.

일주일 8달러라면 일 년 수입이 줄잡아 417달러가 될 것이다. 적어도 수학적으로 계산하면 일 년에 400여 달러 남짓 버는 사람과 백만 달러 버는 사람 사이에는 행복감에서 엄청난 차이가 있을 것이다. 그러나 오 헨리는 수학자들이나 지식인들의 계산법이 틀렸다고 말한다. 그들 부부가 느끼는 행복과 백만장자가 느끼는 행복은 별로 차이가 나지 않기 때문이다. 짐과 델러의 행복은 물질적으로 계량할 수 있는 것이 아니라 어디까지나 정신적으로 계량할 수 있는 것이기 때문이다. 또한, 이 젊은 부부가 서로 교환한 크리스마스 선물은 지금 당장은 아무 쓸모가 없을망정 동방박사들이 아기 예수에게 준 선물, 즉 황금과 유향과 몰약보다도 더욱 고귀하고 소중하다고 말한다.

오 헨리는 「사랑의 희생」에서도 갓 결혼한 젊은 부부의 애틋한 사랑과 희생정신을 중심적인 주제로 다룬다. 남편 조 래러비는 중서부 출신으로 화가 지망생이고, 아내 델리어 커라서는 남부 출신으로 성악가 지망생이다. 청운의 꿈을 품고 뉴욕 시에 도착한 뒤 그들은 어느 아틀리에에서 만나 곧바로 사랑에 빠져 결혼한다. 그들이 세 들어 살고 있는 집도 「크리스마스 선물」에 짐과 델러가 살고 있는 집 못지않게 작고 초라하다. 방이 너무 비좁아 그들은 자유롭게 움직이는 것조차 힘들 정도다. 그런데도 그들은 마냥 행복하기만 하다. 오 헨리는 화자의 입을 빌려 "이들 두 사람이 느끼는 행복이야말로 참다운 행복이라고 믿는 내 주장을 아파트에 사는 다른 사람들도 모두 인정하리라. 행복한 가정이라면 아무리 방이 옹색해도 상관없을 것이다."라고 잘라 말한다.

그러나 문제는 비좁은 집이 아니라 생활비다. 시골에서 가지고 온 얼마 안 되는 돈도 거의 다 써 버리고 이제는 학원비를 낼 돈조차 없다. 그러자 델리어는 남편이 그림 공부를 계속할 수 있도록 자신은 학원에 나가 레슨받는 것을 그만두고 피아노 레슨을 하여 생활비와 남편의 레슨비를 번다. 그러나 피아노 레슨을 한다는 것은 한낱 거짓말이고 실제로는 세탁소에서 다리미질을 하여 돈을 번다. 한편 조는 조대로 학원에 나가 열심히 그림 레슨을 받는 것 같지만, 실제로는 역시 세탁소에서 화부로 일하면서 생활비를 번다. 결국 두 사람은 상대방을 감쪽같이 속여온 것이다.

누구나 자기의 '예술'을 사랑하게 되면 어떤 희생도 아끼지 않는 법이다. 이것이 우리의 전제이다. 그리고 이 이야기는 이 전제로부터 한 결론을 이끌어내는 동시에 이 전제가 틀리다는 점을 보여주려고 한다. 이것은 논리학에서 하나의 새로운 시도일 것이며, 중국의 만리장성보다도 오래된 이야기 기법에서는 하나의 놀라운 묘기가 될 것이다.

위 인용문의 첫 문장은 얼핏 보면 선뜻 이해가 가지 않는다. 자신의 '예술'을 사랑한다면 대부분 사람은 좀처럼 희생하지 않으려고 할 것이다. 그러나 이 작품의 화자는 이 일반적인 전제가 오류라는 사실을 증명하겠다고 말한다. 말하자면 이 이야기는 결국 이러한 일반적 전제를 뒤집기 위한 구체적인 실례에 지나지 않는 셈이다.

그런데 오 헨리가 위 인용문에서 '예술'이라는 낱말에 홑따옴표를 사용한다는 점을 눈여겨봐야 한다. 그는 일반적 의미의 예술을 말하는 것이 아니라 어떤 특수한 의미의 예술을 말하고 있기 때문이다. 그가 이 작품에서 염두에 두고 있는 '예술'은 음악이나 미술이 아니라 바로 '삶'이라는 예술이다. 조와 델리어는 비록 그들이 추구하려는 예술에서는 실패자요 낙오자일지 모른다. 그러나 적어도 인생의 예술에서 두 사람은 루트비히 판 베토벤이나 미켈란젤로 못지않은 예술가로 판명된다. '삶의 예술'에서 배우자로서 상대방을 아끼고 배려하는 마음이야말로 가장 소중하고 값진 것이기 때문이다.

더구나 조와 델리어는 이 '예술'을 좀 더 좁혀 사랑의 의미로 받아들이기도 한다. 마지막 장면에서 부부는 상대방을 위하여 자신을 희생하고 있다는 사실을 깨닫고 깊이 감동한다. 조는 델리어가 핑크니 장군의 딸에게 피아노를 가르치는 것이 아니라 실제로는 세탁소에서 일하고 있다는 사실을 우연히 알게 된다. 어느 날 오후 위층에서 한 여자 종업원이 다리미질하다가 그만 손을 데었을 때 조가 솜 부스러기와 연고를 올려보내 주었는데 저녁 때 피곤한 모습으로 돌아온 델리어의 손에 바로 자신이 보내주었던 솜이 붙어 있었던 것이다. 그제야 델리어는 조에게 피아노 레슨을 하고 있다는 말이 거짓이었다고 고백하고, 조는 조대로 아내에게 그림을 팔아 돈을 벌었다는 말이 거짓말이었다고 털어놓는다.

그러자 델리어는 남편에게 그렇다면 지금껏 그림을 팔았다는 말은 거짓말이 아니었느냐고 묻는다. 이 물음에 조는 그녀에게 "내 그림을 사 갔다는 피오리아 신사나 당신의 핑크니 장군이나 똑같은 예술의 산물이지. 그 이름은 미술도, 음악도 아니지만 말이야."라고 대답한다. 그리고 나서 두 사람은 함께 웃는다. 조가 "누구나 자기 '예술'을 사랑하게 되면 어떤 희생도…"라고 입을 열자 델리어는 그의 입술에 손을 갖다 대며 "아니, 틀렸어요. 누구나 서로를 사랑하게 되면… 이렇게 표현을 바꿔야 해요."라고 대꾸한다. 다시 말해서 그들은 "예술을 사랑하게 되면 어떠한 희생도 아끼지 않는 법"이라는 일반적인 명제를 버리고 "누군가를 사랑하게 되면 어떠한 희생도 아끼지 않는 법"이라는 새로운 명제를 받아들인다.

그러나 이러한 사랑과 희생의 주제를 가장 설득력 있게 형상화하고 있는 작품이라면 뭐니 뭐니 해도 「마지막 잎새」를 빼놓을 수 없다. 오 헨리는 이 작품에서 메인 주 출신의 수와 캘리포니아 주 출신의 존시라는 두 젊은 화가를 중심인물로 다룬다.

그런데 날씨가 온화한 캘리포니아에서 자란 존시에게는 뉴욕의 매서운 겨울 날씨가 잘 맞지 않을 것이다. 그래서 그런지 그녀는 폐렴에 걸려 꼼짝도 못 하고 침대에 누워 있다. 이렇게 침대에 누워 창문을 통해 건너편 집의 붉은 벽돌에 붙어 있는 담쟁이 잎새를 헤아리며 엉뚱한 공상에 사로잡힌다. 수는 숫자를 거꾸로 세고 있는 존시에게 무엇을 헤아리고 있느냐고 묻자 존시는 "잎새. 담쟁이덩굴에 붙어 있는 저 잎새 말이야. 마지막 잎새가 떨어지면 나도 가는 거야."라고 대답한다. 그러면서 "난 사흘 전부터 알고 있었어. 의사 선생님이 그러시지 않아?"라고 묻는다.

수로부터 이 말을 들은 일 층에 사는 화가 버먼 영감은 폐렴으로 죽어가고 있는 존시를 위하여 비를 맞아가며 밤새도록 담벼락에 담쟁이 잎새를 그려놓는다. 그리고 자신은 급성 폐렴에 걸려 곧 죽는다. 버먼의 행동은 말하자면 남을 살리고 자신이 죽는 살신성인(殺身成仁)인 것이다. 비바람이 세차게 몰아치는데도 여전히 벽에 붙어 있는 생명력 강한 담쟁이 잎새를 바라보면서 존시는 자신이 삶을 너무 쉽게 포기했다고 뉘우친다. 그러면서 삶에 대한 의지로 병을 몰아내고 다시 건강을 되찾는다.

이 작품의 마지막 장면에서 수는 조금씩 건강을 회복하고 있는 존시에게 세차게 비바람에 부는데도 담쟁이 잎새가 떨어지지 않고 벽돌 벽에 그대로 붙어 있는 이유를 설명해 준다.

"자, 창밖을 내다봐. 벽에 붙어 있는 저 마지막 담쟁이 잎새를 말이야. 바람이 부는 데도 왜 조금도 움직이지 않는지 이상하지도 않니? 아, 존시, 저건 버먼 할아버지가 그린 걸작이야. (…중략…) 마지막 잎새가 떨어지던 날 밤 그분이 저기에 그려 놓으신 거거든."

위 인용문에서 '걸작'이라는 말에 주목해 볼 필요가 있다. 오 헨리는 화자의 입을 빌려 "버먼은 실패한 화가였다. 지난 40년 동안이나 화필을 휘둘러 왔지만, 그는 아직도 예술의 여신의 치맛자락 근처에도 가까이 가보지 못했다."라고 말한다. 그러면서 버먼은 걸작을 그리겠다고 말로만 벼르고 있었을 뿐 그림에는 아직 손도 대지 않고 있다. 지난 몇 해 동안 이따금 상업용이나 광고용의 서툰 그림을 그린 것이 고작이다. 전문적인 모델을 쓸 힘이 없는 예술인 마을의 젊은 화가들에게 모델이나 되어 주고 돈 몇 푼 받아 살아가고 있는 별 볼 일 없고 가난한 화가다.

버먼 영감이 보여 주는 살신성인의 행동은 그야말로 보석처럼 찬란한 빛을 내뿜는다. 수의 말대로 그의 이러한 행동이야말로 예술 세계에서는 실패했을망정 '삶의 예술'에서는 최대 걸작을 남긴 예술의 대가라고 하지 않을 수 없다. 물론 「사랑의 희생」에서 조와 델리어도 그림이나 음악 같은 예술에서는 실패하지만 '삶의 예술'에서 누구 못지않게 대가가 된다. 그러나 버먼은 목숨까지 바쳐 '삶의 예술'을 성취하기 때문에 훨씬 더 값지고 소중하다고 할 수 있다.

오 헨리가 여러 작품에서 깊은 관심을 기울이는 가슴 따뜻한 인간애와 휴머니즘은 신생 국가 미국이 내세운 자유와 평등에 기초를 둔 민주주의 이상이기도 하다. 또한, 그의 작품은 민중적이고 낙관적인 세계관을 보여 준다는 점에서도 미국의 정치 이상이나 진취적인 국민 정서와도 맞닿아 있다. 적어도 이 점에서 그는 『허클베리 핀의 모험』(1884)의 작가 마크 트웨인이나 『풀잎』(1855)의 시인 월트 휘트먼의 전통을 거의 그대로 이어받아 발전시켰던 것이다.

제4장
오 헨리 단편 소설의 기교와 형식

　오 헨리는 단편 소설의 내용과 주제뿐 아니라 더 나아가 기교와 형식에서도 새로운 기원을 이룩하였다. 무엇보다도 언어 구사 능력이 뛰어나다는 평가를 받는다. 그는 때로 속어나 비어를 사용하고 지나치게 상투적인 표현을 사용한다는 비난을 받기도 하지만 풍부한 어휘력을 바탕으로 능수능란한 문장을 구사한다. 세자레 파바제는 오 헨리야말로 문어체 언어를 혁신하고 그것에 새로운 힘을 불어넣은 작가라고 지적한다. 적어도 이 점에서 오 헨리는 마크 트웨인이나 어니스트 헤밍웨이와 비슷한 데가 적지 않다.

　러시아 구성주의 예술 운동을 이끈 예술가들에게 오 헨리의 위트와 간결함 그리고 반어법 등은 더없이 좋은 기법이었다. 더구나 그러한 특징은 그들에게 재즈나 자동차나 실용주의 철학처럼 미국 문화의 정수를 잘 보여 주는 것이었다. 오 헨리를 흔히 '래그타임 왕'으로 일컫는 재즈 피아니스트 스콧 자플린에 견주는 학자들도 없지 않다. 오 헨리의 영향은 비단 러시아 구성주의자들에 그치지 않고 세계 여러 나라 예술가들에게 크고 작은 영향을 끼쳤다. 제1차 세계대전 이후 어니스트 헤밍웨이와 F. 스콧 피츠제럴드와 윌리엄 포크너가 미국 현대 문학의 아이콘으로 전 세계에 걸쳐 주목을 받았지만 그들보다 조금 앞서 오 헨리가 바로 그러한 역할을 맡았던 것이다.

오 헨리는 언어의 연금술사라고 할 만큼 비유법이나 말장난(편)에서 놀라운 솜씨를 보인다. 다른 나라 말로 옮기는 과정에서 자칫 묘미를 놓쳐버릴 때가 있지만 작품 곳곳에서 언어에서 비롯하는 유머와 위트가 보석처럼 번쩍인다. 문학이란 궁극적으로 언어를 매체로 삼는 예술이라고 생각할 때 작가의 언어 구사력이 차지하는 몫은 무척 크다. 그것은 마치 음악가가 음표를 효과적으로 배열하고, 화가가 색채를 효과적으로 구사하는 능력과 같다. 미국 문학으로 좁혀 보자면, 언어 구사력이 뛰어난 작가들이 적지 않지만 오 헨리처럼 그렇게 해학과 위트를 곁들여 언어를 구사하는 작가는 찾아보기 쉽지 않다.

가령 「예술의 대가」에서 구체적인 실례를 들어보기로 하자. 이 작품에는 한 사기꾼과 예술가인 그의 친구가 작중인물로 등장한다. 사기꾼은 예술가 친구를 사기 행각에 끌어들이려고 하지만 친구는 그 제안에 선뜻 응하지 않는다. 그러자 사기꾼은 예술가 친구에게 "자, 자네와 나 이제 예술 대(對) 예술의 이야기를 나누세."라고 말한다. 번역본을 읽는 독자들은 대부분 '예술 대 예술의 이야기'가 과연 무엇을 가리키는지 그 의미를 쉽게 이해할 수 없을지 모른다.

그도 그럴 것이 해학은 흔히 말장난에 의존하고, 이러한 말장난은 원천 텍스트(ST)를 목표 텍스트(TT), 즉 다른 언어로 옮겨 놓는 과정에서 없어지기 일쑤기 때문이다. 말장난의 묘미를 느끼기 위해서는 영어 원문을 읽어야 한다. 원문을 읽어 보면 오 헨리의 말장난 솜씨에 새삼 놀라게 된다. 상대방에게 마음을 터놓고 말하는 것을 영어로는 흔히 "heart to heart talk"라고 한다. 그런데 주인공이 지금 말하고 있는 상대방이 일반 사람이 아니고 예술가이기 때문에 이 표현을 비틀어 "art to art talk"라고 말하고 있는 것이다. 영어에서 'h' 음은 흔히 발음하지 않기 때문에 이 두 표현은 발음에서 거의 비슷하거나 똑같다. 말하자면 장기의 양수겸장(兩手兼將)처럼 한 표현으로 서로 다른 두 가지 의미를 담아내고 있다. 즉 친구로서 마음을 터놓고 허심탄회하게 말한다는 뜻과 함께 예술가로서 예술가에게 마음을 터놓고 말한다는 뜻이 들어 있는 것이다. 사기꾼은 남을 속이는 일도 일종의 '기술'이나 '예술'이라고 생각하고 있음이 틀림없다. 영어 'art'는 라틴어 'ars'에 뿌리를 두고 있는 말로 이 라틴어는 본디 '기술'과 '예술'을 함께 일컫는 말이었다.

이렇게 낱말을 양수겸장으로 사용하기는 「매혹의 옆모습」에서도 마찬가지다. 여주인공 아이다 베이츠는 작가인 일인칭 화자와 나누는 대화에서 '밴'이라는 말을 양수겸장으로 사용한다.

> "매기 아줌마가 하시는 말씀이, 제 데뷔를 환영하는 축하 파티를 본 튼 호텔에서 열어 준다는 거지 뭐예요. 5번 가에서 살고 있는 '밴'이 라는 이름을 가진 유서 깊은 네덜란드 가문 사람들을 모두 움직이게 한다는 겁니다."

아이다가 네덜란드 사람들을 두고 유서 깊다고 말하는 것은 그들이 처음으로 이 뉴욕 시를 만든 장본인이기 때문이다. 오늘날의 뉴욕 시는 네덜란드 사람들이 처음 개척하였고, 그들은 이곳을 새로운 암스테르담이라는 뜻에서 '뉴암스테르담'이라고 불렀다. 그러나 뒷날 이 식민지를 영국에 빼앗기면서 그 이름도 뉴욕이 되었던 것이다. 지금도 뉴욕 시에는 네덜란드 초기 이민 자들의 흔적을 그다지 힘들이지 않고 찾아볼 수 있다.

네덜란드 사람의 성(姓)은 하나같이 '밴'이라는 말로 시작한다. 19세기 말엽과 20세기 초엽만 해도 뉴욕 시의 5번 가에는 '밴'이라는 이름의 유서 깊은 네덜란드 가문의 후예들이 많이 살고 있었다. 위 인용문에서는 "네덜란드 가문 사람들을 모두 움직이게 한다."로 번역했지만, 원천 텍스트에는 "make moving Vans of all the old Dutch families"로 되어 있다. 그런데 이 '밴'이라는 말 앞에 '움직이는'이라는 수식어를 사용하면 전혀 새로운 뜻이 된다. '밴'은 소형 짐 마차나 트럭을 뜻하는 말로 뉴욕에 살고 있는 돈 많은 네덜란드 사람들을 넌지시 업신여기는 태도를 담고 있기 때문이다.

앵글로색슨 계통의 백인들이 네덜란드 이민자들을 업신여기는 것은 「재물의 신과 사랑의 신」이라는 작품에서 좀 더 뚜렷이 드러난다. 로크월 유레커 비누 회사의 제조업자이자 경영자로 일하다가 지금은 은퇴한 앤터니 로크월 영감은 5번 가에 있는 저택 서재에 앉아서 창밖으로 옆집에 사는 이웃을 경멸스러운 표정으로 바라보며 싱긋이 웃는다. 옆집에 사는 이웃의 이름은 G. 밴 셔일라잇 서포크-조운즈다. '밴'이라는 이름에서도 알 수 있듯이 그는 네덜란드에서 이민 온 사람이거나 그 자손이다. 로크월 영감은 "아무짝에도 쓸모없는, 조각품 같은 건방진 늙은이라고! 정신 차리지 않으면 이든 박물관에서 이 매정스러운 귀족 양반을 모셔갈지 모를걸."이라고 혼잣말로 중얼거린다.

이번에는 「식탁에 찾아온 봄」에서 예를 들어보기로 하자. 일자리를 찾아 시골에서 대도시로 올라온 새러는 일정한 직업이 없이 프리랜서 타자수로 여기저기 허드레 타자 일을 하며 돌아다니는 아가씨이다. 지난해 여름 시골에 갔다가 한 시골 청년을 사랑하게 된다. 그런데 새봄이 되면서 새러는 이 청년에 대한 그리움이 더욱 간절하다. 간절한 마음을 달래려여 그녀는 책을 꺼내 읽기 시작한다.

그녀는 그달의 가장 안 팔리는 책으로 목록에 오른 『수도원과 난로』라는 소설을 꺼내어 트렁크 위에 두 다리를 편하게 올려놓은 채 주인공 제라드와 함께 방랑의 길을 떠나기 시작했다.

새러가 지금 읽고 있는 책은 영국 소설가 찰스 리드가 쓴 『수도원과 난로』(1861)라는 역사 소설이다. 그런데 위에서는 "그달의 가장 안 팔리는 책"으로 옮겼지만 원문에는 "best non-selling book of the month"로 되어 있다. 원문에 충실하게 축자적으로 번역한다면 "가장 안 팔리는 책으로는 그달의 베스트셀러"라고 옮길 수 있을 것이다. 베스트셀러란 가장 잘 팔리는 책을 두고 말하는 것인데 가장 안 팔리는 책으로 베스트셀러라니 모순어법치고는 아주 대단한 모순어법이다.

이러한 말장난은 「한여름 기사(騎士)의 꿈」이라는 작품에서도 마찬가지로 엿볼 수 있다. 두말할 나위 없이 이 작품의 제목은 윌리엄 셰익스피어의 유명한 희극 『한여름 밤의 꿈』(1600)에서 빌려온 것이다. 영어로 '밤(night)'이라는 말과 '기사(knight)'라는 말이 뜻은 서로 다르지만 발음이 같다. 그러므로 이 제목은 동음이의어에서 착안해낸 기발한 말장난이다. 한국어에서도 마찬가지여서 『춘향전』에서도 동음이의어 '배'를 가지고 말장난하는 것을 쉽게 볼 수 있다. '배'라는 낱말에는 신체의 일부인 배[腹], 물 위에 떠 있는 [船], 과일의 한 종류인 배[梨] 등 여러 뜻이 있기 때문이다. '나이트'도 동음이의어여서 발음에서는 "한여름 밤의 꿈"이나 "한여름 기사의 꿈"이나 동일하다.

더구나 '나이트'라는 영어 낱말은 단순히 말장난에 그치지 않고 이 두 작품은 주제와 내용 그리고 기교에서도 서로 닮아 있다. 자신은 무더운 한여름에 뉴욕 사무실에서 일하면서도 아내와 자식을 산골에 있는 휴양지로 피서를 보내는 주인공 게인스야말로 현대 사회의 기사라고 할 수 있다. 사무실 의자에 앉아 잠시 낮잠을 자는 그는 꿈속에서 아름다운 아가씨 메리를 만나게 된다. 그런데 그 아가씨는 다름 아닌 지금 자신과 결혼한 아내인 것이다.

오 헨리가 이렇게 비유법을 구사하는 것은 「사랑의 희생」에서도 마찬가지다. 화자의 입을 빌려 작가는 조 래러비와 델리어 커라서스가 살고 있는 뉴욕 시의 비좁은 아파트를 이렇게 묘사한다.

　화장대가 당구대가 될 것이고, 벽난로는 노 젓는 보트가 될 것이며, 책상은 또 다른 침대가 될 것이고, 그리고 세면대는 직립형 피아노가 될 것이다. 그리고 네 벽이 무너지면 그대와 그대의 델리어는 이 사이에 꼭 끼게 될 것이 아닌가. 그러나 불행한 가정이라면 방이 크고 넓지 않으면 안 될 것이다. 금문교(金門橋)로 들어와서는 해터러스 곶에 모자를 걸고 케이프혼에 외투를 건 뒤 래브라도로 빠져나갈 만큼 말이다.

　위 인용문 전반부에서 오 헨리는 행복한 부부의 집을 익살맞게 묘사한다. 즉 집이 너무 비좁은 나머지 부부가 돌아다니다 화장대가 쓰러지면 당구대로 사용하면 될 것이고, 벽난로가 쓰러지면 노 젓는 보트로 사용하면 그만이라는 말이다. 또한, 책상이 발에 차여 쓰러지면 또 다른 침대로 사용하면 될 것이고, 세면대가 쓰러지면 직립형 피아노로 사용하면 될 것이라는 말이다. 더구나 혹시라도 네 벽이 무너지기라도 하면 부부가 이 사이에 꼭 끼게 되어 자연스럽게 포옹할 수 있을 것이라고 말한다. 가난하게 사는 집에는 당구대와 보트와 직립형 피아노가 있을 리 없지만 다른 가구가 대신 그 역할을 할 수 있다는 것이다.

그러나 위 인용문의 감칠맛은 전반부보다는 불행한 부부의 집을 묘사하는 후반부에 있다. 영어로 '골든 게이트(Golden Gate)'라고 하는 금문교란 두말할 나위 없이 캘리포니아 주 샌프란시스코 시가와 금문 해협을 건너 마린 반도를 연결하는 다리를 말한다. 그런데 'gate'라는 낱말이 들어가 있어서 "금문교(金門橋)로 들어와서는…"이라고 말하는 것이다. 또 "해터러스 곶에 모자를 걸고…"에서도 해터라스 곶은 노스캐롤라이나 주 대서양의 해터러스(Hatteras) 섬에 있는 곳이다. '해트(모자)'라는 말이 들어가 있는 것에 착안한 말장난이다. "케이프혼에 외투를 건 뒤 래브라도로 빠져나갈…"도 마찬가지다. 케이프혼(Capehorn)은 남아메리카 최남단 칠레의 티에라델푸에고 제도(諸島)에 위치한 곳이고, 래브라도(Labrador)는 캐나다 동북부의 뉴펀들랜드 주에 딸린 반도이다. 역시 '외투(cape)'라는 낱말과 '문(dor/door)'이라는 낱말에서 착안한 말장난이다.

오 헨리는 여기서 단순히 말장난하는 데 그치지 않고 말장난을 빌려 의미를 좀 더 보강한다. 행복한 부부에게는 아파트가 아무리 비좁아도 상관없지만 불행한 부부라면 아파트가 무척 넓어야 한다는 사실을 과장해서 말한다. 가령 부부싸움을 한 뒤에 부부에게는 서로 떨어져 있을 공간이 필요하기 때문이다. 그래서 오 헨리는 불행한 부부의 아파트 넓이를 아메리카 대륙 전역으로 잡는다. 금문교가 있는 곳은 미국 서부의 끄트머리 태평양 연안이고, 해터러스 곶이 있는 곳은 대서양이 시작하는 동부 끄트머리다. 케이프 혼은 아메리카 대륙의 최남단에 있고, 래브라도는 아메리카 대륙 최북단에 있다. 그러므로 이 네 지역은 아메리카 대륙의 동서는 말할 것도 없고 남북으로도 가장 끄트머리에 있는 셈이다. 오 헨리는 불행한 부부의 아파트가 그 정도로 커야 한다는 사실을 자못 익살스럽게 표현하고 있다.

오 헨리가 구사하는 비유법도 말장난 못지않게 뛰어나다. 비유법은 「둥근 원을 네모꼴로 만들기」에서 특히 빛을 내뿜는다. 켄터키 주 시골에 사는 두 집안의 반목과 갈등을 다루는 이 작품에서 오 헨리는 기하학적 비유를 다루는 솜씨가 무척 뛰어나다. 작품 첫머리에서 그는 자연이나 자연적인 것을 둥근 원에, 인공적인 것을 직선에 빗댄다.

'자연'이 둥근 원(圓)을 이루며 움직인다면 '기술'은 직선을 따라 움직인다. 자연적인 것은 둥근 모양을 하고 있고, 인공적인 것은 모난 각(角)을 이루고 있다. (…중략…) 아름다움이라는 것은 완전한 상태에 있는 자연을 뜻하며, 둥근 모습이야말로 그 주된 속성이다. 매혹적인 황금 공이며, 찬란한 사원의 둥근 지붕이며, 월귤나무 열매로 만든 파이며, 결혼반지며, 서커스의 링이며, 웨이터를 찾는 벨이며, '돌고 도는' 술잔을 생각해 보라. 한편 직선은 자연의 왜곡된 상태를 나타낸다. 비너스 여신의 허리띠가 '곧은 직선'으로 변했다고 상상해 보라!

유클리드 기하학에서 원 또는 동그라미는 평면상의 어떤 점에서 거리가 일정한 점들의 집합으로 정의할 수 있는 평면도형이다. 한편 직선은 무한히 얇고 무한히 길고 곧은 기하학적 요소다. 이차원에서 두 직선의 관계는 영원히 만나지 않는 평행이거나 일치하거나 한 점에서 만나거나 하는 세 가지 중 하나다. 그런가 하면 각이란 한 점에서 나간 두 개의 반직선이 이루는 도형을 말한다.

그러나 오 헨리는 이러한 기학적 원리에 의존하되 원과 직선을 시골과 도시를 서로 뚜렷이 구분 짓는 효과적인 비유법으로 사용한다. 위 인용문에서 마지막 문장 "직선은 자연의 왜곡된 상태를 나타낸다."를 찬찬히 눈여겨볼 필요가 있다. 오 헨리는 대자연의 리듬에 따라 자연에 순응하며 살아가는 시골의 생활 방식과 시골 특유의 원시적인 세계관을 둥근 원에 빗대는 반면, 인위적이고 틀에 박힌 도시의 생활 방식과 세계관을 직선과 각에 빗댄다. 그가 이 작품을 쓸 20세기 초엽에는 그 어느 때보다 미국의 동부 지방과 서부 지방, 도시와 시골이 뚜렷이 대조되어 있었다.

하크니스 집안과 폴웰 집안 사이에 해묵은 반목과 원한 때문에 두 가문에는 한 사람밖에는 살아남지 않는다. 칼 하크니스는 켄터키 주 컴벌랜드 산간 지방을 떠나 뉴욕 시로 자취를 감춰 버린다. 몇 년 뒤 그의 행방을 알아낸 샘 폴웰은 복수를 하려고 뉴욕으로 칼을 찾아간다. 그러나 막상 뉴욕에 도착한 샘은 미로 같은 대도시에서 길을 잃은 미아처럼 자못 어리둥절해한다. 브로드웨이와 5번 가와 23번 도로가 만나는 지점에서 칼을 우연히 만나지만 샘은 친근한 얼굴을 발견하고는 복수에 대한 생각을 모두 잊어버린 채 투박한 켄터키 사투리로 반갑게 인사하며 숙적을 껴안는다.

오 헨리가 이 작품에서 구사하는 기하학적 비유법은 '둥근 원을 네모꼴로 만들기'라는 제목에서 쉽게 엿볼 수 있다. 둥근 원을 네모꼴로 만든다는 말은 시골의 사고방식이나 생활 방식을 도시의 사고방식이나 생활 방식으로 바꾸도록 만든다는 말이다. 샘은 뉴욕 시에 도착하여 예로부터 전해오던 옛 방식을 버리고 새로운 삶의 방식을 받아들인다. "자연은 대도시에서 가장 먼저 길을 잃어버린다. 도덕적인 이유 때문이라기보다는 기하학적인 이유 때문이다. 길거리와 건물들의 직선, 엄격한 법과 사회 관습, 반듯한 포장도로, 까다롭고 엄격하며 짓누르는 듯한 완벽한 규칙들은―심지어는 여가 활동이나 스포츠에서조차 말이다―자연의 곡선에 대해 조롱하듯 차가운 시선으로 도전하고 있다."라는 말은 바로 이 점을 지적한 것이다. 그렇다면 원은 무조건 좋은 것이고 직선은 무조건 나쁜 것이라고만 할 수 없다. 가장 이상적인 모습은 원과 직선 중에서 어느 하나만을 고집하지 않고 상황에 따라 적절히 바꿀 수 있는 유연한 태도일 것이다.

오 헨리가 단편 소설 전통에서 이룩한 가장 큰 업적이라면 역시 '트위스트 엔딩'이라는 새로운 기교를 빼놓을 수 없다. 트위스트 엔딩이란 글자 그대로 독자의 기대나 예상을 뒤엎고 갑작스럽게 결말을 반전시키는 수법을 말한다. 앞에서 언급한 세 자레 파바제는 "오 헨리는 프랑수아 라블레를 제외하고는 지금까지 누구도 그렇게 하지 못한 방식으로 문장을 끝맺는다."라고 밝힌 적이 있다. "누구도 그렇게 하지 못한 방식"이란 두말할 나위 없이 트위스트 결말 방식을 말한다. 소설사에서 이러한 결말 방식을 사용한 작가로 파바제는 르네상스 시대에 활약한 프랑스 소설가 라블레를 언급하고 있지만 라블레 이후에는 프랑스 문학에 자연주의 전통을 세운 기 드 모파상도 트위스트 엔딩을 즐겨 사용하였다. 오 헨리를 흔히 "미국의 모파상"이라고 부르는 까닭도 바로 여기에 있다. 이 기법은 하도 유명하여 이제 "오 헨리 트위스트"라고 일컫기도 한다.

한 작품에서 오 헨리는 "내러티브 기술은 독자가 알고 싶어 하는 것을 작가가 주제에 대하여 자신의 생각을 폭로할 때까지 숨기는 데 있다."라고 밝힌다. 여기서 그가 말하는 '내러티브의 기술'이란 다름 아닌 작가가 작품을 끝맺는 방식을 말한다. 오 헨리에게 그러한 기술은 곧 트위스트 엔딩이다. 그런데 이렇게 독자의 기대나 예상에 빗나가도록 결말을 역전시키는 수법은 잘못 사용하다가는 자칫 진부하고 기계적인 방법으로 전락하기 쉽다.

가령 「재물의 신과 사랑의 신」은 이러한 경우의 좋은 예가 된다. 결말 장면에서 오 헨리는 작품 첫머리에 등장한 리처드 록크웰의 고모 엘렌을 다시 등장시킨다. 엘렌은 앤터니 록크웰 영감의 서재에 들어와 조카 리처드가 마침내 랜트리 양과 약혼했다는 반가운 소식을 전한다. 그러면서 그녀는 "오라버니, 이제 다시는 돈의 위력을 자랑하지 마세요. 진정한 사랑의 작은 상징이… 돈과는 아무 관계 없는, 영원한 사랑을 상징하는 조그만 그 반지가… 리처드에게 행복을 가져다준 거예요."라고 말한다. 리처드는 반지를 길에 떨어뜨렸고, 그것을 찾으려고 마차에서 내리면서 뉴욕 시내의 교통이 갑자기 마비되었다. 마차가 갇혀 있는 동안 리처드는 랜트리 양에게 사랑을 고백하게 되어 마침내 약혼까지 하게 되었다는 것이다.

그러자 앤터니 영감은 짜증 내는 듯한 태도로 엘렌에게 "알았다. 어쨌든 그 애가 그토록 원하던 걸 얻었다니 기쁘구나. 그 애에게 얘기했지만 이 일에 관한 한 내 돈을 아끼지 않겠다고…"라고 말하며 묘한 여운을 남긴다. 앤터니 영감은 켈리라는 사람에게 시켜 뉴욕 시내의 마부들을 매수하여 교통을 마비시키도록 만들었던 것이다. 더구나 켈리는 앤터니 영감에게 "예행연습 한 번 안 해 보고도 녀석들은 모두 일 초도 어김없이 제시간에 맞춰 주었답니다. 두 시간 동안은 그릴리 동상 아래에 뱀 한 마리 기어나갈 수 없었지요."라고 자랑스럽게 말한다.

상식적으로 생각해 보아도 켈리 한 사람이 뉴욕 시의 마부들을 돈으로 매수한다는 것은 거의 불가능하다. 아무리 돈의 위력이 크다고는 하지만 마부들을 매수하여 트럭을 비롯하여 전세 마차와 짐 마차 등 뉴욕 같은 대도시의 교통수단을 마비시킬 수는 없다. 물론 오 헨리는 이 작품에서 돈이 얼마나 위력이 있는지 말하고 싶었다. 그는 앤터니 영감의 행동을 보여 줌으로써 "돈으로 이룰 수 없는 것들도 있지요."라는 리처드의 말이 틀렸다는 것을 입증하고 싶었던 것이다. 오 헨리는 앤터니 영감의 입을 빌려 "켈리, 자넨 돈을 우습게 여기지 않겠지?"라고 묻는다. 그러자 켈리는 "제가요? 가난을 만들어 낸 녀석을 두들겨 패 주고 싶습니다."라고 대답한다. 이 트위스트 엔딩은 이렇게 돈의 위력을 강조하려는 나머지 억지로 짜 맞춘 듯한 느낌이 든다. 그러므로 이 결말은 오 헨리가 말하는 '내러티브 기술'에는 그다지 썩 잘 들어맞지 않는다.

그러나 오 헨리의 작품에서 이러한 반전 결말 방법은 대개 좀처럼 인위적이지 않고 거의 언제나 논리적이고 개연적이다. 예를 들어 「낙원에 들른 손님」에서 로터스 호텔에 머무는 동안 돈 많은 귀부인으로 손님들로부터 부러움을 한 몸에 받던 마담 보몽은 스타킹 가게에서 일하는 여점원으로, 더할 나위 없는 신사로 마담 보몽과 로맨스를 즐기던 패링턴 씨는 옷가게의 수금원으로 드러난다. 그들은 비록 짧은 여름휴가 동안이나마 가혹한 현실과 단조로운 일상에서 잠시 벗어나 상류 사회 사람으로 행세하고 싶었던 것이다. 일상에 지친 사람으로서는 충분히 이해할 수 있는 플롯의 전개이며 결말이다.

「크리스마스 선물」도 얼핏 지나치게 인위적이고 기계적인 트위스트 엔딩처럼 보일지 모르지만 좀 더 생각해 보면 전반적인 작품 구성에 걸맞은 유기적인 결말임이 드러난다. 남편 짐의 선물을 사기 위하여 머리채를 판 델러는 "만약 짐이 나를 보자마자 죽이지 않고 내 모습을 바라본다면 나더러 마치 코니아 일랜드의 합창 단원 같다고 할 거야. 하지만 난들 어떻게 하겠어…. 아! 1달러 87센트 가지고 뭘 어떻게 할 수 있담?"이라고 혼잣말로 중얼거린다. 그녀의 말대로 이렇게 푼푼이 모은 돈이 고작 2달러도 채 되지 않는 적은 액수인데 이 돈으로는 마땅한 선물을 살 수 없을 것이고, 이러한 상황에서 델러는 머리채를 잘라 팔 수밖에 없을 것이다.

이 점에서는 짐도 델러와 마찬가지다. 아니, 오히려 델러보다도 더 난처한 상황에 놓여 있다고 해야 할 것이다. 델러만 해도 식료품 가게와 채소 가게와 푸줏간에서 물건을 사면서 한 푼 두 푼 값을 깎아 푼돈을 모을 수 있었지만, 살림을 하지 않는 짐으로서는 그렇게 할 수도 없을 것이기 때문이다. 비록 할아버지와 아버지한테서 물려받은 유품이기는 하지만 짐은 금시계를 팔지 않고서는 델러에게 줄 선물을 살 돈을 마련할 길이 없다.

오 헨리가 단편 소설 장르에 끼친 가장 중요한 영향이라면 역시 플롯 중심의 전통을 계승하고 발전시켰다는 점이다. 역사적으로 볼 때 단편 소설은 '객관적 전통'과 '주관적 전통'의 양대 산맥의 전통에서 발전해 왔다. 주로 프랑스 작가들이 수립하여 발전한 첫 번째 전통은 문학 사조에서 볼 때 사실주의와 자연주의와 깊이 연관되어 있다. 이 전통에서는 예리한 관찰, 생생한 세부 묘사, 명료하고 적확한 표현 등을 무엇보다도 강조하였다. 오노레 드 발자크를 비롯하여 귀스타브 플로베르, 프로스페르 메리메, 기 드 모파상 같은 작가가 이 전통을 세우는 데 크게 이바지하였고, 미국에서는 에드거 앨런 포가 이 전통을 이어받았다.

한편 '주관적 전통'은 주로 러시아에서 뿌리를 내리고 가지를 뻗었다. 객관적 전통과는 달리 이 전통에서는 플롯보다는 작중인물에 훨씬 더 무게를 싣는다. 작중인물에 무게를 두되 작중인물의 단순한 외부 행동보다는 오히려 작중인물이 느끼는 감정이나 심리적 갈등 또는 성격 묘사를 강조한다. 이 전통은 이반 투르게네프를 비롯하여 안톤 체호프, 니콜라이 고골 같은 작가들이 그 씨앗을 뿌렸다. 이들 러시아 작가는 플로베르나 모파상처럼 평범한 일상생활을 다루면서도 작중인물의 삶에서 '순간적인 모멘트'를 포착하여 표현하는 데 초점을 맞춘다. 이 주관적 전통에서는 플롯이 느슨하고 산만하게 진행되고, 작품의 클라이맥스 또한, 복잡하고 교묘한 결말에서 오는 것이 아니라 오히려 작중인물의 성격이나 그가 놓여 있는 상황을 조금씩 이해하는 데에서 생겨난다. 투르게네프나 체호프 같은 러시아 작가들의 작품에서는 아무런 극적인 사건이 일어나지 않는다는 말을 자주 듣는 것은 바로 그 때문이다.

오 헨리는 바로 단편 소설의 두 전통 가운데에서 플롯 중심의 객관적 전통을 이어받아 발전시키는 데 크게 이바지하였다. 그는 작중인물의 미묘한 성격이나 내적 갈등보다는 오히려 외적 행동에 관심을 기울인다. 다시 말해서 그는 러시아 전통보다는 프랑스 전통을 계승하여 독특한 형태로 발전시켰다. 오 헨리 하면 이제 플롯 중심의 객관적 전통을 완성한 단편 소설의 대가로 우뚝 서 있다.

문학 전통이나 스타일은 마치 시계추와 같아서 끊임없이 진자 운동을 거듭하며 발전한다. 지금은 작중인물 중심의 주관적 전통이 큰 힘을 떨치고 있지만 한때는 플롯 중심의 객관적 전통이 압도적이었다. 언제 다시 시계추가 객관적 전통 쪽으로 기울게 될지 모른다. 오 헨리의 작가적 명성이나 평가도 바로 이 진자 운동에 따라 부침을 거듭해 왔다. 그러나 한 가지 분명한 사실은 플롯 중심의 객관적 전통이 작중인물 중심의 주관적 전통 못지않게 소설에서 아주 중요하다는 점이다.

오 헨리의 단편 소설은 19세기의 사실주의 전통에 서 있는 복고주의적인 작품으로 생각하기 쉽지만 달리 보면 뒷날 유행하게 될 새로운 소설 경향을 보여주기도 한다. 그의 작품 곳곳에서는 제2차 세계대전 이후 비로소 그 모습을 드러내기 시작한 포스트모더니즘의 그림자가 어렴풋하게나마 어른거린다. 그의 작품에서는 흔히 '소설의 소설' 또는 '소설에 관한 소설'로 일컫는 자기반영적(自己反映的) 메타픽션의 요소를 그리 어렵지 않게 찾아볼 수 있다. 바꾸어 말해서 오 헨리는 포스트모더니즘 계열의 소설가들처럼 텍스트 밖에서 벌어지는 외부 실재(實在)를 반영하거나 재현하는 것 못지않게 텍스트를 창조하는 과정에도 무게를 싣는다. 지금 독자들이 읽고 있는 이야기는 어디까지나 작가가 언어라는 매체를 사용하여 만들어 낸 허구적 산물일 뿐 삶의 모습을 그대로 옮겨놓은 것이 아니라는 사실을 끊임없이 상기시킨다.

그러기 위하여 작가는 작품을 창작하는 과정을 독자들에게 그대로 보여 주려고 애쓴다. 고전주의 미학의 관점에서 보면 작가가 창작 과정을 보여 주는 것은 마치 창조주가 피조물에게 창조의 비밀을 보여 주는 것처럼 적절하지 않을뿐더러 저주에 가깝다. 그런데도 포스트모더니즘 작가들은 일부러 창작 과정을 보여 준다. 비유적으로 말하자면 옷을 뒤집어 입어 솔기를 드러나 보이게 하는 것과 같다.

예를 들어 오 헨리는 「매혹의 옆모습」에서 "이 세상에는 여성 칼리프란 거의 없다. 여성이란 출생, 취향, 본능, 성대(聲帶)의 배열에서 볼 때 셰에라자드 같은 여성일 될 뿐이다."라고 이야기를 시작한 뒤 곧이어 "독자 여러분이 서로 연대가 뒤얽힌 이야기라도 상관하지 않는다면 나는 이 이야기를 계속할 것이다."라고 밝힌다. 더구나 이 작품에는 누가 보아도 오 헨리임이 틀림없는 인물인 작가가 직접 등장하기도 하여 이야기를 전개한다.

「재물의 신과 사랑의 신」에서도 오 헨리는 결말 부분에 이르러 화자의 입을 빌려 "이 이야기는 사실 여기서 끝을 맺어야 할 것이다. 이 이야기를 읽고 있는 독자 못지않게 필자도 진심으로 그렇게 바라고 있다. 그러나 우리는 진실을 찾기 위해서는 우물 밑바닥까지 들어가야 한다."라고 말한다. 이렇게 말해 놓고도 오 헨리는 계속하여 이야기를 진행한다. '여기서'라는 이야기를 끝내야 한다는 말은 여동생 엘렌이 앤터니 영감의 서재에 들어와 리처드의 약혼 소식을 전하는 장면을 말한다. 앤터니 영감은 엘렌에게 지금 해적에 관한 소설을 읽고 있는데 책을 마저 끝낼 수 있도록 가만 내버려 달라고 부탁한다. 오 헨리는 이 이야기는 바로 이 장면에서 끝을 맺어야 할 것이라고 말한다. 그러면서도 "우물 밑바닥까지 들어가기" 위하여 그는 사족 같은 마지막 결말을 덧붙여 놓는다. 이튿날 켈리라는 사나이가 앤터니 영감을 방문하여 마차를 멈추게 한 비용과 수고비를 받아 가는 장면이 바로 그것이다.

「한여름 기사의 꿈」에서 오 헨리는 '친애하는 독자에게' 보내는 편지로 첫머리를 시작한다. "친애하는 독자 여러분. 한여름이었습니다. 태양은 잔인한 만큼 사납게 도시를 내리쬐고 있었습니다. 태양이 사납게 작열하면서 동시에 양심의 가책을 느끼기란 그렇게 쉬운 일이 아니지요. 열기는—아, 저 지긋지긋한 온도계!—도대체 표준 계량을 좋아하는 사람이 어디 있겠습니까? 이렇게 너무 날씨가 무더워서야." 이렇게 독자에게 말을 건다는 것부터가 창작 과정을 보여 주는 기법이다. 또한, 「'붉은 추장'의 몸값」에서는 "성급하게 굴지 말고 내 이야기를 좀 기다려 주기 바란다."라고 하면서 빨리 이야기를 듣고 싶어 안달하는 독자에게 충고하기도 한다.

그러나 이러한 메타픽션의 요소가 가장 뚜렷이 드러나는 것은 「식탁에 찾아온 봄」이다. 이 작품의 첫머리에서 오 헨리는 이렇게 이야기를 시작한다.

3월의 어느 날이었다.
어떤 소설이라도 절대로 이런 식으로 시작해서는 안 된다. 아마 이보다 더 서툰 소설의 서두는 없으리라. 이런 식의 서두는 상상력이 부족한 데다 무미건조하며 의미 없는 텅 빈 말뿐이기 십상이다. 그러나 이 경우만은 예외이다. 이 이야기의 서두를 장식할 다음 구절은 아무런 준비도 없는 독자 앞에 불쑥 내놓기에는 너무나 엉뚱하고 어처구니없기 때문이다.

오 헨리가 「재물의 신과 사랑의 신」에서 결말 부분을 두고 "이 이야기는 사실 여기서 끝을 맺어야 할 것이다."라고 말한다면, 「식탁에 찾아온 봄」에서는 작품의 서두 부분을 두고 "어떤 소설이라도 절대로 이런 식으로 시작해서는 안 된다."라고 말한다. 이렇게 소설을 시작하는 방법이야말로 "서툰 소설의 서두"라는 것이다. 그러면서도 오 헨리는 이러한 서두야말로 뉴욕 시로 돈벌이를 하러 올라온 새러라는 시골 처녀의 이야기를 시작하는 데에는 그야말로 안성맞춤이라고 말한다.

오 헨리가 메타픽션적 요소를 사용하는 것은 비단 작품의 서두만이 아니다. 그는 이 작품의 중반부에 이르러서도 "소설을 쓸 때는 이런 식으로 해서 사건으로 되돌아가서는 안 된다. 기교가 서툰 데다 독자의 홍미를 감소시킨다. 자, 다시 이야기를 계속하기로 하자."라고 말한다. 이 장면에서도 그러한 식으로 작품을 쓰는 것은 기교가 서툰 방법이라고 말하면서 여전히 그는 기교를 바꾸지 않고 계속한다. 이렇게 작가가 직접 작품에 나와 말하는 장면을 읽고 있노라면 마치 독자가 작가 옆에서 서서 그가 소설을 창작하고 있는 모습을 지켜보는 것과 같다.

이렇게 작품을 창작하는 과정을 그대로 드러내 보여 주는 방법은 전통적인 고전주의 미학에는 크게 어긋난다. 이렇게 작품이 만들어지는 과정을 드러내 보이는 것은 고전 미학 이론에서는 마치 뭇 사람 앞에서 알몸을 드러내 보이는 것처럼 적절하지 않은 것으로 생각한다. 고전 미학에서는 작가가 창작 과정을 교묘하게 숨기면 숨길수록 뛰어난 작품으로 평가받는다. 한마디로 훌륭한 작품이란 말하자면 옷의 솔기가 보이지 않게 잘 감춘 작품이다.

그러나 여러 작품에서 오 헨리는 옷의 솔기를 일부러 드러내 보이고 싶어 안달이다. 이 점에서도 오 헨리는 자의식 소설이나 자기반영적 소설의 씨앗을 처음 뿌린 스페인 작가 미겔 데 세르반테스, 영국 작가 로런스 스턴, 그리고 프랑스 작가 데니스 디드로의 전통을 이어받고 있다. 또한, 존 바스를 비롯하여 로널드 수크닉, 레이먼드 페더먼, 로버트 쿠버, 도널드 바틀미 같은 최근 포스트모더니즘 계열의 미국 작가들에게 문학적 유산을 물려주고 있는 셈이다. 적어도 기법에서는 그는 동시대 작가라고 할 셔우드 앤더슨이나 어니스트 헤밍웨이보다도 오히려 1960년대 작가들과 더 가깝게 느껴진다.

오 헨리의 작품에서 엿볼 수 있는 메타픽션적 요소는 비단 포스트모더니즘 계열 소설가들의 전유물은 물론 아니다. 러시아 형식주의자들도 일찍이 이러한 요소에 주목하였다. 그들은 문학 작품이란 특수한 방법으로 언어를 구사하는 특수한 언어적 구성물이라고 주장한다. 그들에 따르면 문학 작품에서 사용하는 언어는 일상생활에서 의사소통이나 정보 교환을 위하여 사용하는 일상어와는 뚜렷이 구분된다. 그래서 문학을 "스타일적 기교의 총화"로 간주하는 빅토르 쉬클로프스키는 "예술이란 한 대상의 기교성을 경험하는 방법일 뿐 그 대상은 그렇게 중요한 것이 아니다."라고 주장하였다. 러시아 형식주의를 이끈 또 다른 이론가 로만 야콥슨은 시어나 "일상어에 저지른 조직범죄"라고 부른다. 실제로 '형식주의'라는 용어는 본디 쉬클로프스키나 야콥슨 같은 이론가들이 문학 작품의 내용이나 주제를 무시한 채 지나치게 형식이나 기교에만 무게를 싣는 태도를 비꼬아 부른 말이었던 것이다.

러시아 형식주의자들이 중시하는 기교 가운데에서도 '드러내기'는 '낯설게 하기'와 함께 가장 눈여겨볼 만하다. 이 두 기법은 이제 러시아 형식주의를 가리키는 꼬리표가 되다시피 하였다. 러시아 형식주의자들은 로렌스 스턴 같은 실험적인 작가들이 작품에서 창작하는 과정을 그대로 드러내 보이는 데 주목한다. 이러한 기법을 두고 그들은 '드러내기' 기법이라고 부른다. 한마디로 문학의 구성적 특성에 관심을 기울이는 러시아 형식주의자들은 문학 그 자체보다는 오히려 문학성에 한결 더 깊은 관심을 기울인다.

그래서 보리스 M. 아이헨바움 같은 러시아 형식주의 이론가들은 오 헨리의 단편 소설을 초석으로 삼아 단편 소설 이론의 집을 세우기도 한다. 아이헨바움은 『오 헨리와 단편 소설의 이론』(1925)이라는 책에서 오 헨리를 단편 소설 기법의 대가로 높이 평가한다. 특히 이 러시아 이론가에 따르면 오 헨리는 '드러내기' 기법에서 뛰어난 재능을 보인 작가로 『트리스트럼 샌디』의 작가 로렌스 스턴에 견줄 수 있다. 오 헨리는 독자층이 무척 넓어서 때로는 '통속 작가' 또는 '대중 작가'라는 꼬리표가 어두운 그림자처럼 따라다닌다. 그러나 따지고 보면 그는 지금까지 몇몇 비평가가 평가해 온 것보다 훨씬 더 진지하게 문학에 접근한 작가였던 것이다.

제5장
오 헨리 문학의 한계

오 헨리는 20세기 초엽 미국에서 뭇 독자의 사랑을 가장 많이 받은 작가 중 한 사람이었다. 그가 새로운 작품을 발표할 때마다 화제가 되어 관심을 모았고, 그의 작품은 마치 약방의 감초처럼 앤솔로지마다 수록되었다. 그런데 겨우 몇십 년 지나지 않아 작가로서의 그의 명성과 그의 작품은 세월의 풍화작용을 받기 시작하였다. 솔직히 말해서 20세기 현대 독자들의 까다로운 미적 기준으로 판단한다면 그의 작품은 기준에 미치지 못할지도 모른다. 실제로 적지 않은 비평가들은 지금까지 그를 진지한 문학 작품을 창작한 작가보다는 가벼운 읽을거리를 쓴 통속 작가나 대중 작가로 치부해 버리기 일쑤였다. 이러한 과정에서 그의 작품은 그동안 적잖이 홀대를 받아 왔던 것이 사실이다.

오 헨리가 그동안 비판받아 온 이유가 한두 가지가 아니다.

무엇보다도 그의 작품은 지나치게 우연적인 플롯에 의존할 뿐 소설 작품이 요구하는 개연성을 좀처럼 찾아볼 수가 없다. 가령 「물방앗간 예배당」은 아마 이러한 경우의 좋은 예가 될 것이다. 이 작품은 테네시 주 레이크랜즈라는 휴양지에 찾아온 에이브럼이라는 노신사가 20여 년 전에 잃어버린 딸을 우연히 만나는 내용으로 되어 있다. 그러나 이들 두 부녀가 서로 만난다는 것은 확률적으로 볼 때 거의 불가능하다. 더구나 미스 체스터가 네 살 때 들은 아버지의 방아타령을 기억하고 있다는 것도 좀처럼 믿기 어렵다.

마찬가지로 「백작 손님과 결혼식 초대 손님」에서도 여주인공 미스 콘웨이가 언제나 가지고 다니는 거짓 약혼자의 사진이 앤디 도너번의 친구 사진일 가능성도 아주 희박하다. 이 무렵 뉴욕시에는 무려 4백만 명에 이르는 주민이 살고 있었다는 사실을 떠올릴 필요가 있다. 또 앞에서 이미 지적하였듯이 「재물의 신과 사랑의 신」에서도 아무리 돈의 위력이 크다고는 하지만 뉴욕 같은 대도시에서 그렇게도 많은 마차와 트럭 운전사를 한꺼번에 매수한다는 것은 그렇게 쉬운 일이 아닐 것이다.

이 점에서는 「사랑의 희생」도 마찬가지다. 자신들이 추구하던 미술과 음악을 포기하고 삶의 예술에서 탁월한 재능을 보인다는 이 작품에서 두 주인공 델리어 커라서스와 조 래러비가 같은 세탁소에서 일한다는 것은 우연치고는 여간 큰 우연이 아니다. 경험 없이도 일할 수 있는 직장을 찾아도 뉴욕 시처럼 그렇게 넓은 대도시에서 두 주인공이 같은 직장에서 일자리를 찾기란 아주 어려울 것이다. 그러나 델리어가 피아노 레슨을 하지 않고, 또 조가 학원에서 그림을 배우지 않는다는 사실을 보여 주기 위해서 오 헨리는 이렇게 우연에 의존할 수밖에 없었다. 이 밖에도 오 헨리의 작품 가운데에는 일반 상식으로는 좀처럼 믿기 어려운 우연성에 기초를 둔 인위적 플롯을 사용하는 작품이 생각 밖으로 많다.

그러나 오 헨리한테도 이러한 우연성에 대하여 할 말이 있다. 그는 인간의 삶에서 사건은 우리가 흔히 예상하거나 기대하는 대로 일어나지 않는다고 지적한다. 오히려 예상이나 기대를 완전히 뒤엎는 경우가 생각 밖으로 많다는 것이다. 오 헨리는 "유별난 것은 예상할 수 없는 것이라기보다는 오히려 일상적인 것"이라고 밝힌다. 그러면서 그는 독자들에게 잠시 그들의 삶에 대하여 곰곰이 생각해 보라고 말한다. 그러면 틀림없이 유별난 경험을 발견하게 되리라는 것이다. 그렇다면 인과 관계에 따라 예측할 수 있게 작품을 결말짓는 것이야말로 오히려 삶을 배반하는 것이 될 것이다.

오 헨리 작품의 두 번째 결점은 지나치게 감상적이고 멜로

드라마적이라는 점이다. 삶의 문제를 깊이 있게 다루기보다는 수박 겉핥기식으로 피상적으로 다루는 경우가 적지 않다. 그가 대부분 작품을 일간 신문이나 잡지에 실리기 위하여 썼으며, 독자들에게 흥미를 주는 것을 가장 큰 목표로 삼고 있었다는 점을 감안하더라도 지나치게 독자의 감정에 호소한다는 비판을 면하기 어렵다. 오 헨리의 이러한 태도는 「크리스마스 선물」의 한 장면에서 단적으로 엿볼 수 있다.

델러는 낡고 초라한 조그만 침대에 엎드려 엉엉 소리 내어 우는 수밖에는 별다른 도리가 없었다. 그래서 그녀는 침대에 엎드려 정말로 엉엉 울기 시작했다. 인생이란 흐느낌과 훌쩍거림, 그리고 미소로 이루어져 있으며, 그중에서 훌쩍거릴 때가 가장 많다는 어느 명언(名言)이 생각났다.

물론 인생살이에서 어디 즐겁고 행복한 일만 있으랴마는 오 헨리는 유난히 삶의 비애에 무게를 싣는다는 비판을 면하기 어렵다. 어떤 의미에서는 삶의 비애를 다루는 것이 그의 특기요 장점이라고도 할 수 있다. 그러나 그는 지나치게 에토스보다는 파토스를 강조한다. 다시 말해서 인생에서 "훌쩍거릴 때가 가장 많다는 어느 명언"을 쉽게 받아들이는 것이다. 이러한 태도는 비단 「크리스마스 선물」뿐 아니라 그의 다른 작품에서도 쉽게 엿볼 수 있다.

플롯의 우연성과 멜로드라마적인 성격 말고도 오 헨리의 작품은 또 다른 결점을 지닌다. 소재가 똑같거나 거의 비슷한 주제를 다루는 작품이 적지 않다. 예를 들어 「크리스마스 선물」과 「사랑의 희생」, 「가구 딸린 셋방」과 「채광창이 있는 방」, 그리고 「어느 바쁜 브로커의 로맨스」와 「마부의 자리에서」 같은 작품은 소재에서나 주제에서나 서로 아주 비슷하다. 오 헨리는 눈을 돌리는 곳마다 작품의 소재를 찾을 수 있다고 장담하였지만, 그의 작품에서는 소재나 주제가 겹치는 경우를 그다지 힘들이지 않고 찾아볼 수 있다.

오 헨리의 창작 과정에서 보면 이것은 어쩔 수 없는 일처럼 보인다. 많이 쓸 때는 줄잡아 일주일에 한 편꼴로 작품을 쓰다 보니 줄거리나 플롯이 겹칠 수밖에 없었을 것이다. 연방 교도소에서 풀려난 그는 뉴욕 시에서 발행하던 잡지 『에인즐리』의 편집자 길먼 홀의 권유로 1902년에 처음으로 뉴욕으로 거처를 옮겨 이곳에서 본격적으로 직업 작가가 된다. 오 헨리가 뉴욕 시에 올 수 있도록 그에게 여비를 마련해 준 사람도 바로 홀이었다. 1903년에 오 헨리는 『선데이 월드』 신문과 계약을 맺고 일주일에 단편 한 편씩을 기고하기 시작한다. 그리하여 1904년에는 한 해 동안에 65편에 이르는 작품을 쓰기도 하였다. 『양배추와 왕』에 실린 작품까지 합친다면 그 해에 무려 75편을 쓴 셈이다. 그 이듬해에는 50편을 썼다. 이렇게 신문과 잡지의 마감 시간에 쫓기며 다작(多作)과 남작(濫作)을 거듭하다 보니 소재나 주제가 서로 같거나 비슷한 작품을 쓸 수밖에 없었다.

그러나 무엇보다도 오 헨리의 작품이 현대 독자들의 까다로운 구미에 맞지 않는 가장 큰 결점은 작품 곳곳에서 케케묵은 교훈을 늘어놓는다는 점이다. 그는 작품에 직접 개입하여 독자들에게 도덕적 훈계나 윤리적 메시지를 전달한다. 이 점에서 그는 아직도 19세기 중엽의 빅토리아 시대 소설 전통의 티를 완전히 벗어버리지 못하였다. 빅토리아 시대 작가들처럼 오 헨리도 독자들의 어깨나 등을 툭툭 건드리며 이 점을 놓치지 말라고 채근하기 일쑤다. 독자들에게 도덕성이나 윤리성을 함양하는 것을 문학의 큰 목표로 삼고 있으므로 행여 그는 독자들이 중요한 메시지를 놓치고 그냥 지나칠까 봐 적잖이 염려하였다.

이렇게 작가가 작품에 직접 개입하여 독자들에게 진부한 도덕적 교훈이나 윤리적 메시지를 설교하는 것은 큰 흠이 아닐 수 없다. 앞에서 오 헨리가 헨리 제임스를 별로 좋아하지 않는다고 지적하였다. 그런데 제임스는 작가란 독자들에게 삶의 모습을 '보여' 주어야 하지 그것을 '말해서는' 안 된다고 밝혔다. 그런데 오 헨리는 독자들에게 삶의 모습을 자연스럽게 '보여' 주기보다는 애써 진부한 교훈을 '말하는' 데 훨씬 더 깊은 관심을 쏟는다. 바로 이 점에서도 비슷한 시기에 활약했으면서도 이 두 작가는 서로 크게 다르다. 제임스의 까다로운 예술적 기준에서 판단한다면 오 헨리는 한낱 통속 작가에 지나지 않을 것이다.

이렇게 오 헨리가 진부한 교훈을 늘어놓는 작품이 한둘이 아니지만 이 가운데에서도 「크리스마스 선물」은 이러한 경우를 보여 주는 좋은 예로 꼽을 만하다.

그리고 나는 여기에 자신의 가장 값진 보물을 상대방을 위해서 가장 어리석게 희생해 버린, 싸구려 아파트에 살고 있는 어리석은 두 젊은이의 평범한 이야기를 좀 서툴게나마 늘어놓았다. 그러나 오늘을 사는 현명한 사람들에게 마지막으로 하고 싶은 말은, 선물을 주는 모든 사람 중에서, 아니 선물을 주고받는 모든 사람 중에서 이들 두 사람이야말로 가장 현명한 사람들이라는 점이다. 이 세상 어디를 샅샅이 뒤져보아도 그들보다 현명한 사람은 없을 것이다. 그들이야말로 곧 동방박사들이기 때문이다.

이 작품의 마지막 단락에 해당하는 이 부분이야말로 사족(蛇足) 중에서도 사족이라고 할 수 있다. 아무리 "마지막으로 하고 싶은 말"이 있다고 하여도 작가는 독자들에게 델러와 짐의 이야기를 극적으로 보여 주는 것으로 그쳐야 하지 직접 나서서 진부한 설교를 늘어놓아서는 안 된다. 그의 말대로 "오늘을 사는 현명한 사람들"은 이러한 작가의 개입을 달가워하지 않을뿐더러 작가로서 기교가 부족한 탓으로 돌릴 것이다.

지금까지 이 작품이 가져다준 극적인 효과와 정서적인 강도는 바로 오 헨리의 이러한 작가 개입으로 크게 손상을 입는다. 한마디로 오 헨리는 그의 말대로 이 작품에서 두 젊은 부부의 이야기를 "좀 서툴게 늘어놓은" 셈이다. 만약 이 부분만 없었더라면 이 작품은 지금보다 훨씬 뛰어난 작품이 되었을 것이다. 없는 것에서 새로운 것을 만들어 내는 것만이 창작이 아니고 필요하지 않은 부분을 과감히 없애는 것도 창작이라는 사실을 오 헨리는 까맣게 잊고 있는 듯하다. 그러므로 이 작품은 "그러나 짐은 시계를 꺼내 주는 대신에 침대에 풀썩 주저앉은 뒤, 뒤통수에 두 손을 갖다 대고 빙긋이 웃었다. '델러, 우리, 크리스마스 선물을 당분간 치워 둡시다. 그것들은 지금 당장 사용하기엔 너무 훌륭한 것들이니. 당신에게 빗을 사 줄 돈을 구하기 위해 난 시계를 팔았다오. 자, 이제 고기 토막을 올려놓구려!'"라는 문장에서 끝을 맺어야 한다.

오 헨리는 한 작품에서 "훌륭한 스토리는 겉에 설탕을 입힌

쓰디쓴 알약과 같다."라고 밝힌다. 여기서 그는 흔히 '문학의 당의설(唐衣說)'이라고 일컫는 이론을 언급하고 있다. 몸에는 이롭지만 맛이 써서 환자가 약을 먹으려고 하지 않기 때문에 알약에 설탕을 입히는 것처럼, 문학가도 감미로운 이야기를 빌려 독자들에게 삶에 대한 소중한 교훈을 가져다준다는 것이다. 오 헨리는 이렇게 처음부터 작품을 통하여 독자들을 가르치려는 분명한 목적을 지니고 있었음이 틀림없다. 약에 설탕을 입혀서라도 먹게 하려고 하였다.

그런데 문제는 오 헨리가 스토리에 설탕을 지나치게 많이 입힌다는 데 있다. 아무리 몸에 이로운 약이라도 입에 맞게 하려고 지나치게 설탕을 입히면 오히려 몸에 해로울 수도 있다. 쓴맛이 나지 않을 만큼만 설탕을 살짝 입혀야 당의정(糖衣錠)으로서 제구실을 할 수 있다. 다시 말해서 설탕이 주원료가 되고 약이 보조가 되어서는 안 된다. 다른 비유를 사용한다면, 완전히 알몸을 드러낸 것보다는 살짝 몸을 가린 나신(裸身)이 훨씬 더 육감적인 것과 같다. 진부한 도덕적 교훈을 숨기고 극적으로 스토리를 꾸려나갈수록 훨씬 더 뛰어난 문학 작품이 된다.

이러한 사족은 「재물의 신과 사랑의 신」에서도 마찬가지로 엿볼 수 있다. 앞에서 이미 지적하였듯이 이 작품에서 오 헨리는 앤터니 록크웰 영감의 행동을 빌려 돈의 위력을 우습게 보는 아들 리처드와 여동생 엘렌에게 교훈을 준다. 이 작품의 결말 부분에 이르러 엘렌은 앤터니 영감에게 "오라버니, 진정한 사랑에 비하면 돈이란 얼마나 쓸모없는 것인가요."라고 말하면서 진정한 사랑은 물질적인 것을 초월한다고 말한다. 그러자 앤터니 영감은 "알았어. 어쨌든 그 애가 그토록 원하던 걸 얻었다니 기쁘구나. 그 애에게 얘기했지만 이 일에 관한 한 내 돈을 아끼지 않겠다고…"라고 말한다. 그러면서 앤터니 영감은 지금 읽고 있던 책을 계속 읽도록 내버려 달라고 부탁한다.

이 이야기는 사실 여기서 끝을 맺어야 할 것이다. 이 이야기를 읽고 있는 독자 못지않게 필자도 진심으로 그렇게 바라고 있다. 그러나 우리는 진실을 찾기 위해서는 우물 밑바닥까지 들어가야 한다.

오 헨리는 화자의 입을 빌려 이렇게 말한 뒤 이야기를 계속해나간다. 그다음 장면에서 엘렌이 앤터니 영감의 서재를 방문한 이튿날 "손이 벌겋고 푸른색 물방울무늬의 넥타이를 맨" 켈리라는 사나이가 앤터니 로크웰 영감을 찾아온다. 켈리는 앤터니 영감이 뉴욕 시내의 마부들을 매수하여 교통을 마비시키도록 부탁한 장본인이다. 그는 앤터니 영감으로부터 1천 3백 달러를 받아간다. 켈리가 막 서재 문을 나서려고 할 때 로크웰 영감은 "길이 막혔을 때 포동포동하게 살찐 소년이 옷도 입지 않은 채 화살을 쏘아 대는 것"을 보았느냐고 묻는다.

두말할 나위 없이 여기서 "포동포동하게 살찐 소년"은 로마 신화에 나오는 사랑의 신 큐피드를 가리킨다. 큐피드는 날개 돋친 벌거숭이 미소년으로 활과 화살을 가지고 있는 모습으로 그려진다. 켈리가 그러한 소년을 보지 못했다고 대답하자 로크웰 영감은 "나도 그 악동(惡童)이 그 자리에 나타나리라곤 생각하지 않았다네."라고 만족스러운 듯이 대꾸한다. 다시 말해서 앤터니 영감은 아들 리처드가 랜트리와 약혼한 것은 어디까지나 자신이 소유한 재물 때문일 뿐 사랑의 신 큐피드 때문은 아니라고 암시하는 것이다.

위 인용문에서 오 헨리는 독자들은 말할 것도 없고 작가도 바로 앞 장면에서 이야기를 끝내기를 '진심으로' 바란다고 말하면서도 계속 이야기를 끌고 나간다. 그 이유로 그는 "진실을 찾기 위해서는 우물 밑바닥까지 들어가야" 한다고 말한다. 그러나 우물 밑바닥까지 들어가면 오히려 진실과 멀어질 수도 있다. "말을 호숫가로 인도할 수는 있지만 물을 먹게 할 수는 없다."라는 영국 속담이 있다. 작가가 독자들을 우물 밑바닥까지 데리고 갈 수 있을지는 몰라도 아마 물을 먹게 할 수 없을지 모른다.

제6장
오 헨리 작품의 한국어 번역

　외국 작가 중에서도 오 헨리는 한국에서 아주 일찍 번역된 작가 중에 속한다. 1925년에 국내 독자들에게 처음 소개되었으니 이 무렵 그가 차지한 몫이 얼마나 컸는지 쉽게 가늠해 볼 수 있다. 일제 강점기 미국에서 유학하던 학생들의 수가 점차 늘어나자 1925년 그들은 '북미조선유학생회'를 조직하였고, 같은 해 이 단체의 기관지로 『우라키』라는 한글 잡지를 창간하였다. '우라키'란 로키산맥의 그 '로키'로 이 무렵 관행에 따라 발음한 것이다. 비록 식민주의 시대 미국에 와 유학하고 있을망정 로키산맥의 굳건한 기상을 본받자는 뜻에서 붙인 이름이다.

　이 잡지의 창간호에는 한 유학생이 '보울(寶鬱)'이라는 필명을 사용하여 오 헨리의 「동방박사(東方博士)의 예물(禮物)」을 번역하여 실었다. 두말할 나위 없이 국내에서는 흔히 「크리스마스 선물」로 번역하는 바로 그 작품이다. 한편 같은 잡지 같은 창간호에는 '바울'이라는 유학생이 한국 시인들에게 큰 영향을 끼친 조이스 킬머의 「나무」를 비롯하여 새러 티즈데일의 「나 마음 치 안으리라」, 칼 샌드버그의 「안개」, 에드거 리 매스터스의 「나의 빗 그대의 것과 더브러」 등 미국 시 네 편을 번역하여 싣기도 하였다.

그런데 이 '바울'과 '보울'은 동일한 인물로 보아 크게 틀리지 않다. 여러 정황으로 미루어보아 '바울'과 '보울'은 오천석(嗚天錫)임이 틀림없다. 독실한 기독교 신자였던 그는 아호를 천국의 정원이라는 뜻에서 '천원(天園)'으로 삼았고, '바울'이나 바울을 한자어로 표기한 '보울'을 그의 또 다른 아호로 삼기도 하였다. 오천석이 영문 이름으로 'Paul Auh'을 사용했다는 사실은 이 점을 더욱 뒷받침한다.

평안남도 강서의 독실한 기독교 집안에서 태어난 오천석은 1919년 일본 아오야마학원(靑山學院) 중등부를 졸업하고 미국으로 유학을 갔다. 1925년 미국 코넬 대학교를 졸업한 뒤 시카고 근교의 노스웨스튼 대학교로 옮겨 대학원 석사과정을 밟았다. 1927년 노스웨스튼 대학교를 졸업한 뒤 그는 다시 뉴욕 시 컬럼비아 대학교로 옮겨 1931년 이 대학에서 철학박사 학위를 받았다. 오천석은 일리노이 주 노스웨스튼 대학교에서 유학하던

무렵 같은 대학에서 은행학을 전공하던 황창하(黃昌夏)와 함께
『우라키』를 창간하는 데 주도적인 역할을 하였다.

　미국의 여러 사학 명문 대학교에서 유학하고 식민지 조국에
돌아온 오천석은 해방 뒤에는 과도정부 문교부 차장과 부장을
지내는 등 교육 행정가로서 일본 제국주의에 빼앗겼던 한국 교
육을 민주주의 초석 위에 세우는 데 크게 이바지하였다. 그러나
미국 유학 시절 그는 전공 분야인 교육학과 철학 못지않게 문학
에도 자못 깊은 관심을 기울였다.

　이렇게 오천석이 첫 테이프를 끊은 오 헨리 번역은 그로부
터 몇십 년이 지난 뒤에야 비로소 본격적으로 이루어지기 시
작하였다. 장편 소설이 아닌 단편 소설이다 보니 1960년대부
터 우후죽순처럼 출간되기 시작한 세계문학전집에는 끼지 못
하였다. '오 헨리 단편선'이니 그의 대표작 중 한 작품의 제목을
따 '마지막 잎새'니 하는 제목의 단행본 형태로 출간되어 나온
것은 1960년대 초엽에 이르러서이다. 황동규(黃東奎)가 『돌아온
사람들: 오헨리 대표작품선집』(중앙문화사, 1962)을 출간한 것을
시작으로 박시인(朴時仁)과 이호성(李浩成)이 공동으로 번역하
여 『마지막 잎새』(풍년사, 1964)를 출간하였다. 1970년대에는 오
정환(嗚正煥)과 이성호(李珹鎬)가 오 헨리 번역의 대열에 합류하
였다.

오 헨리 번역이 그동안 국내에서 어떻게 이루어져 왔는지
조금이나마 알기 위해서는「크리스마스 선물」의 첫 단락을 한
예로 들어보기로 하자.

One dollar and eighty-seven cents. That was all. And sixty
cents of it was in pennies. Pennies saved one and two at a
time by bulldozing the grocer and the vegetable man and the
butcher until one's cheeks burned with the silent imputation of
parsimony that such close dealing implied. Three times Della
counted it. One dollar and eighty-seven cents. And the next
day would be Christmas.

一圓八十七錢. 그것은 全部엿다. 그리고 이中의 六十錢은 銅錢으
로엿다. 銅錢은 한푼 두푼 반찬장수 푸성귀장수 밋 고기장수의 샘
이 이러한 밧흔 흥정이 쯧하는 吝嗇의 말업는 責忘으로 불붓흘째
까지 威嚇하야 모은것이엿다. 세번이나「쩰라」는 이것을 헤여 보
앗다. 一圓과 八十七錢. 그리고 잇흔날은 예수誕日이엿다.

-보울(오천석),「동방박사의 예물」, 1925

보울의 번역은 무려 90년 가까운 세월이 지난 번역이다. 고

생물의 모습을 그대로 간직하고 있는 화석처럼 20세기 초엽의 한국어 어법이나 외국어 표기법 등이 고스란히 간직되어 있다. 식료품을 '반찬'으로, 채소나 야채를 '푸성귀'로, 정육점을 '고기장수'로 옮긴 것이 흥미롭다. 한편 보울은 '責忘'과 '威嚇'이니 같은 요즈음에는 별로 사용하지 않는 한자를 사용하기도 한다. 물론 전자는 '責望'의 오기인 듯하고, 후자는 요즈음에는 '위협(威脅)'이라는 말로 사용한다.

미국의 화폐 단위인 달러와 센트를 '원'과 '전'으로 옮기고, 크리스마스를 '예수탄일'로 옮긴 것이 눈에 띈다. 물론 이 무렵 원과 전의 화폐 가치는 달러와 센트와는 다르겠지만 보울은 오 헨리의 작품을 목표 문화(TC)에 맞게 번역하려고 애쓴다. 제목도 '크리스마스 선물'이나 '성탄절 선물'이 아니라 '동방박사의 예물'로 좀 더 원천 텍스트(ST)에 가깝다. 다만 '예물'이라는 낱말에서도 결혼하기 전 신랑과 신부가 기념으로 주고받는 물건이라는 뜻이 더 많아 이미 결혼한 부부인 짐과 델러에게는 조금 맞지 않는다. 그러므로 위 번역을 읽노라면 마치 20세기 초엽에 유행한 신소설을 읽는 듯한 느낌이 든다.

보울의 번역에는 오늘날의 어법에 비추어보면 조금 낡은 표현이 있다. 예를 들어 "그것은 全部엿다."에서 '그것은'은 '그것이'로 옮기는 쪽이 더 자연스럽다. "그리고 이중의 육십전은

동전으로엿다."에서도 '동전으로엿다'보다는 그냥 '동전이었
다'로 옮기는 쪽이 더 낫다. 또한, "세번이나 「델라」는 이것을 헤
여 보앗다."에서도 원천 텍스트의 어순을 그대로 따라 번역하
려고 하였다. 그러다 보니 한국어 어순에는 조금어긋난다. "델
러는 그 돈을 세 번 헤어보았다."로 옮기는 것이 훨씬 자연스러
울 것이다.

보울의 번역에서 무엇보다도 문제가 되는 것은 졸역과 오역
이다. 번역문의 세 번째 문장에서 보울은 "Pennies saved one
and two… such close dealing implied"를 "동전은 한푼 두푼
반찬장수 푸성귀장수 및 고기장수의 쌤이 이러한 밧흔 홍정이
쯧하는 인색의 말업는 책망으로 불붓흘째까지 위혁하야 모은
것이엿다."로 옮겼다. "이러한 밧흔 홍정이 쯧하는 인색의 말업
는 책망"은 한번 읽어서는 무슨 뜻인지 도무지 이해가 되지 않
는다. '밧흔 홍정'이란 아마 '밭은걸음'이나 '밭은기침'처럼 정
도나 빈도가 강한 것을 뜻하는 것 같다. 즉 물건값을 몹시 깎으
며 홍정하는 것을 뜻한다.

더구나 인색하다는 말 없는 책망(비난)으로 뺨이 붉어진 것
은 고기장수의 뺨이 아니라 어디까지나 델러의 뺨이다. 원천 텍
스트에서는 "one's cheeks burned"로 되어 있다. 여기서 대명
사 'one'은 물건을 사는 사람을 격식을 차려 일컫는 표현으로

이 문장에서는 델러를 가리킨다. 만약 'one'이 장사꾼을 가리킨다면 바로 앞의 '고기장수' 한 사람만을 언급할 수는 없고 그 앞에 나온 '반찬장수'와 '푸성귀장수'도 함께 언급해야 할 것이다. 그리고 만약 오 헨리가 장사꾼 세 사람을 언급한다면 'one' 대신에 'they'를 사용했을 것이다.

> 1달러 87센트, 그게 전부였다. 그리고 그 중의 60센트는 1센트짜리 동전이었다. 이 동전은 식품점과 채소가게와 고깃간에서 창피를 무릅쓰고 마구 값을 깎아 한 푼 두 푼 모은 것이었다. 델러는 그것을 세 번 세었다. 1달러 87센트, 그런데 내일은 크리스마스였다.
>
> —오정환, 『오 헨리 인생 스케치』(동서문화사, 2003)

첫 번째와 마지막 문장에서 볼 수 있듯이 오정환은 짧은 문장 하나를 두 문장으로 결합하여 번역한다. 예를 들어 "1달러 87센트"라는 문장과 "그게 전부였다."라는 두 문장을 한 문장으로 결합하여 "1달러 87센트, 그게 전부였다."로 옮겼다. 이와 마찬가지로 오정환은 "1달러 87센트, 그런데 내일은 크리스마스였다."처럼 짧은 두 문장을 하나로 결합하여 옮겼다. 첫 번째 경우는 몰라도 두 번째 경우는 조금 어색하다. 의미에서 보면 "1달러 87센트"는 아무래도 뒤 문장 "그런데 내일을 크리스마스였다."보다는 앞 문장 "델러는 그것을 세 번 세었다."와 결합시키는 쪽이 더 적절하다. 델러가 그동안 푼푼이 절약하여 모은 돈을 세 번이나 세어 보았지만 역시 1달러 87센트가 틀림없다는 뜻이기 때문이다. 더구나 '그런데'라는 접속사가 문장의 한 중간에 들어가는 것도 영어 문법에는 맞을지 몰라도 한국어 문법에는 맞지 않는다.

오정환의 번역에서 무엇보다 눈길을 끄는 것은 가독성이다. 문어체보다는 구어체 문장을 구사하려고 애쓴다. 가령 그는 '그것이'라는 대명사 대신에 '그게'라고 줄여서 쓴다. 그러나 "그 중의 60센트는…"에서 그냥 '그중'이라고 옮기지 않고 '그 중의'라고 옮긴 것은 의외라고 할 만하다. 또한, "델러는 그것을 세 번 세었다."에서 '세었다'보다는 '세어 보았다'가 훨씬 더 구어적이다.

오정환의 번역에서는 가독성에 너무 무게를 실으려는 나머지 번역이 정확하지 않은 곳이 더러 눈에 띈다. 가령 "이 동전은 식품점과 채소가게와 고깃간에서… 한 푼 두 푼 모은 것이었다."는 문장은 "Pennies saved one and two… such close dealing implied"라는 원천 텍스트의 번역으로 정확하다고 보기 어렵다. "얼굴을 붉혔다(one's cheeks burned)."니 "인색하다는 말 없는 비난(with the silent imputation of parsimony)"이니 하는 표현은 아무리 눈을 씻고 찾아보아도 찾아볼 수 없다. 오정환은 이러한 표현을 뭉뚱그려 "창피를 무릅쓰고 마구 값을 깎아"로 번역하였다. 이 번역만 보아서는 델러가 깍쟁이처럼 물건값을 깎으면서 가게 주인으로부터 무언(無言)의 비난을 받고 창피하여 얼굴을 붉혔다는 내용을 제대로 알 수 없다. 번역가가 이 구절을 슬쩍 생략하고 넘어가는 것은 '축소 번역'이라는 비판을 면하기 어렵다.

이 점과 관련하여 여기서 잠깐 번역학이나 번역 이론에서 자주 입에 오르내리는 "부정(不貞)한 미인(les belles infidèles)"이라는 구절을 짚고 넘어가는 좋을 것 같다. 17세기 프랑스 이론가 쥘 메나주는 "번역이란 여자와 같다. 얼굴이 예쁘면 행실이 부정하고 행실이 부정하지 않으면 예쁘지 않다."라고 잘라 말한 적이 있다. 메나주가 17세기에 살았기 망정이지 만약 20세기나 21세기에 살았다면 아마 여성들로부터 집중포화를 받았을 것이다. 몇몇 여성을 근거로 여성 전체를 일반화하여 말하기 때문이다. 메나주의 주장은 비단 여성뿐 아니라 번역에서도 그렇게 썩 잘 들어맞지 않는다. 메나주의 주장과는 달리, 얼굴이 예쁜 여성도 얼마든지 정숙할 수 있듯이 자연스럽게 술술 읽히는 '예쁜' 번역도 얼마든지 원천 텍스트(ST)에 충실할 수 있다.

1달러 87센트. 그것이 전부였다. 그것도 그중에 60센트는 1센트짜리 동화였다. 이 돈은 잡화상이나 채소 장수나 푸줏간 주인에게 떼를 써서 한두 푼씩 모은 것이었다. 이렇게 에누리를 하다 보면 지나치게 무례한 짓을 하는 것 같아 얼굴이 붉어지기 일쑤였다. 델라는 이 돈을 세 번이나 세어보았다. 세어보고 또 세어보아도 1달러 87센트였다. 다음 날이 크리스마스였다.

-이성호, 『오 헨리 단편선』(문예출판사, 개정 5판, 2011)

이성호의 번역에서도 가독성이 눈길을 끈다. 읽기 쉽게 하려고 높이려고 길이가 긴 한 문장을 두 문장으로 나누어 옮긴다. 원천 텍스트의 세 번째 문장은 오 헨리의 문장치고는 세 줄이나 될 만큼 길이가 길다. 이렇게 긴 문장을 이성호는 "이 돈은… 한두 푼씩 모은 것이었다."로 옮기고 난 뒤 새로운 문장으로 "이렇게 에누리를 하다 보면… 얼굴이 붉어지기 일쑤였다."로 끊어서 옮겼다. 원천 텍스트의 세 번째 문장은 적어도 길이에서 앞뒤 나머지 문장들과는 큰 차이가 나기 때문에 이렇게 두 문장으로 나누어 번역하는 것이 훨씬 낫다. 문장 구조가 전혀 다른 영어 문장을 목표 언어(TL)인 한국어로 충실히 옮긴다고 긴 문장을 그대로 옮기는 것은 그렇게 바람직하지 않다.

그러나 두 번째 문장 "그것도 그중에 60센트는 1센트짜리 동화였다."는 그렇게 좋은 번역이라고 보기 어렵다. 무엇보다도 '그것도'라는 표현이 거슬린다. 접속사 'And'를 그렇게 번역한 것 같은데 '그것도'라는 표현이 묘한 뉘앙스를 풍긴다. 여주인공 델러(델라)한테 있는 돈은 모두 1달러 87센트다. 그 돈 중에서 1센트짜리 동전으로 가지고 있든, 10센트 은화나 25센트 니켈화(貨)로 가지고 있든 액수에는 전혀 차이가 나지 않는다. '그것도'라고 하면 자칫 1센트짜리 동전으로 가지고 있는 것이 문제가 되는 것으로 오해하기 쉽다.

'동화'라는 번역어도 문제가 되기는 마찬가지다. 구리로 만든 화폐라는 뜻에서 '銅貨'라고 쓰고 있지만 '동전'이라고 옮기는 것이 좀 더 한국어답다. 뜻이야 같을지 모르지만 함축적 의미에서 보면 조금 차이가 난다. '동화'에서 조폐공사나 한국은행 냄새가 난다면 '동전'에서는 길거리에서 구걸하는 걸인이나 재래시장 냄새가 난다. 이 작품에서 델러는 식료품 가게나 채소 가게 또는 푸줏간에서 물건을 사면서 한 푼 두 푼 값을 깎아서 돈을 모은다. 더구나 '동전'은 만들어진 재료와는 관계없이 금속으로 만들어진 화폐를 두루 일컫는 제유로서 흔히 '주화(鑄貨)'라고도 한다.

또한, "이 돈은 잡화상이나 채소 장수나 푸줏간 주인에게 떼를 써서 한두 푼씩 모은 것이었다."에서 '이 돈'이라는 번역도 좋은 번역이 아니다. '이 돈'이라고 하면 자칫 델러가 남편 짐에게 크리스마스 선물을 사주려고 그동안 푼푼이 모은 1달러 87센트를 가리키는 것으로 받아들일 수도 있다. 그러나 원천 텍스트에서는 "Pennies saved one and two at a time…"이라고 분명히 못 박아 말하고 있다. 즉 구두쇠라는 말 없는 비난을 들어가면서까지 물건값을 깎아 모은 87센트에 해당하는 잔돈을 가리킨다. 그러므로 '이 돈은'으로 옮기기보다는 '이 잔돈은'으로 옮기는 쪽이 더 낫다.

세 번째 문장의 번역도 가독성은 좋지만 정확한 번역으로 볼 수 없다. "이 돈은 잡화상이나 채소 장수나 푸줏간 주인에게 떼를 써서 한두 푼씩 모은 것이었다."에서 'grocer'는 엄밀히 말해서 '잡화상'이 아니다. '식료품 장수'이며 굳이 잡화상이라는 말을 사용하고 싶으면 '식료 잡화상'이라고 해야 한다. '식료 잡화상'이라고 하는 것은 커피·설탕·통조림·병들이 음식·야채·과일·우유 제품 말고도 보통 비누·양초·성냥 같은 가정용품을 팔기 때문이다.

그런가 하면 "이렇게 에누리를 하다 보면 지나치게 무례한 짓을 하는 것 같아 얼굴이 붉어지기 일쑤였다."도 "one's cheeks burned… such close dealing implied"의 번역으로는 문제가 없지 않다. 바로 앞 문장에서는 '떼를 써서'라고 해놓고 이 문장에 와서는 '에누리를 하다'로 옮겨 놓았다. '(떼를 써서) 값을 깎다'나 '에누리하다' 중에서 어느 하나를 선택하여 일관되게 사용하는 것이 좋다. 오정환의 번역보다는 조금 낫지만 문제가 있기는 여전히 마찬가지다.

또한, 위 번역에서는 "silent imputation of parsimony that such close dealing implied"의 뜻을 충분히 살려내지 못했다는 비판을 면하기 어렵다. "such close dealing"을 "지나치게 무례한 짓"으로 옮긴 것은 아무래도 '과잉 번역'으로 볼 수밖에 없다. 이 표현은 두말할 나위 없이 깍쟁이처럼 물건값을 깎는 행위를 말한다. 더구나 원천 텍스트의 "silent imputation of parsimony"를 번역한 구절("인색하다는 말 없는 비난")은 이성호의 번역에서는 찾아볼 수가 없다.

마지막 두 문장 "세어보고 또 세어보아도 1달러 87센트였다. 다음 날이 크리스마스였다."도 좋은 번역으로 보기 어렵다. "세어보고 또 세어보아도"라는 표현은 원천 텍스트에는 없는 구절이다. 이미 앞에서 여주인공이 "돈을 세 번이나 세어보았다."라고 했으니 굳이 사족처럼 군더더기 말을 덧붙일 필요가 없을 것이다. 그리고 맨 마지막 문장 "And the next day would be Christmas"도 "다음 날이 크리스마스였다."로 옮기면 너무 밋밋하고 싱겁다. 그냥 "다음 날이…"로 옮기는 것보다는 "그

런데 이튿날은…"으로 옮기는 쪽이 훨씬 글의 흐름이 자연스럽
다. '그런데'는 얼핏 보면 대수롭지 않은 접속사 같지만 델러가
그동안 푼푼이 모은 돈이 겨우 1달러 87센트밖에 되지 않는데
이튿날이면 남편에게 선물을 줘야 하는 크리스마스라는 뜻이
실려 있다.

> 1달러 87센트. 그것이 전부였다. 그중에서도 60센트는 모두 동전이
> 었다. 이 동전은 식료품 상인과 채소 상인, 정육점 주인과 싸우다시
> 피 하여 한 푼 두 푼 모은 것이었다. 그런 실랑이 끝에 지독한 구두쇠
> 라는 비난의 눈길을 받고 두 뺨이 빨개진 적도 한두 번이 아니었다.
> 델러는 세 번이나 그 돈을 세어 보았다. 1달러 87센트. 내일은 크리스
> 마스다. 이제는 낡고 조그만 소파 위에 엎드려 엉엉 우는 수밖에 달
> 리 뾰족한 수가 없었다. 그래서 델러는 그렇게 했다….
>
> —최인자, 『마지막 잎새』(펭귄클래식 코리아, 2010)

최인자의 번역은 충실성이나 가독성에서 이성호의 번역보
다 훨씬 낫다. 젊은 세대 번역가답게 될 수 있는 대로 한자어나
문어체를 피하고 순수한 한국어 낱말이나 구어체 문장을 구사
하려고 한 점도 돋보인다. 물론 '채소 상인'보다는 '야채 장수'
가, '정육점 주인'보다는 '푸줏간 주인'이 좀 더 자연스러운 한국

어일 것이다.

원천 텍스트의 'bulldoze'라는 동사를 이성호가 "떼를 써서"로 옮긴 것을 최인자는 "싸우다시피 하여"로 옮겼다. 불도저에서 엿볼 수 있듯이 이 동사는 불도저로 땅을 고르거나 밀고 나가듯이 어떤 일을 무리하게 강행하는 것을 일컫는 말이다. 그래서 때로는 '을러대다'나 '괴롭히다'라는 뜻으로도 사용한다. 두말할 나위 없이 델러가 물건을 사면서 무리하게 값을 깎았다는 뜻이다. 그러나 가게 주인에게 무조건 떼를 쓴다거나 그와 싸우다시피 한다고 하여 값을 깎을 수 있는 것은 아니어서 두 번역 모두 좋은 번역이라고는 할 수 없다. 다음 문장 "그런 실랑이 끝에"라는 구절에서 엿볼 수 있듯이 물건값을 두고 실랑이를 벌인다는 것도 조금 이치에 맞지 않는다. 교통 경찰관과 교통 법규를 위반한 운전사 사이에 실랑이를 벌인다고 말하여도 값을 흥정하면서 실랑이를 벌일 수는 없는 노릇이다.

이성호가 원천 텍스트의 "silent imputation of parsimony"를 아예 생략해 버린 반면, 최인자는 "지독한 구두쇠라는 비난의 눈길을 받고"로 옮겨놓았다. 그러나 "비난의 눈길을 받고"라는 표현이 어딘지 모르게 조금 거슬린다. '주목을 받다'는 뜻으로 '눈길(시선)을 끌다'라는 표현은 자주 사용해도 '눈길을 받다'라는 표현을 잘 쓰지 않기 때문이다. 더구나 '비난의 눈길을 받고'라는 표현은 아무래도 어색하다. 그냥 '비난에'로 옮기는 쪽이 더 낫다. 또한, 최인자는 원천 텍스트의 'silent'라는 형용사를 그야말로 '아무 말 없이' 슬그머니 빼 버리고 번역하였다. 이 문장은 "참으로 구두쇠로구나(인색하구나), 하는 말 없는 비난에 얼굴을 붉힌 적이 한두 번이 아니었다."로 옮겨야 한다.

그다음 문장 "델러는 세 번이나 그 돈을 세어 보았다. 1달러 87센트. 내일은 크리스마스다."도 좀 더 정교하게 옮기는 것이 좋다. "델러는… 세어 보았다."라는 문장과 "1달러 87센트"라는 문장 사이에 갑자기 단절된 듯한 느낌이 든다. 물론 오 헨리는 원천 텍스트에서 생략 구문을 구사하여 "One dollar and eighty-seven cents"로 사용하였지만, 한국어로는 "틀림없이 1달러 87센트였다."나 "여전히 1달러 87센트였다."로 옮겼더라면 글의 흐름이 훨씬 더 자연스러웠을 것이다.

그다음 문장 "내일은 크리스마스다."도 이성호의 번역처럼 너무 밋밋하고 싱겁다. 델러가 느끼는 절박한 심정을 표현하기에는 어딘지 조금 부족해 보인다. 이성호 번역이 그러하듯이 연결 접속사를 살려 옮기지 않은 것이 흠이라면 흠이다. 만약 '그런데'라는 접속사를 사용했더라면 호흡도 맞고 앞 뒤 문장의 연결도 훨씬 더 자연스러웠을 것이다.

어찌 된 일인지 최인자는 「크리스마스 선물」을 번역하면서 단락 구분을 제대로 하지 않았다. "이제는 낡고 조그만 소파 위에 엎드려 엉엉 우는 수밖에 달리 뾰족한 수가 없었다. 그래서 델러는 그렇게 했다…"라는 문장은 이 작품의 두 번째 단락이다. 그런데도 최인자는 둘째 단락을 첫 단락에 붙여 한 단락으로 처리해 버렸다. 그러다 보니 원천 텍스트에 없는 '이제는'이라는 낱말을 덧붙여 번역하였다. 단락은 단순히 길이를 조절하는 방법이 아니라 의미 단위를 구별 짓는 방법이기 때문에 될 수 있는 대로 원천 텍스트 그대로 따르는 것이 좋다.

> 1달러 87센트—이것이 그녀가 가진 전 재산이었다. 그중에서도 60센트는 1센트짜리 동전들이었다. 이 동전들은 물건 값을 악착같이 깎아서 깍쟁이라는 핀잔을 듣고 얼굴이 빨개지면서 식료품상이라든가 채소 장수라든가 정육점 사람들과 다퉈가며 그때마다 한 푼 두 푼씩 모은 것이었다. 이 돈을 모으느라고 그렇게도 쩨쩨하게 물건을 사다니 이런 인색한 사람이 어디 있을까 하는 무언의 비난에 얼굴을 붉힌 적이 한두 번이 아니었다. 델라는 그 돈을 무려 세 번이나 세어 보았다. 1달러 87센트, 내일은 크리스마스였다.
>
> —이정임, 『마지막 잎새』(글누림, 2012)

국문학 교수들이 추천한 '글누림 세계명작선'이라는 꼬리표가 붙어 있는 오 헨리 번역서에서 뽑은 대목이다. 그러나 여러모로 부족한 점이 적지 않다. 한마디로 이정임의 번역은 이성호의 번역이나 최인자의 번역 수준에 훨씬 미치지 못한다. 가장 최근에 나온 번역서인데도 앞의 번역서를 개선하기는커녕 오히려 개악했다는 느낌을 떨쳐버리기 어렵다.

"1달러 87센트—이것이 그녀가 가진 전 재산이었다."는 첫 문장부터 걸린다. 두 문장을 한 문장으로 결합하고 줄표(―)를 사용해 번역한 것은 크게 문제가 되지 않는다. 그러나 물건을 살 때마다 값을 깎아 가며 푼푼이 모은 1달러 87센트가 델러의 전 재산이라고 옮긴 것은 잘못이다. 물론 가난하게 사는 신혼부부인 것은 틀림없지만 그녀한테 이 금액이 전 재산일 리가 없다. 비록 현금은 아니라고 해도 옷가지나 그릇 또는 가구 같은 다른 재산이 있을 것이다. 하다못해 사글세를 계약할 때 미리 지불한 예치금이나 계약금 같은 것도 있을 것이다. 지금 말하는 1달러 87센트는 남편 짐에게 선물을 사주려고 한두 푼씩 절약하여 모은 돈의 전부일 뿐이다.

그다음 문장 "이 동전들은 물건 값을 악착같이 깎아서 깍쟁이라는 핀잔을 듣고 얼굴이 빨개지면서…"도 좋은 번역이라고 볼 수 없다. 델러는 장사꾼한테서 "깍쟁이라는 핀잔"을 직접 들은 것이 아니라 깍쟁이라는 말 없는 비난을 받았을 뿐이다. 또

"다퉈가며 그때마다 한 푼 두 푼씩 모은 것"이라는 번역도 문제가 있기는 마찬가지다. 이성호가 "떼를 써서"로 옮기고 최인자가 "싸우다시피 하여"로 옮긴 것을 이정임은 "다퉈가며"로 옮겼다. 앞에서 이미 지적하였듯이 델러는 물건을 사면서 인색하게 굴기는 했어도 장사꾼과 다투지는 않았다.

이정임의 번역에서 더욱 심각한 문제는 원천 텍스트의 구절을 반복하여 번역한 것이다. 가령 "one's cheeks burned"라는 구절을 "얼굴이 빨개지면서"라고 번역해 놓고 나서 그 다음 문장에서 다시 "무언의 비난에 얼굴을 붉힌 적이 한두 번이 아니었다."라고 번역해 놓았다. 또 "물건 값을 악착같이 깎아서"라고 번역해 놓고 나서 또 다시 "그렇게도 쩨쩨하게 물건을 사다니"로 번역하였다. 그런가 하면 "핀잔을 듣고"라는 구절과 그다음 문장의 "무언의 비난"도 서로 중복되는 표현이다. 이정임은 반복과 군더기 표현을 사용함으로써 오 헨리 특유의 간결체 문장을 제대로 살려내지 못하였다.

마지막 부분 "델라는 그 돈을 무려 세 번이나 세어 보았다. 1달러 87센트, 내일은 크리스마스였다."도 마찬가지다. 원천 텍스트에서는 세 문장으로 되어 있다. 만약 두 문장으로 번역하려면 "1달러 87센트"라는 두 번째 문장은 뒤 문장보다는 앞 문장에 붙여 번역하는 쪽이 더 적절하다. 세 번이나 돈을 헤아려

보았지만 처음에 헤아렸던 것처럼 여전히 1달러 87센트로 같은 액수라는 뜻이다. 세 번째 문장은 이미 앞에서 여러 번 언급하였듯이 델러가 느끼는 절망감을 살려 "그런데 내일은 크리스마스였다."나 "그런데 내일은 크리스마스가 아닌가!"로 옮겨야 할 것이다.

> 1달러 87센트, 그것이 전부였다. 그나마도 그중 60센트는 모두 1센트짜리 동전이었다. 이 동전은 식료품 가게나 채소 가게, 정육점에서 얼굴이 붉어질 때까지 물건 값을 악착같이 깎고 깎다 젊은 여자가 정말 지독하다는 따가운 눈살을 감수하며 한 푼, 두 푼 모아온 돈이었다. 델라는 세 번이나 돈을 세고 또 셌다. 여전히 1달러 87센트였다. 그리고 당장 크리스마스가 내일이었다.
>
> ─전하림, 『마지막 잎새』(네버엔딩스토리, 2012)

전하림은 첫 문장을 이정림이 줄표(─)를 사용하여 한 문장으로 번역한 것을 쉼표로 사용하여 "1달러 87센트, 그것이 전부였다."로 옮겼다. 전하림이 두 번째 문장의 첫 머리에서 도대체 왜 '그나마도'라는 구절을 덧붙였는지 선뜻 이해가 가지 않는다. 1센트짜리 동전으로 모은 60센트는 돈이 아니라는 말인가. 1센트짜리 동전이나 10센트짜리 은화나 25센트짜리 니켈화나 화폐 가치에서 보면 동일하다. '그나마도'라는 표현은 이성호가 '그것도'로 옮긴 것과 비슷하다.

더구나 "지독하다는 따가운 눈살을 감수하며"라는 구절도 문제가 있기는 마찬가지다. 흔히 "눈살을 찌푸리다."라는 말은 사용해도 "눈살을 감수하다."라는 말은 별로 사용하지 않는다. 또한, "지독하다는 따가운 눈살을 감수하며"는 원천 텍스트의 "with the silent imputation of parsimony"라는 구절을 옮긴 번역으로서는 그다지 적절하지 않다. "silent imputation"이라는 구절과 "따가운 눈살"은 아무래도 서로 걸맞지 않다. 언어도 사람과 마찬가지로 낯을 가린다. 어떤 형용사는 어떤 명사와는 잘 어울리지만 어떤 명사와는 서로 잘 들어맞지 않는다. 가령 '따가운'이라는 형용사는 '눈길'이나 '시선'이라는 명사와는 잘 어울려도 '눈살'이라는 명사와는 그렇게 잘 어울리지 않는다.

그러나 그다음 문장 "델라는 세 번이나 돈을 세고 또 셌다. 여전히 1달러 87센트였다. 그리고 당장 크리스마스가 내일이었다."라는 번역은 그 이전의 번역본들보다 훨씬 낫다. 그냥 "세 번 세었다."라고 해도 될 것을 전하림은 힘을 주어 "세 번이나 돈을 세고 또 셌다."로 옮겼다. 다만 단순히 '셌다'라고 하는 대신에 '세어 보았다'라고 번역했더라면 더 좋았을 것이다. 맨 마지막 문장 "그리고 당장 크리스마스가 내일이었다."도 좋은 번역으로 보기 어렵다. '당장'이라는 부사도 거슬리지만 '크리스마스'를 주어로 삼은 것도 문제이다. 앞에서 지적하였듯이 "그런데 내일은 크리스마스였다."로 번역해야 한다.

> 1달러 87센트. 그것이 전부였다. 그중에서 60센트는 일 센트짜리 동전들이었다. 이 잔돈으로 말하자면 그녀가 식료품 가게와 채소 가게와 푸줏간에서 물건을 사면서 한 푼 두 푼 값을 깎아 모은 것이었다. 이 돈을 모으느라고 이 여자 참으로 구두쇠로구나, 하는 가게 주인의 말 없는 비난에 얼굴을 붉힌 적이 한두 번이 아니었다. 델러는 세 번이나 그 돈을 세어보았다. 틀림없는 1달러 87센트였다. 그런데 내일은 크리스마스였다.
>
> ─김욱동, 『오 헨리 단편선』(김영사/비채, 2012)

이 책의 저자가 번역한 것이다. 본디 도서출판 이레에서 출간했던 것을 출판사가 문을 닫은 뒤 조금 수정하여 김영사/비채에서 출간하였다. 자신의 번역을 평가하다니 마치 자아비판 받는 기분이다. 나는 무엇보다도 오 헨리가 고대 그리스어나 라틴어에서 파생된 낱말보다는 앵글로색슨 계통의 순수 토박이 말을 살려 사용하려고 한 점에 주목하였다. 그래서 그의 작품을 한국어로 번역하면서 될 수 있는 대로 한자어를 피하고 순수한 토박이말을 찾아 번역하려고 애썼다. 예를 들어 '상점' 대신에 '가게', '동전' 대신에 '잔돈' 같은 낱말을 사용하였다. 또한, '정육점'이라고 해도 될 것을 '푸줏간'으로, '인색한 사람'이라고 해도 될 것을 '구두쇠'로, '무언의 비난'을 '말 없는 비난' 등으로 옮겼다. 두말할 나위 없이 토착어는 외국어에서 갈라져 나오거나 그것을 빌려다 쓰는 말과 비교해 볼 때 훨씬 더 감각적이고 구체적이어서 피부에 와 닿을 뿐 아니라 함축적 의미도 크다.

폴 발레리는 모든 글이 미완성이라고 말하였지만 번역은 더더욱 미완성 상태로 남아 있기 마련이다. 어떤 의미에서 모든 번역은 미완성으로 뒷날 새로운 번역가가 나타나 좀 더 좋은 번역으로 다듬게 될 것이다. 그리고 이러한 과정은 끊임없이 계속될 것이다. 그러므로 더 고칠 곳이 없는 '완벽한' 번역이나 '완전한' 번역이란 존재할 수 없다.

다른 번역가들의 번역과 비교하면서 내가 번역한 것을 다시 읽어 보니 고치고 싶은 부분이 더러 눈에 띈다. 예를 들어 "물건을 사면서 한 푼 두 푼 값을 깎아 모은 것이었다."에서 '깎아 모은'이라는 구절이 동사 'bulldoze'를 번역한 말로는 조금 뜻이 약하다는 느낌이 든다. 그래서 좀 더 본뜻을 살려 "깍쟁이처럼 깎아 모은"이나 "깍쟁이처럼 에누리해서 모은"으로 고칠 것이다.

또한, 마지막 문장 "그런데 내일은 크리스마스였다."도 고쳐 번역하고 싶다. 원천 텍스트의 문장 "And the next day would be Christmas"의 번역으로는 조금 부족하기 때문이다. 문법적으로 보더라도 과거 시점에서 미래를 말하는 수법으로 그냥 "크리스마스였다."로 번역해서는 그 뜻을 충분히 전달할 수 없다. 좀 더 정확하게 "크리스마스일 것이다."로 옮겨야 할 것이다. 어떤 의미에서 이 문장은 직설법이 아니라 가정법으로도 볼 수 있다. 즉 이튿날이 되면 그렇게 기다리던 크리스마스라는 것이다. 그러므로 단순히 "그런데 내일은 크리스마스였다."로 옮기는 쪽보다는 좀 더 감정을 실어 영탄조로 "그런데 내일이면 바로 크리스마스가 아닌가!"로 옮기고 싶다. 지금 델러가 느끼고 있는 절망감을 염두에 둔다면 조금 감정을 불어넣어 번역해도 크게 무리가 되지 않을 것이다. 한국어 표현에 "'어' 다르고 '아' 다르다."는 말도 있듯이 어떠한 표현을 사용하느냐에 따라 그 의미는 사뭇 달라진다.

오 헨리가 사망한 지도 백여 년이 지난 지금 좁게는 단편 소설 작가, 좀 더 넓게는 문학 예술가로서의 그의 명성은 굳건하다. 그가 태어나 어린 시절을 보낸 고향 노스캐롤라이나 주 그린스버러에는 그를 기념하는 박물관이 있다. 또한, 그곳에는 그

오 헨리의 고향 노스캐롤라이나 주 그린스버러에 위치한 오 헨리 호텔.

오 헨리의 고향 노스캐롤라이나 주 그린
스버러에 세운 오 헨리 기념상의 일부.

의 이름을 딴 '오 헨리 호텔'도 있다. 그가 청년기를 보낸 텍사스 주 오스틴과 샌안토니오에서는 그린스버러보다도 훨씬 열렬하다. 가령 텍사스에는 그의 이름을 따서 붙인 '오 헨리 초등학교'와 '오 헨리 중학교'가 있다. 또한, 한때 그가 살던 집들을 기념박물관으로 사용하고 있다. 그런가 하면 공금 횡령 혐의로 그가 유

'오 헨리 상'은 오 헨리를 기념하기 위하여 제정한 문학상으로 미국에서 가장 권위 있는 상 중 하나다. 'PEN/오 헨리 수상 작품집'은 미국과 캐나다에서 발표한 작품 20편을 엄선하여 수록한다.

죄 판결을 받은 오스틴 법원 건물은 지금 텍사스 대학교 시스템의 행정 건물로 사용하고 있고, 그 건물도 그의 이름을 따서 '오 헨리 홀'로 명명하였다.

미국에서는 1919년부터 오 헨리를 기념하기 위하여 해마다 '오 헨리 상'을 선정해 오고 있다. 미국의 '예술과학협회(SAS)'에서 기금을 제공하여 해마다 나온 단편 소설 중에서 뛰어난 작품을 선정하여 상을 수여한다. 이 상을 제정한 취지는 "단편 소설의 예술을 강화하기 위해서"였다. 2009년부터는 펜클럽 미국 지부와 함께 미국과 캐나다에서 잡지에 발표된 작품 중에서 20편을 골라 『펜/오 헨리 수상 단편』이라는 제목으로 작품집을 출간하고 있다.

오 헨리의 작품에는 단점과 결점이 적지 않지만 그러한 단점이나 결점 못지않게 장점이 있다. 그의 작품은 마치 코르크 마개 부스러기가 떨어진 해묵은 포도주와 같다. 코르크 부스러기가 떨어졌다고 하여 그 오래된 포도주를 그냥 버릴 수 없는 오 헨리의 친필과 서명. "여성은 주름이 늘어날수록 부드러워진다."고 적고 있다.

것처럼, 그의 작품도 몇몇 단점이나 결점이 있다고 하여 전적으로 무시해 버릴 수는 없다. 모두 300여 편이 훨씬 넘는 엄청난 양의 작품을 썼지만 오 헨리가 뛰어난 작가로 평가받는 것은 30여 편 남짓한 작품 때문이다. 이 30여 편의 작품은 어디에 내놓아도 손색이 없을 만큼 훌륭한 작품으로 앞으로도 단편 소설의 기념비처럼 문학사에 길이 남게 될 것이다. 작가의 위대성은 작품의 양이나 평균치에 따라 평가받는 것이 아니라 어디까지나 훌륭한 작품에 따라 평가받는다. 비록 한두 작품밖에는 쓰지 않았다고 해도 그 작품이 훌륭하면 위대한 작가로 평가받는다.

O. Henry 1862-1910

William Sydney Porter

GREENSBORO NC
SEP 11 2012
27420

FIRST DAY OF ISSUE

ASHEVILLE NC DOWNTOWN STA
SEP 11 2012
USPS

O. HENRY

O. Henry is one of the most famous American short story writers. He was born in Greensboro, NC on September 11, 1862. After funeral services in New York City, he was buried in Riverside Cemetery in Asheville, NC on June 5, 1910.

2012년 미국 우정국에서 발행한 오 헨리의 기념 엽서.

오 헨리는 프랑스의 기 드 모파상과 더불어 좁게는 단편 소설사, 더 넓게는 소설 문학사에서 뛰어난 업적을 이룩하였다. 미국 문학으로 좁혀 보더라도 마크 트웨인 없는 미국 소설을 상상할 수 없듯이 오 헨리 없는 미국 단편 소설도 상상하기 어렵다.

오 헨리가 아직 사망하기 두 해 전인 1908년 헨리 제임스 포먼은 『노스 아메리칸 리뷰』 잡지에 기고한 글에서 "오 헨리를 어느 다른 작가와 비교하는 것은 부질없는 일이다. 어떤 재능 있는 작가도 그보다 더 독창적이거나 더 즐거울 수는 없을 것이다."라고 찬사를 아끼지 않았다. 오 헨리를 '독창적인' 작가로 평가하는 데에는 선뜻 수긍하지 않을 사람들이 적지 않을 것이

오 헨리의 고향 노스캐롤라이나 주 그린스버러에서 발행하는 잡지 『오 헨리』. '그린스버러의 예술과 영혼'이 라는 부제를 달고 있다.

다. 그러나 그의 작품이 어느 작가의 작품보다 '즐겁다'는 평가를 두고 아 마 고개를 끄덕일 것이다. 그동안 많 은 독자가 삶의 애환과 희로애락을 설득력 있게 묘사한 그의 작품을 읽 으면서 작가와 함께 웃고 함께 울었 고, 그러면서 적잖이 위안을 받았다.

「존 홉킨스의 전 생애」라는 작품 에서 오 헨리는 주인공의 입을 빌려 "삶이라는 맛없는 밀가루 반죽에 대화라는 건포도를 몇 개 집 어넣어라."라고 말한다. 그 특유의 비유법이 보석처럼 찬란한 빛을 내뿜는다. 밋밋하기 그지없는 밀가루 반죽에 집어넣은 건 포도는 그야말로 감칠맛이 날 것이다. 군인들에게 간식으로 나 눠주는 맛없는 건빵에 들어 있는 별사탕과 같다고 할 수 있다. 오 헨리야말로 밀가루 반죽처럼 평범하고 밋밋한 삶에 좁게는 단편 소설, 넓게는 문학이라는 건포도를 집어넣어 빵을 만든 작 가다. 건포도 없는 빵을 생각할 수 없듯이 문학 없는 삶도 생각 하기 어려울 것이다.

오 헨리 연보

1862
9월 11일, 노스캐롤라이나 주 그린스버러 근교 길퍼드 농장 '워스 플레이스'에서 태어나다.

1865
어머니 메리 버지니아 스웨임이 폐결핵으로 사망하다. 아버지 앨저넌 시드니 포터와 함께 할머니 루스 워스 포터의 집으로 이주하다.

1867
9월, 이모 이블리나 포터(미스 리너)가 운영하는 사립 초등학교에 다니다.

1876
이모의 사립 초등학교를 졸업하다.

1877
3월, 그린스버러에 있는 린지 스트리트 고등학교에 입학하지만 곧 중퇴하다.

1879
삼촌 클락 포터의 약국에서 조수로 일하다.

1881

노스캐롤라이나 주 약사 면허증을 취득하다.

1882

2월 5일, 텍사스 주 라셀 군으로 이주하여 리처드 홀의 목장에서 양치기, 목장 일꾼 등으로 일하다.

1884

5월 19일, 텍사스 주 오스틴으로 이주하여 몰리 브라더스 약국에서 약사로 일하다.

1885

고등학생이던 에이설 에스테스를 만나다.

1886

'힐 시티' 사중창단을 조직하다. 매덕스 브라더스 및 앤더슨 부동산 중개소에서 일하다.

1887

텍사스 주 토지 감독관이 된 리처드 홀의 도움으로 토지 사무소(GLO)에서 제도사로 일하다.

7월, P. G. 로치의 양녀인 에이설 에스테스를 사랑하지만 그녀의 어머니가 반대하자 그녀와 도망하여 결혼하다. 이 무렵 열일곱 살인 에이설은 폐결핵을 앓고 있었다.

1889

첫딸 마거릿 워스 포터가 태어나다.

1890

할머니 루스 워스 포터가 사망하다.

1891

오스틴의 퍼스트 내셔널 은행에 근무하기 시작하다.

1894

주간 유머 잡지 『롤링스톤』을 출간하기 시작하다.
4월, 은행 공금 유용으로 기소되어 은행을 그만두다.

1895

4월, 『롤링스톤』이 종간되다. 텍사스 주 휴스턴으로 이주하여 『휴스턴
포스트』 신문에 「추신」이라는 칼럼을 연재하기 시작하다.

1896

공금 유용으로 체포되다. 7월 7일에 재판받기로 하고 보석으로 풀려
나다. 7월 6일 루이지애나 주 뉴올리언스를 거쳐 온두라스로 도피하
다. 멕시코의 멕시코시티와 샌디에이고를 거쳐 다시 온두라스에 도착
하다.

1897

2월, 아내 에이설이 폐결핵으로 사망하고 있다는 소식을 듣고 오스틴
으로 돌아오다. 7월 25일, 에이설이 사망하여 오크우드 공동묘지에 묻
히다.

1898

법원에 상고하고 기다리는 동안 계속 칼럼을 쓰다. 상고가 기각되고
공금 유용 혐의의 유죄 판결을 받다.

4월, 5년 선고를 받고 오하이오 주 연방교도소에 수감되다. 9월, 「레이버 캐년의 기적」이라는 단편 소설이 S. S. 맥클루어 회사에서 출간하는 잡지에 실리다.

1901
7월, 연방 교도소에서 감형으로 3년 3개월 만에 풀려나다.

1902
2월, 감옥에서 풀려나 뉴욕 시로 가다. 이곳에서 '오 헨리'라는 필명으로 본격적인 작가로서 활약하기 시작하다.

1904
처녀 단편 소설집 『양배추와 왕』이 출간되어 베스트셀러가 되다.

1907
3월, 어렸을 때 친구인 새러 린지 콜먼과 재혼하다. 두 번째 단편 소설집 『서부의 마음』이 출간되다. 세 번째 단편 소설집 『도시의 목소리』가 출간되다.

1909
단편 소설집 『선택』과 『운명의 길』이 출간되다.

1910
단편 소설집 『요지경』과 『철저한 사업』이 출간되다.
6월 5일, 알코올 중독으로 인한 간 경변에 당뇨병과 심장병이 겹쳐 뉴욕 시에서 사망하여 두 번째 아내의 고향 노스캐롤라이나 주 애시빌에 묻히다.

참고 문헌

I. F. 오 헨리의 작품집

『양배추와 왕들』(*Cabbages and Kings*, 1904)

『4백만 명』(*The Four Million*, 1906)

『손질한 등불』(*The Trimmed Lamp*, 1907)

『서부의 마음』(*Heart of the West*, 1907)

『도시의 목소리』(*The Voice of the City*, 1908)

『신사 사기꾼』(*The Gentle Grafter*, 1908)

『운명의 길』(*Roads of Destiny*, 1909)

『선택』(*Options*, 1909)

『철저한 사업』(*Strictly Business*, 1911)

『요지경』(*Whirlings*, 1910)

사후에 출간된 작품집

『그대의 맥박을 짚게 해주오』(*Let Me Feel Your Pulse*, 1910)

『여섯과 일곱』(*Sixes and Sevens*, 1911)

『구르는 돌』(*Rolling Stones*, 1912)

『부랑아들과 떠돌이들』(*Waifs and Strays*, 1917)

『오 헨리의 텍사스 이야기』(*O. Henry Texas Tales*, 1986)

II. 오 헨리에 관한 단행본 저서

Blansfield, Karen Charmaine. *Cheap Rooms and Restless Hearts: A Study of Formula in the Urban Tales of William Sydney Porter*. Bowling Green: Bowling Green State University Popular, 1988.

Current-Garcia, Eugene. *O. Henry (William Sydney Porter)*. New York: Twayne Publishing, 1965.

Davis, Robert H., and Arthur B. Maurice. *The Caliph of Bagdad*. New York: n. p., 1931.

Ejxenbaum, Boris. *O. Henry and the Theory of the Short Story*. Tr. I. R. Titunik. Ann Arbor: University of Michigan Press, 1968.

Jennings, Al. *Through the Shadows with O. Henry*. New York: H. K. Fly, 1921.

Langford, Gerald. *O. Henry: A Biography of William Sydney Porter*. New York: Macmillan, 1957.

Long, E. Hudson. *O. Henry: The Man and the Work*. Philadelphia: University of Pennsylvania Press, 1949.

Mais, Stuart. *From Shakespeare to O. Henry: Studies in Literature*. New York: Dodd, Mead & Co., 1923.

Moyle, Seth. *My Friend O. Henry*. New York: H. K. Fly, 1914.
    Smith, C. Alphonso. O. Henry: Biography. New York: Doubleday, 1916.

O'Quinn, Truman, and Jenny Lind Porter. *Time to Write: How William Sydney Porter Became O. Henry*. Austin: Eakin Press, 1986.

제2부

Best Short Stories

O. Henry

Original Text

Contents

The Last Leaf

In a little district west of Washington Square the streets have run crazy and broken themselves into small strips called "places." These "places" make strange angles and curves. One Street crosses itself a time or two. An artist once discovered a valuable possibility in this street. Suppose a collector with a bill for paints, paper and canvas should, in traversing this route, suddenly meet himself coming back, without a cent having been paid on account!

So, to quaint old Greenwich Village the art people soon came prowling, hunting for north windows and eighteenth-century gables and Dutch attics and low rents. Then they imported some pewter mugs and a chafing dish or two from Sixth Avenue, and became a "colony."

At the top of a squatty, three-story brick Sue and Johnsy had their studio. "Johnsy" was familiar for Joanna. One was from Maine; the other from California. They had met at the table d'hôte of an Eighth Street "Delmonico's," and found their tastes in art, chicory salad and bishop sleeves so congenial that the joint studio resulted.

That was in May. In November a cold, unseen stranger, whom the doctors called Pneumonia, stalked about the colony, touching one here and there with his icy fingers. Over on the east side this ravager strode boldly, smiting his victims by scores, but his feet trod slowly through the maze of the narrow and moss-grown "places."

Mr. Pneumonia was not what you would call a chivalric old gentleman. A mite of a little woman with blood thinned by California zephyrs was hardly fair game for the red-fisted, short-breathed old duffer. But Johnsy he smote; and she lay, scarcely moving, on her painted iron bedstead, looking through the small Dutch window-panes at the blank side of the next brick house.

One morning the busy doctor invited Sue into the hallway with a shaggy, gray eyebrow.

She has one chance in—let us say, "ten," he said, as he shook down the mercury in his clinical thermometer. "And that chance is for her to want to live. This way people have of lining-u on the side of the undertaker makes the entire pharmacopoeia look silly. Your little lady has made up her mind that she's not going to get well. Has she anything on her mind?"

"She—she wanted to paint the Bay of Naples some day." said Sue.

"Paint?—bosh! Has she anything on her mind worth thinking twice—a man for instance?"

"A man?" said Sue, with a jew's-harp twang in her voice. "Is a man worth—but, no, doctor; there is nothing of the kind."

"Well, it is the weakness, then," said the doctor. "I will do all that science, so far as it may filter through my efforts, can accomplish. But whenever my patient begins to count the carriages in her funeral procession I subtract 50 per cent from the curative power of medicines. If you will get her to ask one question about the new winter styles in cloak sleeves I will promise you a one-in-five chance for her, instead of one in ten."

After the doctor had gone Sue went into the workroom and cried a Japanese napkin to a pulp. Then she swaggered into Johnsy's room with her drawing board, whistling ragtime.

Johnsy lay, scarcely making a ripple under the bedclothes, with her face toward the window. Sue stopped whistling, thinking she was asleep.

She arranged her board and began a pen-and-ink drawing to illustrate a magazine story. Young artists must pave their way to Art by drawing pictures for magazine stories that young authors write to pave their way to Literature.

As Sue was sketching a pair of elegant horseshow riding trousers and a monocle of the figure of the hero, an Idaho cowboy, she heard a low sound, several times repeated. She went quickly to the bedside.

Johnsy's eyes were open wide. She was looking out the window and counting - counting backward.

"Twelve," she said, and little later "eleven"; and then "ten," and "nine"; and then "eight" and "seven," almost together.

Sue look solicitously out of the window. What was there to count? There was only a bare, dreary yard to be seen, and the blank side of the brick house twenty feet away. An old, old ivy vine, gnarled and decayed at the roots, climbed half way up the brick wall. The cold breath of autumn had stricken its leaves from the vine until its skeleton branches clung, almost bare, to the crumbling bricks.

"What is it, dear?" asked Sue.

"Six," said Johnsy, in almost a whisper. "They're falling faster now. Three days ago there were almost a hundred. It made my head ache to count them. But now it's easy. There goes another one. There are only five left now."

"Five what, dear? Tell your Sudie."

"Leaves. On the ivy vine. When the last one falls I must go, too. I've known that for three days. Didn't the doctor tell you?"

"Oh, I never heard of such nonsense," complained Sue, with magnificent scorn. "What have old ivy leaves to do with your getting well? And you used to love that vine so, you naughty girl. Don't be a goosey. Why, the doctor told me this morning that your chances for getting well real soon were—let's see exactly what he said—he said the chances were ten to one! Why, that's almost as good a chance as we have in New York when we ride on the street cars or walk past a new building. Try to take some broth now, and let Sudie go back to her drawing, so she can sell the editor man with it, and buy port wine for her sick child, and pork chops for her greedy self."

"You needn't get any more wine," said Johnsy, keeping her eyes fixed out the window. "There goes another. No, I don't want any broth. That leaves just four. I want to see the last one fall before it gets dark. Then I'll go, too."

"Johnsy, dear," said Sue, bending over her, "will you promise me to keep your eyes closed, and not look out the window until I am done working? I must hand those drawings in by to-morrow. I need the light, or I would draw the shade down."

"Couldn't you draw in the other room?" asked Johnsy, coldly.

"I'd rather be here by you," said Sue. "Beside, I don't want you to keep looking at those silly ivy leaves."

"Tell me as soon as you have finished," said Johnsy, closing her eyes, and lying white and still as fallen statue, "because I want to see the last one fall. I'm tired of waiting. I'm tired of thinking. I want to turn loose my hold on everything, and go sailing down, down, just like one of those poor, tired leaves."

"Try to sleep," said Sue. "I must call Behrman up to be my model for the old hermit miner. I'll not be gone a minute. Don't try to move 'til I come back."

Old Behrman was a painter who lived on the ground floor beneath them. He was past sixty and had a Michael Angelo's Moses beard curling down from the head of a satyr along with the body of an imp. Behrman was a failure in art. Forty years he had wielded the brush without getting near enough to touch the hem of his Mistress's robe. He had been always about to paint a masterpiece, but had never yet begun it. For several years he had painted nothing except now and then a daub in the line of commerce or advertising. He earned a little by serving as a model to those young artists in the colony who could not pay the price of a professional. He drank gin to excess, and still talked of his coming masterpiece. For the rest he was a fierce little old man, who scoffed terribly at softness in any one, and who regarded himself as especial mastiff-in-waiting to protect the two young artists in the studio above.

Sue found Behrman smelling strongly of juniper berries

in his dimly lighted den below. In one corner was a blank canvas on an easel that had been waiting there for twenty-five years to receive the first line of the masterpiece. She told him of Johnsy's fancy, and how she feared she would, indeed, light and fragile as a leaf herself, float away, when her slight hold upon the world grew weaker.

Old Behrman, with his red eyes plainly streaming, shouted his contempt and derision for such idiotic imaginings.

"Vass!" he cried. "Is dere people in de world mit der foolishness to die because leafs dey drop off from a confounded vine? I haf not heard of such a thing. No, I will not bose as a model for your fool hermit-dunderhead. Vy do you allow dot silly pusiness to come in der brain of her? Ach, dot poor leetle Miss Yohnsy."

"She is very ill and weak," said Sue, "and the fever has left her mind morbid and full of strange fancies. Very well, Mr. Behrman, if you do not care to pose for me, you needn't. But I think you are a horrid old-old flibbertigibbet."

"You are just like a woman!" yelled Behrman. "Who said I will not bose? Go on. I come mit you. For half an hour I haf peen trying to say dot I am ready to bose. Gott! dis is not any blace in which one so goot as Miss Yohnsy shall lie sick. Some day I vill baint a masterpiece, and ve shall all go away. Gott! yes."

Johnsy was sleeping when they went upstairs. Sue pulled the shade down to the window-sill, and motioned Behrman into the other room. In there they peered out the window fearfully at the ivy vine. Then they looked at each other for a moment without speaking. A persistent, cold rain was falling, mingled with snow. Behrman, in his old blue shirt, took his seat as the hermit miner on an upturned kettle for a rock.

When Sue awoke from an hour's sleep the next morning she found Johnsy with dull, wide-open eyes staring at the drawn green shade.

"Pull it up; I want to see," she ordered, in a whisper.

Wearily Sue obeyed.But, lo! after the beating rain and fierce gusts of wind that had endured through the livelong night, there yet stood out against the brick wall one ivy leaf. It was the last one on the vine. Still dark green near its stem, with its serrated edges tinted with the yellow of dissolution and decay, it hung bravely from the branch some twenty feet above the ground.

"It is the last one," said Johnsy. "I thought it would surely fall during the night. I heard the wind. It will fall to-day, and I shall die at the same time."

"Dear, dear!" said Sue, leaning her worn face down to the pillow, "think of me, if you won't think of yourself. What would I do?"

But Johnsy did not answer. The lonesomest thing in all the world is a soul when it is making ready to go on its mysterious, far journey. The fancy seemed to possess her more strongly as one by one the ties that bound her to friendship and to earth were loosed.

The day wore away, and even through the twilight they could see the lone ivy leaf clinging to its stem against the wall. And then, with the coming of the night the north wind was again loosed, while the rain still beat against the windows and pattered down from the low Dutch eaves.

When it was light enough Johnsy, the merciless, commanded that the shade be raised.

The ivy leaf was still there.

Johnsy lay for a long time looking at it. And then she called to Sue, who was stirring her chicken broth over the gas stove.

"I've been a bad girl, Sudie," said Johnsy. "Something has made that last leaf stay there to show me how wicked I was. It is a sin to want to die. You may bring a me a little broth now, and some milk with a little port in it, and-no; bring me a hand-mirror first, and then pack some pillows about me, and I will sit up and watch you cook." And hour later she said:

"Sudie, some day I hope to paint the Bay of Naples."

The doctor came in the afternoon, and Sue had an excuse to go into the hallway as he left.

"Even chances," said the doctor, taking Sue's thin, shaking hand in his. "With good nursing you'll win." And now I must see another case I have downstairs. Behrman, his name is—some kind of an artist, I believe. Pneumonia, too. He is an old, weak man, and the attack is acute. There is no hope for him; but he goes to the hospital to-day to be made more comfortable."

The next day the doctor said to Sue: "She's out of danger. You won. Nutrition and care now—that's all."

And that afternoon Sue came to the bed where Johnsy lay, contentedly knitting a very blue and very useless woollen shoulder scarf, and put one arm around her, pillows and all.

"I have something to tell you, white mouse," she said.

"Mr. Behrman died of pneumonia to-day in the hospital. He was ill only two days. The janitor found him the morning of the first day in his room downstairs helpless with pain. His shoes and clothing were wet through and icy cold. They couldn't imagine where he had been on such a dreadful night. And then they found a lantern, still lighted, and a ladder that had been dragged from its place, and some scattered brushes, and a palette with green and yellow colors mixed on it, and—look out the window, dear, at the last ivy leaf on the wall. Didn't you wonder why it never fluttered or moved when the wind blew? Ah, darling, it's Behrman's masterpiece—he painted it there the night that the last leaf fell."

The Gift of the Magi

One dollar and eighty-seven cents. That was all. And sixty cents of it was in pennies. Pennies saved one and two at a time by bulldozing the grocer and the vegetable man and the butcher until one's cheeks burned with the silent imputation of parsimony that such close dealing implied. Three times Della counted it. One dollar and eighty-seven cents. And the next day would be Christmas.

There was clearly nothing to do but flop down on the shabby little couch and howl. So Della did it. Which instigates the moral reflection that life is made up of sobs, sniffles, and smiles, with sniffles predominating.

While the mistress of the home is gradually subsiding from the first stage to the second, take a look at the home. A furnished flat at $8 per week. It did not exactly beggar description, but it certainly had that word on the lookout for the mendicancy squad.

In the vestibule below was a letter-box into which no letter would go, and an electric button from which no mortal finger could coax a ring. Also appertaining thereunto was a card bearing the name "Mr. James Dillingham Young."

The "Dillingham" had been flung to the breeze during a former period of prosperity when its possessor was being paid $30 per week. Now, when the income was shrunk to $20, though, they were thinking seriously of contracting to a modest and unassuming D. But whenever Mr. James Dillingham Young came home and reached his flat above he was called "Jim" and greatly hugged by Mrs. James Dillingham Young, already introduced to you as Della. Which is all very good.

Della finished her cry and attended to her cheeks with the powder rag. She stood by the window and looked out dully at a gray cat walking a gray fence in a gray backyard. Tomorrow would be Christmas Day, and she had only $1.87 with which to buy Jim a present. She had been saving every penny she could for months, with this result. Twenty dollars a week doesn't go far. Expenses had been greater than she had calculated. They always are. Only $1.87 to buy a present for Jim. Her Jim. Many a happy hour she had spent planning for something nice for him. Something fine and rare and sterling—something just a little bit near to being worthy of the honor of being owned by Jim.

There was a pier-glass between the windows of the room. Perhaps you have seen a pier-glass in an $8 flat. A very thin and very agile person may, by observing his reflection in a rapid sequence of longitudinal strips, obtain a fairly accurate conception of his looks. Della, being slender, had mastered the art.

Suddenly she whirled from the window and stood before the glass. Her eyes were shining brilliantly, but her face had lost its color within twenty seconds. Rapidly she pulled down her hair and let it fall to its full length.

Now, there were two possessions of the James Dillingham Youngs in which they both took a mighty pride. One was Jim's gold watch that had been his father's and his grandfather's. The other was Della's hair. Had the queen of Sheba lived in the flat across the airshaft, Della would have let her hair hang out the window some day to dry just to depreciate Her Majesty's jewels and gifts. Had King Solomon been the janitor, with all his treasures piled up in the basement, Jim would have pulled out his watch every time he passed, just to see him pluck at his beard from envy.

So now Della's beautiful hair fell about her rippling and shining like a cascade of brown waters. It reached below her knee and made itself almost a garment for her. And then she did it up again nervously and quickly. Once she faltered for a minute and stood still while a tear or two splashed on the worn red carpet.

On went her old brown jacket; on went her old brown hat. With a whirl of skirts and with the brilliant sparkle still in her eyes, she fluttered out the door and down the stairs to the street.

Where she stopped the sign read: "Mme. Sofronie. Hair Goods of All Kinds." One flight up Della ran, and collected herself, panting. Madame, large, too white, chilly, hardly looked the "Sofronie."

"Will you buy my hair?" asked Della.

"I buy hair," said Madame. "Take yer hat off and let's have a sight at the looks of it."

Down rippled the brown cascade.

"Twenty dollars," said Madame, lifting the mass with a

practiced hand.

"Give it to me quick," said Della.

Oh, and the next two hours tripped by on rosy wings. Forget the hashed metaphor. She was ransacking the stores for Jim's present.

She found it at last. It surely had been made for Jim and no one else. There was no other like it in any of the stores, and she had turned all of them inside out. It was a platinum fob chain simple and chaste in design, properly proclaiming its value by substance alone and not by meretricious ornamentation—as all good things should do. It was even worthy of The Watch. As soon as she saw it she knew that it must be Jim's. It was like him. Quietness and value—the description applied to both. Twenty-one dollars they took from her for it, and she hurried home with the 87 cents. With that chain on his watch Jim might be properly anxious about the time in any company. Grand as the watch was, he sometimes looked at it on the sly on account of the old leather strap that he used in place of a chain.

When Della reached home her intoxication gave way a little to prudence and reason. She got out her curling irons and lighted the gas and went to work repairing the ravages made by generosity added to love. Which is always a tremendous task, dear friends—a mammoth task.

Within forty minutes her head was covered with tiny, close-lying curls that made her look wonderfully like a truant schoolboy. She looked at her reflection in the mirror long, carefully, and critically.

"If Jim doesn't kill me," she said to herself, "before

he takes a second look at me, he'll say I look like a Coney Island chorus girl. But what could I do—oh! what could I do with a dollar and eighty seven cents?"

At 7 o'clock the coffee was made and the frying-pan was on the back of the stove hot and ready to cook the chops.

Jim was never late. Della doubled the fob chain in her hand and sat on the corner of the table near the door that he always entered. Then she heard his step on the stair away down on the first flight, and she turned white for just a moment. She had a habit for saying little silent prayer about the simplest everyday things, and now she whispered: "Please God, make him think I am still pretty."

The door opened and Jim stepped in and closed it. He looked thin and very serious. Poor fellow, he was only twenty-two—and to be burdened with a family! He needed a new overcoat and he was without gloves.

Jim stopped inside the door, as immovable as a setter at the scent of quail. His eyes were fixed upon Della, and there was an expression in them that she could not read, and it terrified her. It was not anger, nor surprise, nor disapproval, nor horror, nor any of the sentiments that she had been prepared for. He simply stared at her fixedly with that peculiar expression on his face.

Della wriggled off the table and went for him.

"Jim, darling," she cried, "don't look at me that way. I had my hair cut off and sold because I couldn't have lived through Christmas without giving you a present. It'll grow out again—you won't mind, will you? I just had to do it. My hair grows awfully fast. Say 'Merry Christmas!' Jim, and let's be happy. You don't know what a nice—what a beautiful, nice gift I've got for you."

"You've cut off your hair?" asked Jim, laboriously, as if he had not arrived at that patent fact yet even after the hardest mental labor.

"Cut it off and sold it," said Della. "Don't you like me just as well, anyhow? I'm me without my hair, ain't I?"

Jim looked about the room curiously.

"You say your hair is gone?" he said, with an air almost of idiocy.

"You needn't look for it," said Della. "It's sold, I tell you—sold and gone, too. It's Christmas Eve, boy. Be good to me, for it went for you. Maybe the hairs of my head were numbered," she went on with sudden serious sweetness, "but nobody could ever count my love for you. Shall I put the chops on, Jim?"

Out of his trance Jim seemed quickly to wake. He enfolded his Della. For ten seconds let us regard with discreet scrutiny some inconsequential object in the other direction. Eight dollars a week or a million a year—what is the difference? A mathematician or a wit would give you the wrong answer. The magi brought valuable gifts, but that was not among them. This dark assertion will be illuminated later on.

Jim drew a package from his overcoat pocket and threw it upon the table.

"Don't make any mistake, Dell," he said, "about me. I don't think there's anything in the way of a haircut or a shave or a shampoo that could make me like my girl any less. But if you'll unwrap that package you may see why you had me going a while at first."

White fingers and nimble tore at the string and paper. And then an ecstatic scream of joy; and then, alas! a quick feminine change to hysterical tears and wails, necessitating the immediate employment of all the comforting powers of the lord of the flat.

For there lay The Combs—the set of combs, side and back, that Della had worshipped long in a Broadway window. Beautiful combs, pure tortoise shell, with jeweled rims—just the shade to wear in the beautiful vanished hair. They were expensive combs, she knew, and her heart had simply craved and yearned over them without the least hope of possession. And now, they were hers, but the tresses that should have adorned the coveted adornments were gone.

But she hugged them to her bosom, and at length she was able to look up with dim eyes and a smile and say: "My hair grows so fast, Jim!"

And then Della leaped up like a little singed cat and cried, "Oh, oh!"

Jim had not yet seen his beautiful present. She held it out to him eagerly upon her open palm. The dull precious metal seemed to flash with a reflection of her bright and ardent spirit.

"Isn't it a dandy, Jim? I hunted all over town to find it. You'll have to look at the time a hundred times a day now. Give me your watch. I want to see how it looks on it."

Instead of obeying, Jim tumbled down on the couch and put his hands under the back of his head and smiled.

"Dell," said he, "let's put our Christmas presents away and keep 'em a while. They're too nice to use just at present. I sold the watch to get the money to buy your combs. And now suppose you put the chops on."

The magi, as you know, were wise men—wonderfully wise men—who brought gifts to the Babe in the manger. They invented the art of giving Christmas presents. Being wise, their gifts were no doubt wise ones, possibly bearing the privilege of exchange in case of duplication. And here I have lamely related to you the uneventful chronicle of two foolish children in a flat who most unwisely sacrificed for each other the greatest treasures of their house. But in a last word to the wise of these days let it be said that of all who give gifts these two were the wisest. of all who give and receive gifts, such as they are wisest. Everywhere they are wisest. They are the magi.

The Cop and the Anthem

On his bench in Madison Square Soapy moved uneasily. When wild geese honk high of nights, and when women without sealskin coats grow kind to their husbands, and when Soapy moves uneasily on his bench in the park, you may know that winter is near at hand.

A dead leaf fell in Soapy's lap. That was Jack Frost's card. Jack is kind to the regular denizens of Madison Square, and gives fair warning of his annual call. At the corners of four streets he hands his pasteboard to the North Wind, footman of the mansion of All Outdoors, so that the inhabitants thereof may make ready.

Soapy's mind became cognisant of the fact that the time had come for him to resolve himself into a singular Committee of Ways and Means to provide against the coming rigour. And therefore he moved uneasily on his bench.

The hibernatorial ambitions of Soapy were not of the highest. In them there were no considerations of Mediterranean cruises, of soporific Southern skies drifting in the Vesuvian Bay. Three months on the Island was what his soul craved. Three months of assured board and bed and congenial company, safe from Boreas and bluecoats, seemed to Soapy the essence of things desirable.

For years the hospitable Blackwell's had been his winter quarters. Just as his more fortunate fellow New Yorkers had bought their tickets to Palm Beach and the Riviera each winter, so Soapy had made his humble arrangements for his annual hegira to the Island. And now the time was come. On the previous night three Sabbath newspapers, distributed beneath his coat, about his ankles and over his lap, had failed to repulse the cold as he slept on his bench near the spurting fountain in the ancient square. So the Island loomed big and timely in Soapy's mind. He scorned the provisions made in the name of charity for the city's dependents. In Soapy's opinion the Law was more benign than Philanthropy. There was an endless round of institutions, municipal and eleemosynary, on which he might set out and receive lodging and food accordant with the simple life. But to one of Soapy's proud spirit the gifts of charity are encumbered. If not in coin you must pay in humiliation of spirit for every benefit received at the hands of philanthropy. As Caesar had his Brutus, every bed of charity must have its toll of a bath, every loaf of bread its compensation of a private and personal inquisition. Wherefore it is better to be a guest of the law, which though conducted by rules, does not meddle unduly with a gentleman's private affairs.

Soapy, having decided to go to the Island, at once set about accomplishing his desire. There were many easy ways of doing this. The pleasantest was to dine luxuriously at some expensive restaurant; and then, after declaring insolvency, be handed over quietly and without uproar to a policeman. An accommodating magistrate would do the rest.

Soapy left his bench and strolled out of the square and across the level sea of asphalt, where Broadway and Fifth Avenue flow together. Up Broadway he turned, and halted at a glittering cafe, where are gathered together nightly the choicest products of the grape, the silkworm and the protoplasm.

Soapy had confidence in himself from the lowest button of his vest upward. He was shaven, and his coat was decent and his neat black, ready-tied four-in-hand had been presented to him by a lady missionary on Thanksgiving Day. If he could reach a table in the restaurant unsuspected success would be his. The portion of him that would show above the table would raise no doubt in the waiter's mind. A roasted mallard duck, thought Soapy, would be about the thing—with a bottle of Chablis, and then Camembert, a demi-tasse and a cigar. One dollar for the cigar would be enough. The total would not be so high as to call forth any supreme manifestation of revenge from the cafe management; and yet the meat would leave him filled and happy for the journey to his winter refuge.

But as Soapy set foot inside the restaurant door the head waiter's eye fell upon his frayed trousers and decadent shoes. Strong and ready hands turned him about and conveyed him in silence and haste to the sidewalk and averted the ignoble fate of the menaced mallard.

Soapy turned off Broadway. It seemed that his route to the coveted island was not to be an epicurean one. Some other way of entering limbo must be thought of.

At a corner of Sixth Avenue electric lights and cunningly displayed wares behind plate-glass made a shop window conspicuous. Soapy took a cobblestone and dashed it through the glass. People came running around the corner, a policeman in the lead. Soapy stood still, with his hands in his pockets, and smiled at the sight of brass buttons.

"Where's the man that done that?" inquired the officer excitedly.

"Don't you figure out that I might have had something to do with it?" said Soapy, not without sarcasm, but friendly, as one greets good fortune.

The policeman's mind refused to accept Soapy even as a clue. Men who smash windows do not remain to parley with the law's minions. They take to their heels. The policeman saw a man half way down the block running to catch a car. With drawn club he joined in the pursuit. Soapy, with disgust in his heart, loafed along, twice unsuccessful.

On the opposite side of the street was a restaurant of no great pretensions. It catered to large appetites and modest purses. Its crockery and atmosphere were thick; its soup and napery thin. Into this place Soapy took his accusive shoes and telltale trousers without challenge. At a table he sat and consumed beefsteak, flapjacks, doughnuts and pie. And then to the waiter be betrayed the fact that the minutest coin and himself were strangers.

"Now, get busy and call a cop," said Soapy. "And don't keep a gentleman waiting."

"No cop for youse," said the waiter, with a voice like butter cakes and an eye like the cherry in a Manhattan cocktail. "Hey, Con!"

Neatly upon his left ear on the callous pavement two waiters pitched Soapy. He arose, joint by joint, as a carpenter's rule opens, and beat the dust from his clothes. Arrest seemed but a rosy dream. The Island seemed very far away. A policeman who stood before a drug store two doors away laughed and walked down the street.

Five blocks Soapy travelled before his courage permitted him to woo capture again. This time the opportunity presented what he fatuously termed to himself a "cinch." A young woman of a modest and pleasing guise was standing before a show window gazing with sprightly interest at its display of shaving mugs and inkstands, and two yards from the window a large policeman of severe demeanour leaned against a water plug.

It was Soapy's design to assume the role of the despicable and execrated "masher." The refined and elegant appearance of his victim and the contiguity of the conscientious cop encouraged him to believe that he would soon feel the pleasant official clutch upon his arm that would insure his winter quarters on the right little, tight little isle.

Soapy straightened the lady missionary's readymade tie, dragged his shrinking cuffs into the open, set his hat at a killing cant and sidled toward the young woman. He made eyes at her, was taken with sudden coughs and "hems," smiled, smirked and went brazenly through the impudent and contemptible litany of the "masher." With half an eye Soapy saw that the policeman was watching him fixedly. The young woman moved away a few steps, and again bestowed her absorbed attention upon the shaving mugs. Soapy followed, boldly stepping to her side, raised his hat and said:

"Ah there, Bedelia! Don't you want to come and play in my yard?"

The policeman was still looking. The persecuted young woman had but to beckon a finger and Soapy would be practically en route for his insular haven. Already he imagined he could feel the cozy warmth of the station-house. The young woman faced him and, stretching out a hand, caught Soapy's coat sleeve.

Sure, "Mike," she said joyfully, "if you'll blow me to a pail of suds. I'd have spoke to you sooner, but the cop was watching."

With the young woman playing the clinging ivy to his oak Soapy walked past the policeman overcome with gloom. He seemed doomed to liberty.

At the next corner he shook off his companion and ran. He halted in the district where by night are found the lightest streets, hearts, vows and librettos.

Women in furs and men in greatcoats moved gaily in the wintry air. A sudden fear seized Soapy that some dreadful enchantment had rendered him immune to arrest. The thought brought a little of panic upon it, and when he came upon another policeman lounging grandly in front of a transplendent theatre he caught at the immediate straw of "disorderly conduct."

On the sidewalk Soapy began to yell drunken gibberish at the top of his harsh voice. He danced, howled, raved and otherwise disturbed the welkin.

The policeman twirled his club, turned his back to Soapy and remarked to a citizen.

"It is one of them Yale lads celebratin' the goose egg they give to the Hartford College. Noisy; but no harm. We've instructions to have them be."

Disconsolate, Soapy ceased his unavailing racket. Would never a policeman lay hands on him? In his fancy the Island seemed an unattainable Arcadia. He buttoned his thin coat against the chilling wind.

In a cigar store he saw a well-dressed man lighting a cigar at a swinging light. His silk umbrella he had set by the door on entering. Soapy stepped inside, secured the umbrella and sauntered off with it slowly. The man at the cigar light followed hastily.

"My umbrella," he said, sternly.

"Oh, is it?" sneered Soapy, adding insult to petit larceny. "Well, why don't you call a policeman? I took it. Your umbrella! Why don't you call a cop? There stands one on the corner."

The umbrella owner slowed his steps. Soapy did likewise, with a presentiment that luck would again run against him. The policeman looked at the two curiously.

"Of course," said the umbrella man—"that is—well, you know how these mistakes occur—I—if it's your umbrella I hope you'll excuse me—I picked it up this morning in a restaurant—If you recognise it as yours, why—I hope you'll —"

"Of course it's mine," said Soapy, viciously.

The ex-umbrella man retreated. The policeman hurried to assist a tall blonde in an opera cloak across the street in front of a street car that was approaching two blocks away.

Soapy walked eastward through a street damaged by improvements. He hurled the umbrella wrathfully into an excavation. He muttered against the men who wear helmets and carry clubs. Because he wanted to fall into their clutches, they seemed to regard him as a king who could do no wrong.

At length Soapy reached one of the avenues to the east where the glitter and turmoil was but faint. He set his face down this toward Madison Square, for the homing instinct survives even when the home is a park bench.

But on an unusually quiet corner Soapy came to a standstill. Here was an old church, quaint and rambling and gabled. Through one violet-stained window a soft light glowed, where, no doubt, the organist loitered over the keys, making sure of his mastery of the coming Sabbath anthem. For there drifted out to Soapy's ears sweet music that caught and held him transfixed against the convolutions of the iron fence.

The moon was above, lustrous and serene; vehicles and pedestrians were few; sparrows twittered sleepily in the eaves—for a little while the scene might have been a country churchyard. And the anthem that the organist played cemented Soapy to the iron fence, for he had known it well in the days when his life contained such things as mothers and roses and ambitions and friends and immaculate thoughts and collars.

The conjunction of Soapy's receptive state of mind and the influences about the old church wrought a sudden and wonderful change in his soul. He viewed with swift horror the pit into which he had tumbled, the degraded days, unworthy desires, dead hopes, wrecked faculties and base motives that made up his existence.

And also in a moment his heart responded thrillingly to this novel mood. An instantaneous and strong impulse moved him to battle with his desperate fate. He would pull himself out of the mire; he would make a man of himself again; he would conquer the evil that had taken possession of him. There was time; he was comparatively young yet; he would resurrect his old eager ambitions and pursue them without faltering. Those solemn but sweet organ notes had set up a revolution in him. To-morrow he would go into the roaring downtown district and find work. A fur importer had once offered him a place as driver. He would find him to-morrow and ask for the position. He would be somebody in the world. He would—

Soapy felt a hand laid on his arm. He looked quickly around into the broad face of a policeman.

"What are you doin' here?" asked the officer.

"Nothin'," said Soapy.

"Then come along," said the policeman.

"Three months on the Island," said the Magistrate in the Police Court the next morning.

Two Thanksgiving Day Gentlemen

There is one day that is ours. There is one day when all we Americans who are not self-made go back to the old home to eat saleratus biscuits and marvel how much nearer to the porch the old pump looks than it used to. Bless the day. President Roosevelt gives it to us. We hear some talk of the Puritans, but don't just remember who they were. Bet we can lick'em, anyhow, if they try to land again. Plymouth Rocks? Well, that sounds more familiar. Lots of us have had to come down to hens since the Turkey Trust got its work in. But somebody in Washington is leaking out advance information to 'em about these Thanksgiving proclamations. The big city east of the cranberry bogs has made Thanksgiving Day an institution. The last Thursday in November is the only day in the year on which it recognizes the part of America lying across the ferries. It is the one day that is purely American. Yes, a day of celebration, exclusively American.

And now for the story which is to prove to you that we have traditions on this side of the ocean that are becoming older at a much rapider rate than those of England are—thanks to our git-up and enterprise.

Stuffy Pete took his seat on the third bench to the right as you enter Union Square from the east, at the walk opposite the fountain. Every Thanksgiving Day for nine years he had taken his seat there promptly at 1 o'clock. For every time he had done so things had happened to him—Charles Dickensy things that swelled his waistcoat above his heart, and equally on the other side.

But to-day Stuffy Pete's appearance at the annual trysting place seemed to have been rather the result of habit than of the yearly hunger which, as the philanthropists seem to think, afflicts the poor at such extended intervals.

Certainly Pete was not hungry. He had just come from a feast that had left him of his powers barely those of respiration and locomotion. His eyes were like two pale gooseberries firmly imbedded in a swollen and gravy-smeared mask of putty. His breath came in short wheezes; a senatorial roll of adipose tissue denied a fashionable set to his upturned coat collar. Buttons that had been sewed upon his clothes by kind Salvation fingers a week before flew like popcorn; strewing the earth around him. Ragged he was, with a split shirt front open to the wishbone; but the November breeze, carrying fine snowflakes, brought him only a grateful coolness. For Stuffy Pete was overcharged with the caloric produced by a superbountiful dinner, beginning with oysters and ending with plum pudding, and including (it seemed to him) all the roast turkey and baked potatoes and chicken salad and squash pie and ice cream in the world. Wherefore he sat, gorged, and gazed upon the world with after-dinner contempt.

The meal had been an unexpected one. He was passing

a red brick mansion near the beginning of Fifth avenue, in which lived two old ladies of ancient family and a reverence for traditions. They even denied the existence of New York, and believed that Thanksgiving Day was declared solely for Washington Square. One of their traditional habits was to station a servant at the postern gate with orders to admit the first hungry wayfarer that came along after the hour of noon had struck, and banquet him to a finish. Stuffy Pete happened to pass by on his way to the park, and the seneschals gathered him in and upheld the custom of the castle.

After Stuffy Pete had gazed straight before him for ten minutes he was conscious of a desire for a more varied field of vision. With a tremendous effort he moved his head slowly to the left. And then his eyes bulged out fearfully, and his breath ceased, and the rough-shod ends of his short legs wriggled and rustled on the gravel.

For the Old Gentleman was coming across Fourth avenue toward his bench.

Every Thanksgiving Day for nine years the Old Gentleman had come there and found Stuffy Pete on his bench. That was a thing that the Old Gentleman was trying to make a tradition of. Every Thanksgiving Day for nine years he had found Stuffy there, and had led him to a restaurant and watched him eat a big dinner. They do those things in England unconsciously. But this is a young country, and nine years is not so bad. The Old Gentleman was a staunch American patriot, and considered himself a pioneer in American tradition. In order to become picturesque we must keep on doing one thing for a long time without ever letting it get away from us. Something like collecting the weekly dimes in industrial insurance. Or cleaning the streets.

The Old Gentleman moved, straight and stately, toward the Institution that he was rearing. Truly, the annual feeling of Stuffy Pete was nothing national in its character, such as the Magna Charta or jam for breakfast was in England. But it was a step. It was almost feudal. It showed, at least, that a Custom was not impossible to New Y—ahem!—America.

The Old Gentleman was thin and tall and sixty. He was dressed all in black, and wore the old-fashioned kind of glasses that won't stay on your nose. His hair was whiter and thinner than it had been last year, and he seemed to make more use of his big, knobby cane with the crooked handle.

As his established benefactor came up Stuffy wheezed and shuddered like some woman's over-fat pug when a street dog bristles up at him. He would have flown, but all the skill of Santos-Dumont could not have separated him from his bench. Well had the myrmidons of the two old ladies done their work.

"Good morning," said the Old Gentleman. "I am glad to perceive that the vicissitudes of another year have spared you to move in health about the beautiful world. For that blessing alone this day of thanksgiving is well proclaimed to each of us. If you will come with me, my man, I will provide you with a dinner that should make your physical being accord with the mental."

That is what the old Gentleman said every time. Every

Thanksgiving Day for nine years. The words themselves almost formed an Institution. Nothing could be compared with them except the Declaration of Independence. Always before they had been music in Stuffy's ears. But now he looked up at the Old Gentleman's face with tearful agony in his own. The fine snow almost sizzled when it fell upon his perspiring brow. But the Old Gentleman shivered a little and turned his back to the wind.

Stuffy had always wondered why the Old Gentleman spoke his speech rather sadly. He did not know that it was because he was wishing every time that he had a son to succeed him. A son who would come there after he was gone—a son who would stand proud and strong before some subsequent Stuffy, and say: "In memory of my father." Then it would be an Institution.

But the Old Gentleman had no relatives. He lived in rented rooms in one of the decayed old family brownstone mansions in one of the quiet streets east of the park. In the winter he raised fuchsias in a little conservatory the size of a steamer trunk. In the spring he walked in the Easter parade. In the summer he lived at a farmhouse in the New Jersey hills, and sat in a wicker armchair, speaking of a butterfly, the ornithoptera amphrisius, that he hoped to find some day. In the autumn he fed Stuffy a dinner. These were the Old Gentleman's occupations.

Stuffy Pete looked up at him for a half minute, stewing and helpless in his own self-pity. The Old Gentleman's eyes were bright with the giving-pleasure. His face was getting more lined each year, but his little black necktie was in as jaunty a bow as ever, and the linen was beautiful and white, and his gray mustache was curled carefully at the ends. And then Stuffy made a noise that sounded like peas bubbling in a pot. Speech was intended; and as the Old Gentleman had heard the sounds nine times before, he rightly construed them into Stuffy's old formula of acceptance.

"Thankee, sir. I'll go with ye, and much obliged. I'm very hungry, sir."

The coma of repletion had not; prevented from entering Stuffy's mind the conviction that he was the basis of an Institution. His Thanksgiving appetite was not his own; it belonged by all the sacred rights of established custom, if not, by the actual Statute of Limitations, to this kind old gentleman who bad preempted it. True, America is free; but in order to establish tradition someone must be a repetend—a repeating decimal. The heroes are not all heroes of steel and gold. See one here that wielded only weapons of iron, badly silvered, and tin.

The Old Gentleman led his annual protege southward to the restaurant, and to the table where the feast had always occurred. They were recognized.

"Here comes de old guy," said a waiter, "dat blows dat same bum to a meal every Thanksgiving."

The Old Gentleman sat across the table glowing like a smoked pearl at his corner-stone of future ancient Tradition. The waiters heaped the table with holiday food—and Stuffy, with a sigh that was mistaken for hunger's expression, raised knife and fork and carved for himself a crown of imperishable bay.

No more valiant hero ever fought his way through the ranks of an enemy. Turkey, chops, soups, vegetables, pies, disappeared before him as fast as they could be served. Gorged nearly to the uttermost when he entered the restaurant, the smell of food had almost caused him to lose his honor as a gentleman, but he rallied like a true knight. He saw the look of beneficent happiness on the Old Gentleman's face—a happier look than even the fuchsias and the ornithoptera aniphrisins had ever brought to it—and he had not the heart to see it wane.

In an hour Stuffy leaned back with a battle won. "Thankee kindly, sir," he puffed like a leaky steam pipe; "thankee kindly for a hearty meal." Then he arose heavily with glazed eyes and started toward the kitchen. A waiter turned him about like a top, and pointed him toward the door. The Old Gentleman carefully counted out $1.30 in silver change, leaving three nickels for the waiter.

They parted as they did each year at the door, the Old Gentleman going south, Stuffy north.

Around the first corner Stuffy turned, and stood for one minute. Then he seemed to puff out his rags as an owl puffs out his feathers, and fell to the sidewalk like a sunstricken horse.

When the ambulance came the young surgeon and the driver cursed softly at his weight. There was no smell of whiskey to justify a transfer to the patrol wagon, so Stuffy and his two dinners went to the hospital. There they stretched him on a bed and began to test him for strange diseases, with the hope of getting a chance at some problem with the bare steel.

And lo! an hour later another ambulance brought the Old Gentleman. And they laid him on another bed and spoke of appendicitis, for he looked good for the bill.

But pretty soon one of the young doctors met one of the young nurses whose eyes he liked, and stopped to chat with her about the cases.

"That nice old gentleman over there, now," he said, "you wouldn't think that was a case of almost starvation. Proud old family, I guess. He told me he hadn't eaten a thing for three days."

Transients in Arcadia

There is a hotel on Broadway that has escaped discovery by the summer-resort promoters. It is deep and wide and cool. Its rooms are finished in dark oak of a low temperature. Home-made breezes and deep-green shrubbery give it the delights without the inconveniences of the Adirondacks. One can mount its broad staircases or glide dreamily upward in its aerial elevators, attended by guides in brass buttons, with a serene joy that Alpine climbers have never attained. There is a chef in its kitchen who will prepare for you brook trout better than the White Mountains ever served, sea food that would turn Old Point Comfort—"by Gad, sah!"—green with envy, and Maine venison that would melt the official heart of a game warden.

A few have found out this oasis in the July desert of Manhattan. During that month you will see the hotel's reduced array of guests scattered luxuriously about in the cool twilight of its lofty dining-room, gazing at one another across the snowy waste of unoccupied tables, silently congratulatory.

Superfluous, watchful, pneumatically moving waiters hover near, supplying every want before it is expressed. The temperature is perpetual April. The ceiling is painted in water colors to counterfeit a summer sky across which delicate clouds drift and do not vanish as those of nature do to our regret.

The pleasing, distant roar of Broadway is transformed in the imagination of the happy guests to the noise of a waterfall filling the woods with its restful sound. At every strange footstep the guests turn an anxious ear, fearful lest their retreat be discovered and invaded by the restless pleasure-seekers who are forever hounding nature to her deepest lairs.

Thus in the depopulated caravansary the little band of connoisseurs jealously hide themselves during the heated season, enjoying to the uttermost the delights of mountain and seashore that art and skill have gathered and served to them.

In this July came to the hotel one whose card that she sent to the clerk for her name to be registered read "Mme. Heloise D'Arcy Beaumont."

Madame Beaumont was a guest such as the Hotel Lotus loved. She possessed the fine air of the elite, tempered and sweetened by a cordial graciousness that made the hotel employees her slaves. Bell-boys fought for the honor of answering her ring; the clerks, but for the question of ownership, would have deeded to her the hotel and its contents; the other guests regarded her as the final touch of feminine exclusiveness and beauty that rendered the entourage perfect.

This super-excellent guest rarely left the hotel. Her habits were consonant with the customs of the discriminating patrons of the Hotel Lotus. To enjoy that delectable hostelry one must forego the city as though it were leagues away. By night a brief excursion to the nearby roofs is in order; but during the torrid day one remains in the umbrageous fastnesses of the Lotus as a trout hangs poised in the pellucid sanctuaries of his favorite pool.

Though alone in the Hotel Lotus, Madame Beaumont preserved the state of a queen whose loneliness was of position only. She breakfasted at ten, a cool, sweet, leisurely, delicate being who glowed softly in the dimness like a jasmine flower in the dusk.

But at dinner was Madame's glory at its height. She wore a gown as beautiful and immaterial as the mist from an unseen cataract in a mountain gorge. The nomenclature of this gown is beyond the guess of the scribe. Always pale-red roses reposed against its lace-garnished front. It was a gown that the head-waiter viewed with respect and met at the door. You thought of Paris when you saw it, and maybe of mysterious countesses, and certainly of Versailles and rapiers and Mrs. Fiske and rouge-et-noir. There was an untraceable rumor in the Hotel Lotus that Madame was a cosmopolite, and that she was pulling with her slender white hands certain strings between the nations in the favor of Russia. Being a citizeness of the world's smoothest roads it was small wonder that she was quick to recognize in the refined purlieus of the Hotel Lotus the most desirable spot in America for a restful sojourn during the heat of mid-summer.

On the third day of Madame Beaumont's residence in

the hotel a young man entered and registered himself as a guest. His clothing—to speak of his points in approved order—was quietly in the mode; his features good and regular; his expression that of a poised and sophisticated man of the world. He informed the clerk that he would remain three or four days, inquired concerning the sailing of European steamships, and sank into the blissful inanition of the nonpareil hotel with the contented air of a traveller in his favorite inn.

The young man—not to question the veracity of the register—was Harold Farrington. He drifted into the exclusive and calm current of life in the Lotus so tactfully and silently that not a ripple alarmed his fellow-seekers after rest. He ate in the Lotus and of its patronym, and was lulled into blissful peace with the other fortunate mariners. In one day he acquired his table and his waiter and the fear lest the panting chasers after repose that kept Broadway warm should pounce upon and destroy this contiguous but covert haven.

After dinner on the next day after the arrival of Harold Farrington Madame Beaumont dropped her handkerchief in passing out. Mr. Farrington recovered and returned it without the effusiveness of a seeker after acquaintance.

Perhaps there was a mystic freemasonry between the discriminating guests of the Lotus. Perhaps they were drawn one to another by the fact of their common good fortune in discovering the acme of summer resorts in a Broadway hotel. Words delicate in courtesy and tentative in departure from formality passed between the two. And, as if in the expedient atmosphere of a real summer resort, an acquaintance grew, flowered and fructified on the spot as does the mystic plant of the conjuror. For a few moments they stood on a balcony upon which the corridor ended, and tossed the feathery ball of conversation.

"One tires of the old resorts," said Madame Beaumont, with a faint but sweet smile. "What is the use to fly to the mountains or the seashore to escape noise and dust when the very people that make both follow us there?"

"Even on the ocean," remarked Farrington, sadly, "the Philistines be upon you. The most exclusive steamers are getting to be scarcely more than ferry boats. Heaven help us when the summer resorter discovers that the Lotus is further away from Broadway than Thousand Islands or Mackinac."

"I hope our secret will be safe for a week, anyhow," said Madame, with a sigh and a smile. "I do not know where I would go if they should descend upon the dear Lotus. I know of but one place so delightful in summer, and that is the castle of Count Polinski, in the Ural Mountains."

"I hear that Baden-Baden and Cannes are almost deserted this season," said Farrington. "Year by year the old resorts fall in disrepute. Perhaps many others, like ourselves, are seeking out the quiet nooks that are overlooked by the majority."

"I promise myself three days more of this delicious rest," said Madame Beaumont. "On Monday the Cedric sails."

Harold Farrington's eyes proclaimed his regret. "I too must leave on Monday," he said, "but I do not go abroad."

Madame Beaumont shrugged one round shoulder in a

foreign gesture.

"One cannot hide here forever, charming though it may be. The chateau has been in preparation for me longer than a month. Those house parties that one must give—what a nuisance! But I shall never forget my week in the Hotel Lotus."

"Nor shall I," said Farrington in a low voice, "and I shall never FORGIVE the Cedric—"

On Sunday evening, three days afterward, the two sat at a little table on the same balcony. A discreet waiter brought ices and small glasses of claret cup.

Madame Beaumont wore the same beautiful evening gown that she had worn each day at dinner. She seemed thoughtful. Near her hand on the table lay a small chatelaine purse. After she had eaten her ice she opened the purse and took out a one-dollar bill.

"Mr. Farrington," she said, with the smile that had won the Hotel Lotus, "I want to tell you something. I'm going to leave before breakfast in the morning, because I've got to go back to my work. I'm behind the hosiery counter at Casey's Mammoth Store, and my vacation's up at eight o'clock to-morrow. That paper-dollar is the last cent I'll see till I draw my eight dollars salary next Saturday night. You're a real gentleman, and you've been good to me, and I wanted to tell you before I went."

"I've been saving up out of my wages for a year just for this vacation. I wanted to spend one week like a lady if I never do another one. I wanted to get up when I please instead of having to crawl out at seven every morning; and I wanted to live on the best and be waited on and ring bells for things just like rich folks do. Now I've done it, and I've had the happiest time I ever expect to have in my life. I'm going back to my work and my little hall bedroom satisfied for another year. I wanted to tell you about it, Mr. Farrington, because I—I thought you kind of liked me, and I—I liked you. But, oh, I couldn't help deceiving you up till now, for it was all just like a fairy tale to me. So I talked about Europe and the things I've read about in other countries, and made you think I was a great lady."

"This dress I've got on—it's the only one I have that's fit to wear—I bought from O'Dowd & Levinsky on the installment plan."

"Seventy-five dollars is the price, and it was made to measure. I paid $10 down, and they're to collect $1 a week till it's paid for. That'll be about all I have to say, Mr. Farrington, except that my name is Mamie Siviter instead of Madame Beaumont, and I thank you for your attentions. This dollar will pay the installment due on the dress tomorrow. I guess I'll go up to my room now."

Harold Farrington listened to the recital of the Lotus's loveliest guest with an impassive countenance. When she had concluded he drew a small book like a checkbook from his coat pocket. He wrote upon a blank form in this with a stub of pencil, tore out the leaf, tossed it over to his companion and took up the paper dollar.

"I've got to go to work, too, in the morning," he said, "and I might as well begin now. There's a receipt for the dollar instalment. I've been a collector for O'Dowd &

Levinsky for three years. Funny, ain't it, that you and me both had the same idea about spending our vacation? I've always wanted to put up at a swell hotel, and I saved up out of my twenty per, and did it. Say, Mame, how about a trip to Coney Saturday night on the boat—what?"

The face of the pseudo Madame Heloise D'Arcy Beaumont beamed.

"Oh, you bet I'll go, Mr. Farrington. The store closes at twelve on Saturdays. I guess Coney'll be all right even if we did spend a week with the swells."

Below the balcony the sweltering city growled and buzzed in the July night. Inside the Hotel Lotus the tempered, cool shadows reigned, and the solicitous waiter single-footed near the low windows, ready at a nod to serve Madame and her escort.

At the door of the elevator Farrington took his leave, and Madame Beaumont made her last ascent. But before they reached the noiseless cage he said: "Just forget that 'Harold Farrington,' will you?—McManus is the name—James McManus. Some call me Jimmy."

"Good-night, Jimmy," said Madame.

A Service of Love

When one loves one's Art no service seems too hard.

That is our premise. This story shall draw a conclusion from it, and show at the same time that the premise is incorrect. That will be a new thing in logic, and a feat in story-telling somewhat older than the great wall of China.

Joe Larrabee came out of the post-oak flats of the Middle West pulsing with a genius for pictorial art. At six he drew a picture of the town pump with a prominent citizen passing it hastily. This effort was framed and hung in the drug store window by the side of the ear of corn with an uneven number of rows. At twenty he left for New York with a flowing necktie and a capital tied up somewhat closer.

Delia Caruthers did things in six octaves so promisingly in a pine-tree village in the South that her relatives chipped in enough in her chip hat for her to go "North" and "finish." They could not see her f—, but that is our story.

Joe and Delia met in an atelier where a number of art and music students had gathered to discuss chiaroscuro, Wagner, music, Rembrandt's works, pictures, Waldteufel, wall paper, Chopin and Oolong.

Joe and Delia became enamoured one of the other, or each of the other, as you please, and in a short time were married—for (see above), when one loves one's Art no service seems too hard.

Mr. and Mrs. Larrabee began housekeeping in a flat. It was a lonesome flat—something like the A sharp way down at the left-hand end of the keyboard. And they were happy; for they had their Art, and they had each other. And my advice to the rich young man would be—sell all thou hast, and give it to the poor—janitor for the privilege of living in a flat with your Art and your Delia.

Flat-dwellers shall indorse my dictum that theirs is the only true happiness. If a home is happy it cannot fit too close—let the dresser collapse and become a billiard table; let the mantel turn to a rowing machine, the escritoire to a spare bedchamber, the washstand to an upright piano; let the four walls come together, if they will, so you and your Delia are between. But if home be the other kind, let it be wide and long—enter you at the Golden Gate, hang your hat on Hatteras, your cape on Cape Horn and go out by the Labrador.

Joe was painting in the class of the great Magister—you know his fame. His fees are high; his lessons are light—his high-lights have brought him renown. Delia was studying under Rosenstock—you know his repute as a disturber of the piano keys.

They were mighty happy as long as their money lasted. So is every—but I will not be cynical. Their aims were very clear and defined.

Joe was to become capable very soon of turning out pictures that old gentlemen with thin side-whiskers and thick pocketbooks would sandbag one another in his studio for the privilege of buying. Delia was to become familiar and then contemptuous with Music, so that when she saw the orchestra seats and boxes unsold she could have sore throat and lobster in a private dining-room and refuse to go on the stage.

But the best, in my opinion, was the home life in the little flat—the ardent, voluble chats after the day's study; the cozy dinners and fresh, light breakfasts; the interchange of ambitions—ambitions interwoven each with the other's or else inconsiderable—the mutual help and inspiration; and—overlook my artlessness—stuffed olives and cheese sandwiches at 11 p.m.

But after a while Art flagged. It sometimes does, even if some switchman doesn't flag it. Everything going out and nothing coming in, as the vulgarians say. Money was lacking to pay Mr. Magister and Herr Rosenstock their prices. When one loves one's Art no service seems too hard. So, Delia said she must give music lessons to keep the chafing dish bubbling.

For two or three days she went out canvassing for pupils. One evening she came home elated.

"Joe, dear," she said, gleefully, "I've a pupil. And, oh, the loveliest people! General—General A. B. Pinkney's daughter—on Seventy-first street. Such a splendid house, Joe—you ought to see the front door! Byzantine I think you would call it. And inside! Oh, Joe, I never saw anything like it before."

"My pupil is his daughter Clementina. I dearly love her

already. She's a delicate thing—dresses always in white; and the sweetest, simplest manners! Only eighteen years old. I'm to give three lessons a week; and, just think, Joe! $5 a lesson. I don't mind it a bit; for when I get two or three more pupils I can resume my lessons with Herr Rosenstock. Now, smooth out that wrinkle between your brows, dear, and let's have a nice supper."

"That's all right for you, Dele," said Joe, attacking a can of peas with a carving knife and a hatchet, "but how about me? Do you think I'm going to let you hustle for wages while I philander in the regions of high art? Not by the bones of Benvenuto Cellini! I guess I can sell papers or lay cobblestones, and bring in a dollar or two."

Delia came and hung about his neck.

"Joe, dear, you are silly. You must keep on at your studies. It is not as if I had quit my music and gone to work at something else. While I teach I learn. I am always with my music. And we can live as happily as millionaires on $15 a week. You mustn't think of leaving Mr. Magister."

"All right," said Joe, reaching for the blue scalloped vegetable dish. "But I hate for you to be giving lessons. It isn't Art. But you're a trump and a dear to do it."

"When one loves one's Art no service seems too hard," said Delia.

"Magister praised the sky in that sketch I made in the park," said Joe. "And Tinkle gave me permission to hang two of them in his window. I may sell one if the right kind of a moneyed idiot sees them."

"I'm sure you will," said Delia, sweetly. "And now let's

be thankful for Gen. Pinkney and this veal roast."

During all of the next week the Larrabees had an early breakfast. Joe was enthusiastic about some morning-effect sketches he was doing in Central Park, and Delia packed him off breakfasted, coddled, praised and kissed at 7 o'clock. Art is an engaging mistress. It was most times 7 o'clock when he returned in the evening.

At the end of the week Delia, sweetly proud but languid, triumphantly tossed three five-dollar bills on the 8x10 (inches) centre table of the 8x10 (feet) flat parlour.

"Sometimes," she said, a little wearily, "Clementina tries me. I'm afraid she doesn't practise enough, and I have to tell her the same things so often. And then she always dresses entirely in white, and that does get monotonous. But Gen. Pinkney is the dearest old man! I wish you could know him, Joe. He comes in sometimes when I am with Clementina at the piano—he is a widower, you know—and stands there pulling his white goatee. And how are the semiquavers and the demisemiquavers progressing?" he always asks.

"I wish you could see the wainscoting in that drawing-room, Joe! And those Astrakhan rug portieres. And Clementina has such a funny little cough. I hope she is stronger than she looks. Oh, I really am getting attached to her, she is so gentle and high bred. Gen. Pinkney's brother was once Minister to Bolivia."

And then Joe, with the air of a Monte Cristo, drew forth a ten, a five, a two and a one—all legal tender notes—and laid them beside Delia's earnings.

"Sold that watercolour of the obelisk to a man from

Peoria," he announced overwhelmingly.

"Don't joke with me," said Delia, "not from Peoria!"

"All the way. I wish you could see him, Dele. Fat man with a woollen muffler and a quill toothpick. He saw the sketch in Tinkle's window and thought it was a windmill at first, he was game, though, and bought it anyhow. He ordered another—an oil sketch of the Lackawanna freight depot—to take back with him. Music lessons! Oh, I guess Art is still in it."

"I'm so glad you've kept on," said Delia, heartily. "You're bound to win, dear. Thirty-three dollars! We never had so much to spend before. We'll have oysters tonight."

"And filet mignon with champignons," said Joe. "Where is the olive fork?"

On the next Saturday evening Joe reached home first. He spread his $18 on the parlour table and washed what seemed to be a great deal of dark paint from his hands.

Half an hour later Delia arrived, her right hand tied up in a shapeless bundle of wraps and bandages.

"How is this?" asked Joe after the usual greetings. Delia laughed, but not very joyously.

"Clementina," she explained, "insisted upon a Welsh rabbit after her lesson. She is such a queer girl. Welsh rabbits at 5 in the afternoon. The General was there. You should have seen him run for the chafing dish, Joe, just as if there wasn't a servant in the house. I know Clementina isn't in good health; she is so nervous. In serving the rabbit she spilled a great lot of it, boiling hot, over my hand and wrist. It hurt awfully, Joe. And the dear girl was so sorry! But Gen. Pinkney!—Joe, that old man nearly went distracted. He rushed downstairs and sent somebody—they said the furnace man or somebody in the basement—out to a drug store for some oil and things to bind it up with. It doesn't hurt so much now."

"What's this?" asked Joe, taking the hand tenderly and pulling at some white strands beneath the bandages.

"It's something soft," said Delia, "that had oil on it. Oh, Joe, did you sell another sketch?" She had seen the money on the table.

"Did I?" said Joe; "just ask the man from Peoria. He got his depot today, and he isn't sure but he thinks he wants another parkscape and a view on the Hudson. What time this afternoon did you burn your hand, Dele?"

"Five o'clock, I think," said Dele, plaintively. "The iron—I mean the rabbit came off the fire about that time. You ought to have seen Gen. Pinkney, Joe, when—"

"Sit down here a moment, Dele," said Joe. He drew her to the couch, sat beside her and put his arm across her shoulders.

"What have you been doing for the last two weeks, Dele?" he asked.

She braved it for a moment or two with an eye full of love and stubbornness, and murmured a phrase or two vaguely of Gen. Pinkney; but at length down went her head and out came the truth and tears.

"I couldn't get any pupils," she confessed. "And I couldn't bear to have you give up your lessons; and I got a place ironing shirts in that big Twenty-fourth street laundry. And I think I did very well to make up both General

Pinkney and Clementina, don't you, Joe? And when a girl in the laundry set down a hot iron on my hand this afternoon I was all the way home making up that story about the Welsh rabbit. You're not angry, are you, Joe? And if I hadn't got the work you mightn't have sold your sketches to that man from Peoria."

"He wasn't from Peoria," said Joe, slowly.

"Well, it doesn't matter where he was from. How clever you are, Joe—and—kiss me, Joe—and what made you ever suspect that I wasn't giving music lessons to Clementina?"

"I didn't," said Joe, "until tonight. And I wouldn't have then, only I sent up this cotton waste and oil from the engine-room this afternoon for a girl upstairs who had her hand burned with a smoothing-iron. I've been firing the engine in that laundry for the last two weeks."

"And then you didn't—"

"My purchaser from Peoria," said Joe, "and Gen. Pinkney are both creations of the same art—but you wouldn't call it either painting or music."

And then they both laughed, and Joe began:

"When one loves one's Art no service seems—"

But Delia stopped him with her hand on his lips. "No," she said—"just 'When one loves.'"

The Mammon and the Archer

Anthony Rockwall, retired manufacturer and proprietor of Rockwall's Eureka Soap, looked out the library window of his Fifth Avenue mansion and grinned. His neighbour to the right—the aristocratic clubman, G. Van Schuylight Suffolk-Jones—came out to his waiting motor-car, wrinkling a contumelious nostril, as usual, at the Italian renaissance sculpture of the soap palace's front elevation.

"Stuck-up old statuette of nothing doing!" commented the ex-Soap King. "The Eden Musee'll get that old frozen Nesselrode yet if he don't watch out. I'll have this house painted red, white, and blue next summer and see if that'll make his Dutch nose turn up any higher."

And then Anthony Rockwall, who never cared for bells, went to the door of his library and shouted "Mike!" in the same voice that had once chipped off pieces of the welkin on the Kansas prairies.

"Tell my son," said Anthony to the answering menial, "to come in here before he leaves the house."

When young Rockwall entered the library the old man laid aside his newspaper, looked at him with a kindly grimness on his big, smooth, ruddy countenance, rumpled his mop of white hair with one hand and rattled the keys in his pocket with the other.

"Richard," said Anthony Rockwail, "what do you pay for the soap that you use?"

Richard, only six months home from college, was startled a little. He had not yet taken the measure of this sire of his, who was as full of unexpectednesses as a girl at her first party.

"Six dollars a dozen, I think, dad."

"And your clothes?"

"I suppose about sixty dollars, as a rule."

"You're a gentleman," said Anthony, decidedly. "I've heard of these young bloods spending $24 a dozen for soap, and going over the hundred mark for clothes. You've got as much money to waste as any of 'em, and yet you stick to what's decent and moderate. Now I use the old Eureka—not only for sentiment, but it's the purest soap made. Whenever you pay more than 10 cents a cake for soap you buy bad perfumes and labels. But 50 cents is doing very well for a young man in your generation, position and condition. As I said, you're a gentleman. They say it takes three generations to make one. They're off. Money'll do it as slick as soap grease. It's made you one. By hokey! it's almost made one of me. I'm nearly as impolite and disagreeable and ill-mannered as these two old Knickerbocker gents on each side of me that can't sleep of nights because I bought in between'em."

"There are some things that money can't accomplish," remarked young Rockwall, rather gloomily.

"Now, don't say that," said old Anthony, shocked. "I

bet my money on money every time. I've been through the encyclopaedia down to Y looking for something you can't buy with it; and I expect to have to take up the appendix next week. I'm for money against the field. Tell me something money won't buy."

"For one thing," answered Richard, rankling a little, "it won't buy one into the exclusive circles of society."

"Oho! won't it?" thundered the champion of the root of evil. "You tell me where your exclusive circles would be if the first Astor hadn't had the money to pay for his steerage passage over?"

Richard sighed.

"And that's what I was coming to," said the old man, less boisterously. "That's why I asked you to come in. There's something going wrong with you, boy. I've been noticing it for two weeks. Out with it. I guess I could lay my hands on eleven millions within twenty-four hours, besides the real estate. If it's your liver, there's the Rambler down in the bay, coaled, and ready to steam down to the Bahamas in two days."

"Not a bad guess, dad; you haven't missed it far."

"Ah," said Anthony, keenly; "what's her name?"

Richard began to walk up and down the library floor. There was enough comradeship and sympathy in this crude old father of his to draw his confidence.

"Why don't you ask her?" demanded old Anthony. "She'll jump at you. You've got the money and the looks, and you're a decent boy. Your hands are clean. You've got no Eureka soap on 'em. You've been to college, but she'll overlook that."

"I haven't had a chance," said Richard.

"Make one," said Anthony. "Take her for a walk in the park, or a straw ride, or walk home with her from church Chance! Pshaw!"

"You don't know the social mill, dad. She's part of the stream that turns it. Every hour and minute of her time is arranged for days in advance. I must have that girl, dad, or this town is a blackjack swamp forevermore. And I can't write it—I can't do that."

"Tut!" said the old man. "Do you mean to tell me that with all the money I've got you can't get an hour or two of a girl's time for yourself?"

"I've put it off too late. She's going to sail for Europe at noon day after to-morrow for a two years' stay. I'm to see her alone to-morrow evening for a few minutes. She's at Larchmont now at her aunt's. I can't go there. But I'm allowed to meet her with a cab at the Grand Central Station to-morrow evening at the 8.30 train. We drive down Broadway to Wallack's at a gallop, where her mother and a box party will be waiting for us in the lobby. Do you think she would listen to a declaration from me during that six or eight minutes under those circumstances? No. And what chance would I have in the theatre or afterward? None. No, dad, this is one tangle that your money can't unravel. We can't buy one minute of time with cash; if we could, rich people would live longer. There's no hope of getting a talk with Miss Lantry before she sails."

"All right, Richard, my boy," said old Anthony,

cheerfully. "You may run along down to your club now. I'm glad it ain't your liver. But don't forget to burn a few punk sticks in the joss house to the great god Mazuma from time to time. You say money won't buy time? Well, of course, you can't order eternity wrapped up and delivered at your residence for a price, but I've seen Father Time get pretty bad stone bruises on his heels when he walked through the gold diggings."

That night came Aunt Ellen, gentle, sentimental, wrinkled, sighing, oppressed by wealth, in to Brother Anthony at his evening paper, and began discourse on the subject of lovers' woes.

"He told me all about it," said brother Anthony, yawning. "I told him my bank account was at his service. And then he began to knock money. Said money couldn't help. Said the rules of society couldn't be bucked for a yard by a team of ten-millionaires."

"Oh, Anthony," sighed Aunt Ellen, "I wish you would not think so much of money. Wealth is nothing where a true affection is concerned. Love is all-powerful. If he only had spoken earlier! She could not have refused our Richard. But now I fear it is too late. He will have no opportunity to address her. All your gold cannot bring happiness to your son."

At eight o'clock the next evening Aunt Ellen took a quaint old gold ring from a moth-eaten case and gave it to Richard.

"Wear it to-night, nephew," she begged. "Your mother gave it to me. Good luck in love she said it brought. She asked me to give it to you when you had found the one you loved."

Young Rockwall took the ring reverently and tried it on his smallest finger. It slipped as far as the second joint and stopped. He took it off and stuffed it into his vest pocket, after the manner of man. And then he 'phoned for his cab.

At the station he captured Miss Lantry out of the gadding mob at eight thirty-two.

"We mustn't keep mamma and the others waiting," said she.

"To Wallack's Theatre as fast as you can drive!" said Richard loyally.

They whirled up Forty-second to Broadway, and then down the white-starred lane that leads from the soft meadows of sunset to the rocky hills of morning.

At Thirty-fourth Street young Richard quickly thrust up the trap and ordered the cabman to stop.

"I've dropped a ring," he apologised, as he climbed out. "It was my mother's, and I'd hate to lose it. I won't detain you a minute—I saw where it fell."

In less than a minute he was back in the cab with the ring.

But within that minute a cross-town car had stopped directly in front of the cab. The cabman tried to pass to the left, but a heavy express wagon cut him off. He tried the right, and had to back away from a furniture van that had no business to be there. He tried to back out, but dropped his reins and swore dutifully. He was blockaded in a tangled mess of vehicles and horses.

One of those street blockades had occurred that sometimes tie up commerce and movement quite suddenly in the big city.

"Why don't you drive on?" said Miss Lantry, impatiently. "We'll be late."

Richard stood up in the cab and looked around. He saw a congested flood of wagons, trucks, cabs, vans and street cars filling the vast space where Broadway, Sixth Avenue and Thirly-fourth street cross one another as a twenty-six inch maiden fills her twenty-two inch girdle. And still from all the cross streets they were hurrying and rattling toward the converging point at full speed, and hurling themselves into the struggling mass, locking wheels and adding their drivers' imprecations to the clamour. The entire traffic of Manhattan seemed to have jammed itself around them. The oldest New Yorker among the thousands of spectators that lined the sidewalks had not witnessed a street blockade of the proportions of this one.

"I'm very sorry," said Richard, as he resumed his seat, "but it looks as if we are stuck. They won't get this jumble loosened up in an hour. It was my fault. If I hadn't dropped the ring we—"

"Let me see the ring," said Miss Lantry. "Now that it can't be helped, I don't care. I think theatres are stupid, anyway."

At 11 o'clock that night somebody tapped lightly on Anthony Rockwall's door.

"Come in," shouted Anthony, who was in a red dressing-gown, reading a book of piratical adventures.

Somebody was Aunt Ellen, looking like a grey-haired angel that had been left on earth by mistake.

"They're engaged, Anthony," she said, softly. "She has promised to marry our Richard. On their way to the theatre there was a street blockade, and it was two hours before their cab could get out of it."

"And oh, brother Anthony, don't ever boast of the power of money again. A little emblem of true love—a little ring that symbolised unending and unmercenary affection—was the cause of our Richard finding his happiness. He dropped it in the street, and got out to recover it. And before they could continue the blockade occurred. He spoke to his love and won her there while the cab was hemmed in. Money is dross compared with true love, Anthony."

"All right," said old Anthony. "I'm glad the boy has got what he wanted. I told him I wouldn't spare any expense in the matter if—"

"But, brother Anthony, what good could your money have done?"

"Sister," said Anthony Rockwall. "I've got my pirate in a devil of a scrape. His ship has just been scuttled, and he's too good a judge of the value of money to let drown. I wish you would let me go on with this chapter."

The story should end here. I wish it would as heartily as you who read it wish it did. But we must go to the bottom of the well for truth.

The next day a person with red hands and a blue polka-dot necktie, who called himself Kelly, called at Anthony Rockwall's house, and was at once received in the library.

"Well," said Anthony, reaching for his chequebook, "it was a good bilin' of soap. Let's see—you had $5,000 in cash."

"I paid out $300 more of my own," said Kelly. "I had to go a little above the estimate. I got the express wagons and cabs mostly for $5; but the trucks and two-horse teams mostly raised me to $10. The motormen wanted $10, and some of the loaded teams $20. The cops struck me hardest—$50 I paid two, and the rest $20 and $25. But didn't it work beautiful, Mr. Rockwall? I'm glad William A. Brady wasn't onto that little outdoor vehicle mob scene. I wouldn't want William to break his heart with jealousy. And never a rehearsal, either! The boy was on time to the fraction of a second. It was two hours before a snake could get below Greeley's statue."

"Thirteen hundred—there you are, Kelly," said Anthony, tearing off a check. "Your thousand, and the $300 you were out. You don't despise money, do you, Kelly?"

"Me?" said Kelly. "I can lick the man that invented poverty."

Anthony called Kelly when he was at the door.

"You didn't notice," said he, "anywhere in the tie-up, a kind of a fat boy without any clothes on shooting arrows around with a bow, did you?"

"Why, no," said Kelly, mystified. "I didn't. If he was like you say, maybe the cops pinched him before I got there."

"I thought the little rascal wouldn't be on hand," chuckled Anthony. "Good-by, Kelly."

After Twenty Years

The policeman on the beat moved up the avenue impressively. The impressiveness was habitual and not for show, for spectators were few. The time was barely 10 o'clock at night, but chilly gusts of wind with a taste of rain in them had well nigh depeopled the streets.

Trying doors as he went, twirling his club with many intricate and artful movements, turning now and then to cast his watchful eye adown the pacific thoroughfare, the officer, with his stalwart form and slight swagger, made a fine picture of a guardian of the peace. The vicinity was one that kept early hours. Now and then you might see the lights of a cigar store or of an all-night lunch counter; but the majority of the doors belonged to business places that had long since been closed.

When about midway of a certain block the policeman suddenly slowed his walk. In the doorway of a darkened hardware store a man leaned, with an unlighted cigar in his mouth. As the policeman walked up to him the man spoke up quickly.

"It's all right, officer," he said, reassuringly. "I'm just waiting for a friend. It's an appointment made twenty years ago. Sounds a little funny to you, doesn't it? Well, I'll explain if you'd like to make certain it's all straight. About that long ago there used to be a restaurant where this store stands—'Big Joe' Brady's restaurant."

"Until five years ago," said the policeman. "It was torn down then."

The man in the doorway struck a match and lit his cigar. The light showed a pale, square-jawed face with keen eyes, and a little white scar near his right eyebrow. His scarfpin was a large diamond, oddly set.

"Twenty years ago to-night," said the man, "I dined here at 'Big Joe' Brady's with Jimmy Wells, my best chum, and the finest chap in the world. He and I were raised here in New York, just like two brothers, together. I was eighteen and Jimmy was twenty. The next morning I was to start for the West to make my fortune. You couldn't have dragged Jimmy out of New York; he thought it was the only place on earth. Well, we agreed that night that we would meet here again exactly twenty years from that date and time, no matter what our conditions might be or from what distance we might have to come. We figured that in twenty years each of us ought to have our destiny worked out and our fortunes made, whatever they were going to be."

"It sounds pretty interesting," said the policeman. "Rather a long time between meets, though, it seems to me. Haven't you heard from your friend since you left?"

"Well, yes, for a time we corresponded," said the other. "But after a year or two we lost track of each other. You see, the West is a pretty big proposition, and I kept hustling around over it pretty lively. But I know Jimmy will meet me here if he's alive, for he always was the truest, stanchest old chap in the world. He'll never forget. I came a thousand miles to stand in this door to-night, and it's worth it if my old partner turns up."

The waiting man pulled out a handsome watch, the lids of it set with small diamonds.

"Three minutes to ten," he announced. "It was exactly ten o'clock when we parted here at the restaurant door."

"Did pretty well out West, didn't you?" asked the policeman.

"You bet! I hope Jimmy has done half as well. He was a kind of plodder, though, good fellow as he was. I've had to compete with some of the sharpest wits going to get my pile. A man gets in a groove in New York. It takes the West to put a razor-edge on him."

The policeman twirled his club and took a step or two.

"I'll be on my way. Hope your friend comes around all right. Going to call time on him sharp?"

"I should say not!" said the other. "I'll give him half an hour at least. If Jimmy is alive on earth he'll be here by that time. So long, officer."

"Good-night, sir," said the policeman, passing on along his beat, trying doors as he went.

There was now a fine, cold drizzle falling, and the wind had risen from its uncertain puffs into a steady blow. The few foot passengers astir in that quarter hurried dismally and silently along with coat collars turned high and pocketed hands. And in the door of the hardware store the man who had come a thousand miles to fill an appointment, uncertain almost to absurdity, with the friend of his youth, smoked his cigar and waited.

About twenty minutes he waited, and then a tall man in a long overcoat, with collar turned up to his ears, hurried across from the opposite side of the street. He went directly to the waiting man.

"Is that you, Bob?" he asked, doubtfully.

"Is that you, Jimmy Wells?" cried the man in the door.

"Bless my heart!" exclaimed the new arrival, grasping both the other's hands with his own. "It's Bob, sure as fate. I was certain I'd find you here if you were still in existence. Well, well, well!—twenty years is a long time. The old gone, Bob; I wish it had lasted, so we could have had another dinner there. How has the West treated you, old man?"

"Bully; it has given me everything I asked it for. You've changed lots, Jimmy. I never thought you were so tall by two or three inches."

"Oh, I grew a bit after I was twenty."

"Doing well in New York, Jimmy?"

"Moderately. I have a position in one of the city departments. Come on, Bob; we'll go around to a place I know of, and have a good long talk about old times."

The two men started up the street, arm in arm. The man from the West, his egotism enlarged by success, was beginning to outline the history of his career. The other, submerged in his overcoat, listened with interest.

At the corner stood a drug store, brilliant with electric lights. When they came into this glare each of them turned simultaneously to gaze upon the other's face.

The man from the West stopped suddenly and released his arm.

"You're not Jimmy Wells," he snapped. "Twenty years is a long time, but not long enough to change a man's nose from a Roman to a pug."

"It sometimes changes a good man into a bad one," said the tall man. "You've been under arrest for ten minutes, 'Silky' Bob. Chicago thinks you may have dropped over our way and wires us she wants to have a chat with you. Going quietly, are you? That's sensible. Now, before we go on to the station here's a note I was asked to hand you. You may read it here at the window. It's from Patrolman Wells."

The man from the West unfolded the little piece of paper handed him. His hand was steady when he began to read, but it trembled a little by the time he had finished. The note was rather short.

Bob: I was at the appointed place on time. When you struck the match to light your cigar I saw it was the face of the man wanted in Chicago. Somehow I couldn't do it myself, so I went around and got a plain clothes man to do the job. JIMMY.

A Retrieved Reformation

A guard came to the prison shoe-shop, where Jimmy Valentine was assiduously stitching uppers, and escorted him to the front office. There the warden handed Jimmy his pardon, which had been signed that morning by the governor. Jimmy took it in a tired kind of way. He had served nearly ten months of a four year sentence. He had expected to stay only about three months, at the longest. When a man with as many friends on the outside as Jimmy Valentine had is received in the "stir" it is hardly worth while to cut his hair.

"Now, Valentine," said the warden, "you'll go out in the morning. Brace up, and make a man of yourself. You're not a bad fellow at heart. Stop cracking safes, and live straight."

"Me?" said Jimmy, in surprise. "Why, I never cracked a safe in my life."

"Oh, no," laughed the warden. "Of course not. Let's see, now. How was it you happened to get sent up on that Springfield job? Was it because you wouldn't prove an alibi for fear of compromising somebody in extremely high-toned society? Or was it simply a case of a mean old jury that had it in for you? It's always one or the other with you innocent victims."

"Me?" said Jimmy, still blankly virtuous. "Why, warden, I never was in Springfield in my life!"

"Take him back, Cronin!" said the warden, "and fix him up with outgoing clothes. Unlock him at seven in the morning, and let him come to the bull-pen. Better think over my advice, Valentine."

At a quarter past seven on the next morning Jimmy stood in the warden's outer office. He had on a suit of the villainously fitting, ready-made clothes and a pair of the stiff, squeaky shoes that the state furnishes to its discharged compulsory guests.

The clerk handed him a railroad ticket and the five-dollar bill with which the law expected him to rehabilitate himself into good citizenship and prosperity. The warden gave him a cigar, and shook hands. Valentine, 9762, was chronicled on the books, "Pardoned by Governor," and Mr. James Valentine walked out into the sunshine.

Disregarding the song of the birds, the waving green trees, and the smell of the flowers, Jimmy headed straight for a restaurant. There he tasted the first sweet joys of liberty in the shape of a broiled chicken and a bottle of white wine—ollowed by a cigar a grade better than the one the warden had given him. From there he proceeded leisurely to the depot. He tossed a quarter into the hat of a blind man sitting by the door, and boarded his train. Three hours set him down in a little town near the state line. He went to the cafe of one Mike Dolan and shook hands with Mike, who was alone behind the bar.

"Sorry we couldn't make it sooner, Jimmy, me boy," said

Mike. "But we had that protest from Springfield to buck against, and the governor nearly balked. Feeling all right?"

"Fine," said Jimmy. "Got my key?"

He got his key and went upstairs, unlocking the door of a room at the rear. Everything was just as he had left it. There on the floor was still Ben Price's collar-button that had been torn from that eminent detective's shirt-band when they had overpowered Jimmy to arrest him.

Pulling out from the wall a folding-bed, Jimmy slid back a panel in the wall and dragged out a dust-covered suit-case. He opened this and gazed fondly at the finest set of burglar's tools in the East. It was a complete set, made of specially tempered steel, the latest designs in drills, punches, braces and bits, jimmies, clamps, and augers, with two or three novelties, invented by Jimmy himself, in which he took pride. Over nine hundred dollars they had cost him to have made at—, a place where they make such things for the profession.

In half an hour Jimmy went down stairs and through the cafe. He was now dressed in tasteful and well-fitting clothes, and carried his dusted and cleaned suit-case in his hand.

"Got anything on?" asked Mike Dolan, genially.

"Me?" said Jimmy, in a puzzled tone. "I don't understand. I'm representing the New York Amalgamated Short Snap Biscuit Cracker and Frazzled Wheat Company."

This statement delighted Mike to such an extent that Jimmy had to take a seltzer-and-milk on the spot. He never touched "hard" drinks.

A week after the release of Valentine, 9762, there was a neat job of safe-burglary done in Richmond, Indiana, with no clue to the author. A scant eight hundred dollars was all that was secured. Two weeks after that a patented, improved, burglar-proof safe in Logansport was opened like a cheese to the tune of fifteen hundred dollars, currency; securities and silver untouched. That began to interest the rogue-catchers. Then an old-fashioned bank-safe in Jefferson City became active and threw out of its crater an eruption of bank-notes amounting to five thousand dollars. The losses were now high enough to bring the matter up into Ben Price's class of work. By comparing notes, a remarkable similarity in the methods of the burglaries was noticed. Ben Price investigated the scenes of the robberies, and was heard to remark:

"That's Dandy Jim Valentine's autograph. He's resumed business. Look at that combination knob—jerked out as easy as pulling up a radish in wet weather. He's got the only clamps that can do it. And look how clean those tumblers were punched out! Jimmy never has to drill but one hole. Yes, I guess I want Mr. Valentine. He'll do his bit next time without any short-time or clemency foolishness."

Ben Price knew Jimmy's habits. He had learned them while working on the Springfield case. Long jumps, quick get-aways, no confederates, and a taste for good society— these ways had helped Mr. Valentine to become noted as a successful dodger of retribution. It was given out that Ben Price had taken up the trail of the elusive cracksman, and other people with burglar-proof safes felt more at ease.

One afternoon Jimmy Valentine and his suit-case climbed out of the mail-hack in Elmore, a little town five miles off the railroad down in the black-jack country of Arkansas. Jimmy, looking like an athletic young senior just home from college, went down the board side-walk toward the hotel.

A young lady crossed the street, passed him at the corner and entered a door over which was the sign, "The Elmore Bank." Jimmy Valentine looked into her eyes, forgot what he was, and became another man. She lowered her eyes and coloured slightly. Young men of Jimmy's style and looks were scarce in Elmore.

Jimmy collared a boy that was loafing on the steps of the bank as if he were one of the stockholders, and began to ask him questions about the town, feeding him dimes at intervals. By and by the young lady came out, looking royally unconscious of the young man with the suit- case, and went her way.

"Isn' that young lady Polly Simpson?" asked Jimmy, with specious guile.

"Naw," said the boy. "She's Annabel Adams. Her pa owns this bank. Why'd you come to Elmore for? Is that a gold watch-chain? I'm going to get a bulldog. Got any more dimes?"

Jimmy went to the Planters' Hotel, registered as Ralph D. Spencer, and engaged a room. He leaned on the desk and declared his platform to the clerk. He said he had come to Elmore to look for a location to go into business. How was the shoe business, now, in the town? He had thought of the shoe business. Was there an opening?

The clerk was impressed by the clothes and manner of Jimmy. He, himself, was something of a pattern of fashion to the thinly gilded youth of Elmore, but he now perceived his shortcomings. While trying to figure out Jimmy's manner of tying his four-in-hand he cordially gave information.

Yes, there ought to be a good opening in the shoe line. There wasn't an exclusive shoe-store in the place. The dry-goods and general stores handled them. Business in all lines was fairly good. Hoped Mr. Spencer would decide to locate in Elmore. He would find it a pleasant town to live in, and the people very sociable.

Mr. Spencer thought he would stop over in the town a few days and look over the situation. No, the clerk needn't call the boy. He would carry up his suit-case, himself; it was rather heavy.

Mr. Ralph Spencer, the phoenix that arose from Jimmy Valentine's ashes—ashes left by the flame of a sudden and alterative attack of love—remained in Elmore, and prospered. He opened a shoe-store and secured a good run of trade.

Socially he was also a success, and made many friends. And he accomplished the wish of his heart. He met Miss Annabel Adams, and became more and more captivated by her charms.

At the end of a year the situation of Mr. Ralph Spencer was this: he had won the respect of the community, his shoe-store was flourishing, and he and Annabel were engaged to be married in two weeks. Mr. Adams, the typical, plodding, country banker, approved of Spencer. Annabel's pride in him almost equalled her affection. He was as much at home in the family of Mr. Adams and that of Annabel's married sister as if he were already a member.

One day Jimmy sat down in his room and wrote this letter, which he mailed to the safe address of one of his old friends in St. Louis:

Dear Old Pal:

I want you to be at Sullivan's place, in Little Rock, next Wednesday night, at nine o'clock. I want you to wind up some little matters for me. And, also, I want to make you a present of my kit of tools. I know you'll be glad to get them—you couldn't duplicate the lot for a thousand dollars. Say, Billy, I've quit the old business—a year ago. I've got a nice store. I'm making an honest living, and I'm going to marry the finest girl on earth two weeks from now. It's the only life, Billy--the straight one. I wouldn't touch a dollar of another man's money now for a million. After I get married I'm going to sell out and go West, where there won't be so much danger of having old scores brought up against me. I tell you, Billy, she's an angel.   believes in me; and I wouldn't do another crooked thing for the whole world. Be sure to be at Sully's, for I must see you. I'll bring along the tools with me.

Your old friend,
Jimmy

On the Monday night after Jimmy wrote this letter, Ben Price jogged unobtrusively into Elmore in a livery buggy. He lounged about town in his quiet way until he found out what he wanted to know. From the drug-store across the street from Spencer's shoe-store he got a good look at Ralph D. Spencer.

"Going to marry the banker's daughter are you, Jimmy?" said Ben to himself, softly. "Well, I don't know!"

The next morning Jimmy took breakfast at the Adamses. He was going to Little Rock that day to order his wedding-suit and buy something nice for Annabel. That would be the first time he had left town since he came to Elmore. It had been more than a year now since those last professional "jobs," and he thought he could safely venture out.

After breakfast quite a family party went downtown together—Mr. Adams, Annabel, Jimmy, and Annabel's married sister with her two little girls, aged five and nine. They came by the hotel where Jimmy still boarded, and he ran up to his room and brought along his suit-case. Then they went on to the bank. There stood Jimmy's horse and buggy and Dolph Gibson, who was going to drive him over to the railroad station.

All went inside the high, carved oak railings into the banking-room—Jimmy included, for Mr. Adams's future son-in-law was welcome anywhere. The clerks were pleased to be greeted by the good-looking, agreeable young man who was going to marry Miss Annabel. Jimmy set his suit-case down. Annabel, whose heart was bubbling with happiness and lively youth, put on Jimmy's hat, and picked up the suit-case. "Wouldn't I make a nice drummer?" said Annabel. "My! Ralph, how heavy it is? Feels like it was full of gold bricks."

"Lot of nickel-plated shoe-horns in there," said Jimmy,

coolly, "that I'm going to return. Thought I'd save express charges by taking them up. I'm getting awfully economical."

The Elmore Bank had just put in a new safe and vault. Mr. Adams was very proud of it, and insisted on an inspection by everyone. The vault was a small one, but it had a new, patented door. It fastened with three solid steel bolts thrown simultaneously with a single handle, and had a time-lock. Mr. Adams beamingly explained its workings to Mr. Spencer, who showed a courteous but not too intelligent interest. The two children, May and Agatha, were delighted by the shining metal and funny clock and knobs.

While they were thus engaged Ben Price sauntered in and leaned on his elbow, looking casually inside between the railings. He told the teller that he didn't want anything; he was just waiting for a man he knew.

Suddenly there was a scream or two from the women, and a commotion. Unperceived by the elders, May, the nine-year-old girl, in a spirit of play, had shut Agatha in the vault. She had then shot the bolts and turned the knob of the combination as she had seen Mr. Adams do.

The old banker sprang to the handle and tugged at it for a moment. "The door can't be opened," he groaned. "The clock hasn't been wound nor the combination set."

Agatha's mother screamed again, hysterically.

"Hush!" said Mr. Adams, raising his trembling hand. "All be quite for a moment. Agatha!" he called as loudly as he could. "Listen to me." During the following silence they could just hear the faint sound of the child wildly shrieking in the dark vault in a panic of terror.

"My precious darling!" wailed the mother. "She will die of fright! Open the door! Oh, break it open! Can't you men do something?"

"There isn't a man nearer than Little Rock who can open that door," said Mr. Adams, in a shaky voice. "My God! Spencer, what shall we do? That child—she can't stand it long in there. There isn't enough air, and, besides, she'll go into convulsions from fright."

Agatha's mother, frantic now, beat the door of the vault with her hands. Somebody wildly suggested dynamite. Annabel turned to Jimmy, her large eyes full of anguish, but not yet despairing. To a woman nothing seems quite impossible to the powers of the man she worships.

"Can't you do something, Ralph—try, won't you?"

He looked at her with a queer, soft smile on his lips and in his keen eyes.

"Annabel," he said, "give me that rose you are wearing, will you?"

Hardly believing that she heard him aright, she unpinned the bud from the bosom of her dress, and placed it in his hand. Jimmy stuffed it into his vest-pocket, threw off his coat and pulled up his shirt-sleeves. With that act Ralph D. Spencer passed away and Jimmy Valentine took his place.

"Get away from the door, all of you," he commanded, shortly.

He set his suit-case on the table, and opened it out flat. From that time on he seemed to be unconscious of the presence of anyone else. He laid out the shining, queer implements swiftly and orderly, whistling softly to himself as he always did when at work. In a deep silence and immovable, the others watched him as if under a spell.

In a minute Jimmy's pet drill was biting smoothly into the steel door. In ten minutes—breaking his own burglarious record—he threw back the bolts and opened the door.

Agatha, almost collapsed, but safe, was gathered into her mother's arms.

Jimmy Valentine put on his coat, and walked outside the railings towards the front door. As he went he thought he heard a far-away voice that he once knew call "Ralph!" But he never hesitated.

At the door a big man stood somewhat in his way.

"Hello, Ben!" said Jimmy, still with his strange smile. "Got around at last, have you? Well, let's go. I don't know that it makes much difference, now."

And then Ben Price acted rather strangely.

"Guess you're mistaken, Mr. Spencer," he said. "Don't believe I recognize you. Your buggy's waiting for you, ain't it?"

And Ben Price turned and strolled down the street.

Springtime À La Carte

It was a day in March.

Never, never begin a story this way when you write one. No opening could possibly be worse. It is unimaginative, flat, dry and likely to consist of mere wind. But in this instance it is allowable. For the following paragraph, which should have inaugurated the narrative, is too wildly extravagant and preposterous to be flaunted in the face of the reader without preparation.

Sarah was crying over her bill of fare.

Think of a New York girl shedding tears on the menu card!

To account for this you will be allowed to guess that the lobsters were all out, or that she had sworn ice-cream off during Lent, or that she had ordered onions, or that she had just come from a Hackett matinee. And then, all these theories being wrong, you will please let the story proceed.

The gentleman who announced that the world was an oyster which he with his sword would open made a larger hit than he deserved. It is not difficult to open an oyster with a sword. But did you ever notice any one try to open the terrestrial bivalve with a typewriter? Like to wait for a dozen raw opened that way?

Sarah had managed to pry apart the shells with her unhandy weapon far enough to nibble a wee bit at the cold and clammy world within. She knew no more shorthand than if she had been a graduate in stenography just let slip upon the world by a business college. So, not being able to stenog, she could not enter that bright galaxy of office talent. She was a free-lance typewriter and canvassed for odd jobs of copying.

The most brilliant and crowning feat of Sarah's battle with the world was the deal she made with Schulenberg's Home Restaurant. The restaurant was next door to the old red brick in which she ball-roomed. One evening after dining at Schulenberg's 40-cent, five-course table d'hote (served as fast as you throw the five baseballs at the coloured gentleman's head) Sarah took away with her the bill of fare. It was written in an almost unreadable script neither English nor German, and so arranged that if you were not careful you began with a toothpick and rice pudding and ended with soup and the day of the week.

The next day Sarah showed Schulenberg a neat card on which the menu was beautifully typewritten with the viands temptingly marshalled under their right and proper heads from "hors d'oeuvre" to "not responsible for overcoats and umbrellas."

Schulenberg became a naturalised citizen on the spot. Before Sarah left him she had him willingly committed to an agreement. She was to furnish typewritten bills of fare for the twenty-one tables in the restaurant—a new bill for each day's dinner, and new ones for breakfast and lunch as often as changes occurred in the food or as neatness required.

In return for this Schulenberg was to send three meals per diem to Sarah's hall room by a waiter—an obsequious one if possible—and furnish her each afternoon with a pencil draft of what Fate had in store for Schulenberg's customers on the morrow.

Mutual satisfaction resulted from the agreement. Schulenberg's patrons now knew what the food they ate was called even if its nature sometimes puzzled them. And Sarah had food during a cold, dull winter, which was the main thing with her.

And then the almanac lied, and said that spring had come. Spring comes when it comes. The frozen snows of January still lay like adamant in the crosstown streets. The hand-organs still played "In the Good Old Summertime," with their December vivacity and expression. Men began to make thirty-day notes to buy Easter dresses. Janitors shut off steam. And when these things happen one may know that the city is still in the clutches of winter.

One afternoon Sarah shivered in her elegant hall bedroom; "house heated; scrupulously clean; conveniences; seen to be appreciated." She had no work to do except Schulenberg's menu cards. Sarah sat in her squeaky willow rocker, and looked out the window. The calendar on the wall kept crying to her: "Springtime is here, Sarah—springtime is here, I tell you. Look at me, Sarah, my figures show it. You've got a neat figure yourself, Sarah—a—nice springtime figure—why do you look out the window so sadly?"

Sarah's room was at the back of the house. Looking out

the window she could see the windowless rear brick wall of the box factory on the next street. But the wall was clearest crystal; and Sarah was looking down a grassy lane shaded with cherry trees and elms and bordered with raspberry bushes and Cherokee roses.

Spring's real harbingers are too subtle for the eye and ear. Some must have the flowering crocus, the wood-starring dogwood, the voice of bluebird—even so gross a reminder as the farewell handshake of the retiring buckwheat and oyster before they can welcome the Lady in Green to their dull bosoms. But to old earth's choicest kin there come straight, sweet messages from his newest bride, telling them they shall be no stepchildren unless they choose to be.

On the previous summer Sarah had gone into the country and loved a farmer.

(In writing your story never hark back thus. It is bad art, and cripples interest. Let it march, march.)

Sarah stayed two weeks at Sunnybrook Farm. There she learned to love old Farmer Franklin's son Walter. Farmers have been loved and wedded and turned out to grass in less time. But young Walter Franklin was a modern agriculturist. He had a telephone in his cow house, and he could figure up exactly what affect next year's Canada wheat crop would have on potatoes planted in the dark of the moon.

It was in this shaded and raspberried lane that Walter had wooed and won her. And together they had sat and woven a crown of dandelions for her hair. He had immoderately praised the effect of the yellow blossoms against her brown tresses; and she had left the chaplet there, and walked back to the house swinging her straw sailor in her hands.

They were to marry in the spring—at the very first signs of spring, Walter said. And Sarah came back to the city to pound her typewriter.

A knock at the door dispelled Sarah's visions of that happy day. A waiter had brought the rough pencil draft of the Home Restaurant's next day fare in old Schulenberg's angular hand.

Sarah sat down to her typewriter and slipped a card between the rollers. She was a nimble worker. Generally in an hour and a half the twenty-one menu cards were written and ready.

To-day there were more changes on the bill of fare than usual. The soups were lighter; pork was eliminated from the entrees, figuring only with Russian turnips among the roasts. The gracious spirit of spring pervaded the entire menu. Lamb, that lately capered on the greening hillsides, was becoming exploited with the sauce that commemorated its gambols. The song of the oyster, though not silenced, was ~diminuendo con amore~. The frying-pan seemed to be held, inactive, behind the beneficent bars of the broiler. The pie list swelled; the richer puddings had vanished; the sausage, with his drapery wrapped about him, barely lingered in a pleasant thanatopsis with the buckwheats and the sweet but doomed maple.

Sarah's fingers danced like midgets above a summer stream. Down through the courses she worked, giving each item its position according to its length with an accurate eye. Just above the desserts came the list of vegetables. Carrots and peas, asparagus on toast, the perennial tomatoes and corn and succotash, lima beans, cabbage—and then—Sarah was crying over her bill of fare. Tears from the depths of some divine despair rose in her heart and gathered to her eyes. Down went her head on the little typewriter stand; and the keyboard rattled a dry accompaniment to her moist sobs.

For she had received no letter from Walter in two weeks, and the next item on the bill of fare was dandelions—dandelions with some kind of egg—but bother the egg!—dandelions, with whose golden blooms Walter had crowned her his queen of love and future bride—dandelions, the harbingers of spring, her sorrow's crown of sorrow—reminder of her happiest days.

Madam, I dare you to smile until you suffer this test: Let the Marechal Niel roses that Percy brought you on the night you gave him your heart be served as a salad with French dressing before your eyes at a Schulenberg table d'hote. Had Juliet so seen her love tokens dishonoured the sooner would she have sought the lethean herbs of the good apothecary.

But what a witch is Spring! Into the great cold city of stone and iron a message had to be sent. There was none to convey it but the little hardy courier of the fields with his rough green coat and modest air. He is a true soldier of fortune, this ~dent-de-lion—this lion's tooth, as the French chefs call him. Flowered, he will assist at love-making, wreathed in my lady's nut-brown hair; young and callow and unblossomed, he goes into the boiling pot and delivers the word of his sovereign mistress.

By and by Sarah forced back her tears. The cards

must be written. But, still in a faint, golden glow from her dandeleonine dream, she fingered the typewriter keys absently for a little while, with her mind and heart in the meadow lane with her young farmer. But soon she came swiftly back to the rock-bound lanes of Manhattan, and the typewriter began to rattle and jump like a strike-breaker's motor car.

At 6 o'clock the waiter brought her dinner and carried away the typewritten bill of fare. When Sarah ate she set aside, with a sigh, the dish of dandelions with its crowning ovarious accompaniment. As this dark mass had been transformed from a bright and love-indorsed flower to be an ignominious vegetable, so had her summer hopes wilted and perished. Love may, as Shakespeare said, feed on itself: but Sarah could not bring herself to eat the dandelions that had graced, as ornaments, the first spiritual banquet of her heart's true affection.

At 7:30 the couple in the next room began to quarrel: the man in the room above sought for A on his flute; the gas went a little lower; three coal wagons started to unload—the only sound of which the phonograph is jealous; cats on the back fences slowly retreated toward Mukden. By these signs Sarah knew that it was time for her to read. She got out "The Cloister and the Hearth," the best non- selling book of the month, settled her feet on her trunk, and began to wander with Gerard.

The front door bell rang. The landlady answered it. Sarah left Gerard and Denys treed by a bear and listened. Oh, yes; you would, just as she did!

And then a strong voice was heard in the hall below, and Sarah jumped for her door, leaving the book on the floor and the first round easily the bear's. You have guessed it. She reached the top of the stairs just as her farmer came up, three at a jump, and reaped and garnered her, with nothing left for the gleaners.

"Why haven't you written—oh, why?" cried Sarah.

"New York is a pretty large town," said Walter Franklin. "I came in a week ago to your old address. I found that you went away on a Thursday. That consoled some; it eliminated the possible Friday bad luck. But it didn't prevent my hunting for you with police and otherwise ever since!"

"I wrote!" said Sarah, vehemently.

"Never got it!"

"Then how did you find me?"

The young farmer smiled a springtime smile. "I dropped into that Home Restaurant next door this evening," said he. "I don't care who knows it; I like a dish of some kind of greens at this time of the year. I ran my eye down that nice typewritten bill of fare looking for something in that line. When I got below cabbage I turned my chair over and hollered for the proprietor. He told me where you lived."

"I remember," sighed Sarah, happily. "That was dandelions below cabbage."

"I'd know that cranky capital W 'way above the line that your typewriter makes anywhere in the world," said Franklin.

"Why, there's no W in dandelions," said Sarah, in surprise.

The young man drew the bill of fare from his pocket, and pointed to a line.

Sarah recognised the first card she had typewritten that afternoon. There was still the rayed splotch in the upper right-hand corner where a tear had fallen. But over the spot where one should have read the name of the meadow plant, the clinging memory of their golden blossoms had allowed her fingers to strike strange keys.

Between the red cabbage and the stuffed green peppers was the item:

"DEAREST WALTER, WITH HARD-BOILED EGG."

The Duplicity of Hargraves

When Major Pendleton Talbot, of Mobile, sir, and his daughter, Miss Lydia Talbot, came to Washington to reside, they selected for a boarding place a house that stood fifty yards back from one of the quietest avenues. It was an old-fashioned brick building, with a portico upheld by tall white pillars. The yard was shaded by stately locusts and elms, and a catalpa tree in season rained its pink and white blossoms upon the grass. Rows of high box bushes lined the fence and walks. It was the Southern style and aspect of the place that pleased the eyes of the Talbots.

In this pleasant, private boarding house they engaged rooms, including a study for Major Talbot, who was adding the finishing chapters to his book, "Anecdotes and Reminiscences of the Alabama Army, Bench, and Bar."

Major Talbot was of the old, old South. The present day had little interest or excellence in his eyes. His mind lived in that period before the Civil War, when the Talbots owned thousands of acres of fine cotton land and the slaves to till them; when the family mansion was the scene of princely hospitality, and drew its guests from the aristocracy of the South. Out of that period he had brought all its old pride and scruples of honour, an antiquated and punctilious politeness, and (you would think) its wardrobe.

Such clothes were surely never made within fifty years. The major was tall, but whenever he made that wonderful, archaic genuflexion he called a bow, the corners of his frock coat swept the floor. That garment was a surprise even to Washington, which has long ago ceased to shy at the frocks and broadbrimmed hats of Southern congressmen. One of the boarders christened it a "Father Hubbard," and it certainly was high in the waist and full in the skirt.

But the major, with all his queer clothes, his immense area of plaited, ravelling shirt bosom, and the little black string tie with the bow always slipping on one side, both was smiled at and liked in Mrs. Vardeman's select boarding house. Some of the young department clerks would often "string him," as they called it, getting him started upon the subject dearest to him—the traditions and history of his beloved Southland. During his talks he would quote freely from the "Anecdotes and Reminiscences." But they were very careful not to let him see their designs, for in spite of his sixty-eight years, he could make the boldest of them uncomfortable under the steady regard of his piercing gray eyes.

Miss Lydia was a plump, little old maid of thirty-five, with smoothly drawn, tightly twisted hair that made her look still older. Old fashioned, too, she was; but ante-bellum glory did not radiate from her as it did from the major. She possessed a thrifty common sense; and it was she who handled the finances of the family, and met all comers when there were bills to pay. The major regarded board bills and wash bills as contemptible nuisances. They kept coming in so persistently and so often. Why, the major wanted to know, could they not be filed and paid in a lump sum at some convenient period—say when the "Anecdotes and Reminiscences" had been published and paid for? Miss Lydia would calmly go on with her sewing and say, "We'll pay as we go as long as the money lasts, and then perhaps they'll have to lump it."

Most of Mrs. Vardeman's boarders were away during the day, being nearly all department clerks and business men; but there was one of them who was about the house a great deal from morning to night. This was a young man named Henry Hopkins Hargraves—every one in the house addressed him by his full name—who was engaged at one of the popular vaudeville theatres. Vaudeville has risen to such a respectable plane in the last few years, and Mr. Hargraves was such a modest and well-mannered person, that Mrs. Vardeman could find no objection to enrolling him upon her list of boarders.

At the theatre Hargraves was known as an all-round dialect comedian, having a large repertoire of German, Irish, Swede, and black-face specialties. But Mr. Hargraves was ambitious, and often spoke of his great desire to succeed in legitimate comedy.

This young man appeared to conceive a strong fancy for Major Talbot. Whenever that gentleman would begin his Southern reminiscences, or repeat some of the liveliest of the anecdotes, Hargraves could always be found, the most attentive among his listeners.

For a time the major showed an inclination to discourage the advances of the "play actor," as he privately termed him; but soon the young man's agreeable manner and indubitable appreciation of the old gentleman's stories completely won him over.

It was not long before the two were like old chums. The major set apart each afternoon to read to him the manuscript of his book. During the anecdotes Hargraves never failed to laugh at exactly the right point. The major was moved to declare to Miss Lydia one day that young Hargraves possessed remarkable perception and a gratifying respect for the old regime. And when it came to talking of those old days—if Major Talbot liked to talk, Mr. Hargraves was entranced to listen.

Like almost all old people who talk of the past, the major loved to linger over details. In describing the splendid, almost royal, days of the old planters, he would hesitate until he had recalled the name of the Negro who held his horse, or the exact date of certain minor happenings, or the number of bales of cotton raised in such a year; but Hargraves never grew impatient or lost interest. On the contrary, he would advance questions on a variety of subjects connected with the life of that time, and he n ever failed to extract ready replies.

The fox hunts, the 'possum suppers, the hoe downs and jubilees in the Negro quarters, the banquets in the plantation-house hall, when invitations went for fifty miles around; the occasional feuds with the neighbouring gentry; the major's duel with Rathbone Culbertson about Kitty Chalmers, who afterward married a Thwaite of South Carolina; and private yacht races for fabulous sums on Mobile Bay; the quaint beliefs, improvident habits, and loyal virtues of the old slaves—all these were subjects that held both the major and Hargraves absorbed for hours at a time.

Sometimes, at night, when the young man would be coming upstairs to his room after his turn at the theatre was over, the major would appear at the door of his study and beckon archly to him. Going in, Hargraves would find a little table set with a decanter, sugar bowl, fruit, and a big bunch of fresh green mint.

"It occurred to me," the major would begin—he was always ceremonious—"that perhaps you might have found your duties at the—at your place of occupation—sufficiently arduous to enable you, Mr. Hargraves, to appreciate what the poet might well have had in his mind when he wrote, 'tired Nature's sweet restorer,'—one of our Southern juleps."

It was a fascination to Hargraves to watch him make it. He took rank among artists when he began, and he never varied the process. With what delicacy he bruised the mint; with what exquisite nicety he estimated the ingredients; with what solicitous care he capped the compound with the scarlet fruit glowing against the dark green fringe! And then the hospitality and grace with which he offered it, after the selected oat straws had been plunged into its tinkling depths!

After about four months in Washington, Miss Lydia discovered one morning that they were almost without money. The "Anecdotes and Reminiscences" was completed, but publishers had not jumped at the collected gems of Alabama sense and wit. The rental of a small house which they still owned in Mobile was two months in arrears. Their board money for the month would be due in three days. Miss Lydia called her father to a consultation.

"No money?" said he with a surprised look. "It is quite annoying to be called on so frequently for these petty sums. Really, I—"

The major searched his pockets. He found only a two-dollar bill, which he returned to his vest pocket.

"I must attend to this at once, Lydia," he said. "Kindly get me my umbrella and I will go down town immediately. The congressman from our district, General Fulghum, assured me some days ago that he would use his influence to get my book published at an early date. I will go to his hotel at once and see what arrangement has been made."

With a sad little smile Miss Lydia watched him button his "Father Hubbard" and depart, pausing at the door, as he always did, to bow profoundly.

That evening, at dark, he returned. It seemed that Congressman Fulghum had seen the publisher who had the major's manuscript for reading. That person had said that if the anecdotes, etc., were carefully pruned down about one half, in order to eliminate the sectional and class prejudice with which the book was dyed from end to end, he might consider its publication.

The major was in a white heat of anger, but regained his equanimity, according to his code of manners, as soon as he was in Miss Lydia's presence.

"We must have money," said Miss Lydia, with a little

wrinkle above her nose. "Give me the two dollars, and I will telegraph to Uncle Ralph for some to-night."

The major drew a small envelope from his upper vest pocket and tossed it on the table.

"Perhaps it was injudicious," he said mildly, "but the sum was so merely nominal that I bought tickets to the theatre to-night. It's a new war drama, Lydia. I thought you would be pleased to witness its first production in Washington. I am told that the South has very fair treatment in the play. I confess I should like to see the performance myself."

Miss Lydia threw up her hands in silent despair.

Still, as the tickets were bought, they might as well be used. So that evening, as they sat in the theatre listening to the lively overture, even Miss Lydia was minded to relegate their troubles, for the hour, to second place. The major, in spotless linen, with his extraordinary coat showing only where it was closely buttoned, and his white hair smoothly roached, looked really fine and distinguished. The curtain went up on the first act of "A Magnolia Flower," revealing a typical Southern plantation scene. Major Talbot betrayed some interest.

"Oh, see!" exclaimed Miss Lydia, nudging his arm, and pointing to her programme.

The major put on his glasses and read the line in the cast of characters that her finger indicated.

Col. Webster Calhoun... H. Hopkins Hargraves.

"It's our Mr. Hargraves," said Miss Lydia. "It must be his first appearance in what he calls 'the legitimate.' I'm so glad for him."

Not until the second act did Col. Webster Calhoun appear upon the stage. When he made his entry Major Talbot gave an audible sniff, glared at him, and seemed to freeze solid. Miss Lydia uttered a little, ambiguous squeak and crumpled her programme in her hand. For Colonel Calhoun was made up as nearly resembling Major Talbot as one pea does another. The long, thin white hair, curly at the ends, the aristocratic beak of a nose, the crumpled, wide, ravelling shirt front, the string tie, with the bow nearly under one ear, were almost exactly duplicated. And then, to clinch the imitation, he wore the twin to the major's supposed to be unparalleled coat. High-collared, baggy, empire-waisted, ample-skirted, hanging a foot lower in front than behind, the garment could have been designed from no other pattern. From then on, the major and Miss Lydia sat bewitched, and saw the counterfeit presentment of a haughty Talbot "dragged," as the major afterward expressed it, "through the slanderous mire of a corrupt st age."

Mr. Hargraves had used his opportunities well. He had caught the major's little idiosyncrasies of speech, accent, and intonation and his pompous courtliness to perfection— exaggerating all to the purposes of the stage. When he performed that marvellous bow that the major fondly imagined to be the pink of all salutations, the audience sent forth a sudden round of hearty applause.

Miss Lydia sat immovable, not daring to glance toward her father. Sometimes her hand next to him would be laid against her cheek, as if to conceal the smile which, in spite of her disapproval, she could not entirely suppress.

The culmination of Hargraves's audacious imitation took place in the third act. The scene is where Colonel Calhoun entertains a few of the neighbouring planters in his "den."

Standing at a table in the centre of the stage, with his friends grouped about him, he delivers that inimitable, rambling, character monologue so famous in "A Magnolia Flower," at the same time that he deftly makes juleps for the party.

Major Talbot, sitting quietly, but white with indignation, heard his best stories retold, his pet theories and hobbies advanced and expanded, and the dream of the "Anecdotes and Reminiscences" served, exaggerated and garbled. His favourite narrative—that of his duel with Rathbone Culbertson—was not omitted, and it was delivered with more fire, egotism, and gusto than the major himself put into it.

The monologue concluded with a quaint, delicious, witty little lecture on the art of concocting a julep, illustrated by the act. Here Major Talbot's delicate but showy science was reproduced to a hair's breadth—from his dainty handling of the fragrant weed—"the one-thousandth part of a grain too much pressure, gentlemen, and you extract the bitterness, instead of the aroma, of this heaven-bestowed plant"—to his solicitous selection of the oaten straws.

At the close of the scene the audience raised a tumultuous roar of appreciation. The portrayal of the type was so exact, so sure and thorough, that the leading characters in the play were forgotten. After repeated calls, Hargraves came before the curtain and bowed, his rather boyish face bright and flushed with the knowledge of success.

At last Miss Lydia turned and looked at the major. His thin nostrils were working like the gills of a fish. He laid both shaking hands upon the arms of his chair to rise.

"We will go, Lydia," he said chokingly. "This is an abominable—desecration."

Before he could rise, she pulled him back into his seat. "We will stay it out," she declared. "Do you want to advertise the copy by exhibiting the original coat?" So they remained to the end.

Hargraves's success must have kept him up late that night, for neither at the breakfast nor at the dinner table did he appear.

About three in the afternoon he tapped at the door of Major Talbot's study. The major opened it, and Hargraves walked in with his hands full of the morning papers—too full of his triumph to notice anything unusual in the major's demeanour.

"I put it all over 'em last night, major," he began exultantly. "I had my inning, and, I think, scored. Here's what the _Post_ says:

His conception and portrayal of the old-time Southern colonel, with his absurd grandiloquence, his eccentric garb, his quaint idioms and phrases, his moth-eaten pride of family, and his really kind heart, fastidious sense of honour, and lovable simplicity, is the best delineation of a character role on the boards to-day. The coat worn by Colonel Calhoun is itself nothing less than an evolution of genius. Mr. Hargraves has captured his public.

"How does that sound, major, for a first nighter?"

"I had the honour"—the major's voice sounded ominously frigid—"of witnessing your very remarkable performance, sir, last night."

Hargraves looked disconcerted.

"You were there? I didn't know you ever—I didn't know you cared for the theatre. Oh, I say, Major Talbot," he exclaimed frankly, "don't you be offended. I admit I did get a lot of pointers from you that helped me out wonderfully in the part. But it's a type, you know—not individual. The way the audience caught on shows that. Half the patrons of that theatre are Southerners. They recognized it."

"Mr. Hargraves," said the major, who had remained standing, "you have put upon me an unpardonable insult. You have burlesqued my person, grossly betrayed my confidence, and misused my hospitality. If I thought you possessed the faintest conception of what is the sign manual of a gentleman, or what is due one, I would call you out, sir, old as I am. I will ask you to leave the room, sir."

The actor appeared to be slightly bewildered, and seemed hardly to take in the full meaning of the old gentleman's words.

"I am truly sorry you took offence," he said regretfully. "Up here we don't look at things just as you people do. I know men who would buy out half the house to have their personality put on the stage so the public would recognize it."

"They are not from Alabama, sir," said the major haughtily.

"Perhaps not. I have a pretty good memory, major; let me quote a few lines from your book. In response to a toast at a banquet given in—Milledgeville, I believe—you uttered, and intend to have printed, these words: The Northern man is utterly without sentiment or warmth except in so far as the feelings may be turned to his own commercial profit. He will suffer without resentment any imputation cast upon the honour of himself or his loved ones that does not bear with it the consequence of pecuniary loss. In his charity, he gives with a liberal hand; but it must be heralded with the trumpet and chronicled in brass."

"Do you think that picture is fairer than the one you saw of Colonel Calhoun last night?"

"The description," said the major frowning, "is—not without grounds. Some exag—latitude must be allowed in public speaking."

"And in public acting," replied Hargraves.

"That is not the point," persisted the major, unrelenting. "It was a personal caricature. I positively decline to overlook it, sir."

"Major Talbot," said Hargraves, with a winning smile, "I wish you would understand me. I want you to know that I never dreamed of insulting you. In my profession, all life belongs to me. I take what I want, and what I can, and return it over the footlights. Now, if you will, let's let it go at that. I came in to see you about something else. We've been pretty good friends for some months, and I'm going to take the risk of offending you again. I know you are hard up for money— never mind how I found out; a boarding house is no place to keep such matters secret—and I want you to let me help you out of the pinch. I've been there often enough myself. I've been getting a fair salary all the season, and I've saved some money. You're welcome to a couple hundred—or even more—until you get—"

"Stop!" commanded the major, with his arm outstretched. "It seems that my book didn't lie, after all. You think your money salve will heal all the hurts of honour. Under no circumstances would I accept a loan from a casual acquaintance; and as to you, sir, I would starve before I would consider your insulting offer of a financial adjustment of the circumstances we have discussed. I beg to repeat my request relative to your quitting the apartment."

Hargraves took his departure without another word. He also left the house the same day, moving, as Mrs. Vardeman explained at the supper table, nearer the vicinity of the down-town theatre, where "A Magnolia Flower" was booked for a week's run.

Critical was the situation with Major Talbot and Miss Lydia. There was no one in Washington to whom the major's scruples allowed him to apply for a loan. Miss Lydia wrote a letter to Uncle Ralph, but it was doubtful whether that relative's constricted affairs would permit him to furnish help. The major was forced to make an apologetic address to Mrs. Vardeman regarding the delayed payment for board, referring to "delinquent rentals" and "delayed remittances" in a rather confused strain.

Deliverance came from an entirely unexpected source.

Late one afternoon the door maid came up and

announced an old coloured man who wanted to see Major Talbot. The major asked that he be sent up to his study. Soon an old darkey appeared in the doorway, with his hat in hand, bowing, and scraping with one clumsy foot. He was quite decently dressed in a baggy suit of black. His big, coarse shoes shone with a metallic lustre suggestive of stove polish. His bushy wool was gray—almost white. After middle life, it is difficult to estimate the age of a Negro. This one might have seen as many years as had Major Talbot.

"I be bound you don't know me, Mars' Pendleton," were his first words.

The major rose and came forward at the old, familiar style of address. It was one of the old plantation darkeys without a doubt; but they had been widely scattered, and he could not recall the voice or face.

"I don't believe I do," he said kindly—"unless you will assist my memory."

"Don't you 'member Cindy's Mose, Mars' Pendleton, what 'migrated 'mediately after de war?"

"Wait a moment," said the major, rubbing his forehead with the tips of his fingers. He loved to recall everything connected with those beloved days. "Cindy's Mose," he reflected. "You worked among the horses—breaking the colts. Yes, I remember now. After the surrender, you took the name of—don't prompt me—Mitchell, and went to the West—to Nebraska."

"Yassir, yassir,"—the old man's face stretched with a delighted grin—"dat's him, dat's it. Newbraska. Dat's me—Mose Mitchell. Old Uncle Mose Mitchell, dey calls me now.

Old mars', your pa, gimme a pah of dem mule colts when I lef' fur to staht me goin' with. You 'member dem colts, Mars' Pendleton?"

"I don't seem to recall the colts," said the major. "You know I was married the first year of the war and living at the old Follinsbee place. But sit down, sit down, Uncle Mose. I'm glad to see you. I hope you have prospered."

Uncle Mose took a chair and laid his hat carefully on the floor beside it.

"Yassir; of late I done mouty famous. When I first got to Newbraska, dey folks come all roun' me to see dem mule colts. Dey ain't see no mules like dem in Newbraska. I sold dem mules for three hundred dollars. Yassir—three hundred."

"Den I open a blacksmith shop, suh, and made some money and bought some lan'. Me and my old 'oman done raised up seb'm chillun, and all doin' well 'cept two of 'em what died. Fo' year ago a railroad come along and staht a town slam ag'inst my lan', and, suh, Mars' Pendleton, Uncle Mose am worth leb'm thousand dollars in money, property, and lan'."

"I'm glad to hear it," said the major heartily. "Glad to hear it."

"And dat little baby of yo'n, Mars' Pendleton—one what you name Miss Lyddy—I be bound dat little tad done growed up tell nobody wouldn't know her."

The major stepped to the door and called: "Lydia, dear, will you come?"

Miss Lydia, looking quite grown up and a little worried,

came in from her room.

"Dar, now! What'd I tell you? I knowed dat baby done be plum growed up. You don't 'member Uncle Mose, child?"

"This is Aunt Cindy's Mose, Lydia," explained the major. "He left Sunnymead for the West when you were two years old."

"Well," said Miss Lydia, "I can hardly be expected to remember you, Uncle Mose, at that age. And, as you say, I'm 'plum growed up,' and was a blessed long time ago. But I'm glad to see you, even if I can't remember you."

And she was. And so was the major. Something alive and tangible had come to link them with the happy past. The three sat and talked over the olden times, the major and Uncle Mose correcting or prompting each other as they reviewed the plantation scenes and days.

The major inquired what the old man was doing so far from his home.

"Uncle Mose am a delicate," he explained, "to de grand Baptis' convention in dis city. I never preached none, but bein' a residin' elder in de church, and able fur to pay my own expenses, dey sent me along."

"And how did you know we were in Washington?" inquired Miss Lydia.

"Dey's a cullud man works in de hotel whar I stops, what comes from Mobile. He told me he seen Mars' Pendleton comin' outen dish here house one mawnin'."

"What I come fur," continued Uncle Mose, reaching into his pocket—"besides de sight of home folks—was to pay

Mars' Pendleton what I owes him."

"Owe me?" said the major, in surprise.

"Yassir—three hundred dollars." He handed the major a roll of bills. "When I lef' old mars' says: 'Take dem mule colts, Mose, and, if it be so you gits able, pay fur 'em'. Yassir—dem was his words. De war had done lef' old mars' po' hisself. Old mars' bein' 'long ago dead, de debt descends to Mars' Pendleton. Three hundred dollars. Uncle Mose is plenty able to pay now. When dat railroad buy my lan' I laid off to pay fur dem mules. Count de money, Mars' Pendleton. Dat's what I sold dem mules f ur. Yassir."

Tears were in Major Talbot's eyes. He took Uncle Mose's hand and laid his other upon his shoulder.

"Dear, faithful, old servitor," he said in an unsteady voice, "I don't mind saying to you that 'Mars' Pendleton' spent his last dollar in the world a week ago. We will accept this money, Uncle Mose, since, in a way, it is a sort of payment, as well as a token of the loyalty and devotion of the old regime. Lydia, my dear, take the money. You are better fitted than I to manage its expenditure."

"Take it, honey," said Uncle Mose. "Hit belongs to you. Hit's Talbot money."

After Uncle Mose had gone, Miss Lydia had a good cry—for joy; and the major turned his face to a corner, and smoked his clay pipe volcanically.

The succeeding days saw the Talbots restored to peace and ease. Miss Lydia's face lost its worried look. The major appeared in a new frock coat, in which he looked like a wax figure personifying the memory of his golden age. Another publisher who read the manuscript of the "Anecdotes and Reminiscences" thought that, with a little retouching and toning down of the high lights, he could make a really bright and salable volume of it. Altogether, the situation was comfortable, and not without the touch of hope that is often sweeter than arrived blessings.

One day, about a week after their piece of good luck, a maid brought a letter for Miss Lydia to her room. The postmark showed that it was from New York. Not knowing any one there, Miss Lydia, in a mild flutter of wonder, sat down by her table and opened the letter with her scissors. This was what she read:

Dear Miss Talbot:
I thought you might be glad to learn of my good fortune. I have received and accepted an offer of two hundred dollars per week by a New York stock company to play Colonel Calhoun in "A Magnolia Flower."

There is something else I wanted you to know. I guess you'd better not tell Major Talbot. I was anxious to make him some amends for the great help he was to me in studying the part, and for the bad humour he was in about it. He refused to let me, so I did it anyhow. I could easily spare the three hundred.

Sincerely yours,
H. Hopkins Hargraves,

P.S. How did I play Uncle Mose?

Major Talbot, passing through the hall, saw Miss Lydia's door open and stopped.

"Any mail for us this morning, Lydia, dear?" he asked.

Miss Lydia slid the letter beneath a fold of her dress.

"The Mobile Chronicle came," she said promptly. "It's on the table in your study."

Skylight Room

First Mrs. Parker would show you the double parlours. You would not dare to interrupt her description of their advantages and of the merits of the gentleman who had occupied them for eight years. Then you would manage to stammer forth the confession that you were neither a doctor nor a dentist. Mrs. Parker's manner of receiving the admission was such that you could never afterward entertain the same feeling toward your parents, who had neglected to train you up in one of the professions that fitted Mrs. Parker's parlours.

Next you ascended one flight of stairs and looked at the second-floor-back at $8. Convinced by her second-floor manner that it was worth the $12 that Mr. Toosenberry always paid for it until he left to take charge of his brother's orange plantation in Florida near Palm Beach, where Mrs. McIntyre always spent the winters that had the double front room with private bath, you managed to babble that you wanted something still cheaper.

If you survived Mrs. Parker's scorn, you were taken to look at Mr. Skidder's large hall room on the third floor. Mr. Skidder's room was not vacant. He wrote plays and smoked cigarettes in it all day long. But every room-hunter was made to visit his room to admire the lambrequins. After each visit, Mr. Skidder, from the fright caused by possible eviction, would pay something on his rent.

Then—oh, then—if you still stood on one foot, with your hot hand clutching the three moist dollars in your pocket, and hoarsely proclaimed your hideous and culpable poverty, nevermore would Mrs. Parker be cicerone of yours. She would honk loudly the word "Clara," she would show you her back, and march downstairs. Then Clara, the coloured maid, would escort you up the carpeted ladder that served for the fourth flight, and show you the Skylight Room. It occupied 7x8 feet of floor space at the middle of the hall. On each side of it was a dark lumber closet or storeroom.

In it was an iron cot, a washstand and a chair. A shelf was the dresser. Its four bare walls seemed to close in upon you like the sides of a coffin. Your hand crept to your throat, you gasped, you looked up as from a well—and breathed once more. Through the glass of the little skylight you saw a square of blue infinity.

"Two dollars, suh," Clara would say in her half-contemptuous, half- Tuskegeenial tones.

One day Miss Leeson came hunting for a room. She carried a typewriter made to be lugged around by a much larger lady. She was a very little girl, with eyes and hair that had kept on growing after she had stopped and that always looked as if they were saying: "Goodness me ! Why didn't you keep up with us?"

Mrs. Parker showed her the double parlours. "In this closet," she said, "one could keep a skeleton or anaesthetic or coal"

"But I am neither a doctor nor a dentist," said Miss Leeson, with a shiver.

Mrs. Parker gave her the incredulous, pitying, sneering, icy stare that she kept for those who failed to qualify as doctors or dentists, and led the way to the second floor back.

"Eight dollars?" said Miss Leeson. "Dear me! I'm not Hetty if I do look green. I'm just a poor little working girl. Show me something higher and lower."

Mr. Skidder jumped and strewed the floor with cigarette stubs at the rap on his door.

"Excuse me, Mr. Skidder," said Mrs. Parker, with her demon's smile at his pale looks. "I didn't know you were in. I asked the lady to have a look at your lambrequins."

"They're too lovely for anything," said Miss Leeson, smiling in exactly the way the angels do.

After they had gone Mr. Skidder got very busy erasing the tall, black-haired heroine from his latest (unproduced) play and inserting a small, roguish one with heavy, bright hair and vivacious features.

"Anna Held'll jump at it," said Mr. Skidder to himself, putting his feet up against the lambrequins and disappearing in a cloud of smoke like an aerial cuttlefish.

Presently the tocsin call of "Clara!" sounded to the world the state of Miss Leeson's purse. A dark goblin seized her, mounted a Stygian stairway, thrust her into a vault with a glimmer of light in its top and muttered the menacing and cabalistic words "Two dollars!"

"I'll take it!" sighed Miss Leeson, sinking down upon the squeaky iron bed.

Every day Miss Leeson went out to work. At night she brought home papers with handwriting on them and made copies with her typewriter. Sometimes she had no work at night, and then she would sit on the steps of the high stoop with the other roomers. Miss Leeson was not intended for a sky-light room when the plans were drawn for her creation. She was gay-hearted and full of tender, whimsical fancies. Once she let Mr. Skidder read to her three acts of his great (unpublished) comedy, "It's No Kid; or, The Heir of the Subway."

There was rejoicing among the gentlemen roomers whenever Miss Leeson had time to sit on the steps for an hour or two. But Miss Longnecker, the tall blonde who taught in a public school and said, "Well, really!" to everything you said, sat on the top step and sniffed. And Miss Dorn, who shot at the moving ducks at Coney every Sunday and worked in a department store, sat on the bottom step and sniffed. Miss Leeson sat on the middle step and the men would quickly group around her.

Especially Mr. Skidder, who had cast her in his mind for the star part in a private, romantic (unspoken) drama in real life. And especially Mr. Hoover, who was forty-five, fat, flush and foolish. And especially very young Mr. Evans, who set up a hollow cough to induce her to ask him to leave off cigarettes. The men voted her "the funniest and jolliest ever," but the sniffs on the top step and the lower step were implacable.

I pray you let the drama halt while Chorus stalks to the footlights and drops an epicedian tear upon the fatness of

Mr. Hoover. Tune the pipes to the tragedy of tallow, the bane of bulk, the calamity of corpulence. Tried out, Falstaff might have rendered more romance to the ton than would have Romeo's rickety ribs to the ounce. A lover may sigh, but he must not puff. To the train of Momus are the fat men remanded. In vain beats the faithfullest heart above a 52-inch belt. Avaunt, Hoover! Hoover, forty-five, flush and foolish, might carry off Helen herself; Hoover, forty-five, flush, foolish and fat is meat for perdition. There was never a chance for you, Hoover.

As Mrs. Parker's roomers sat thus one summer's evening, Miss Leeson looked up into the firmament and cried with her little gay laugh:

"Why, there's Billy Jackson! I can see him from down here, too."

All looked up—some at the windows of skyscrapers, some casting about for an airship, Jackson-guided.

"It's that star," explained Miss Leeson, pointing with a tiny finger. "Not the big one that twinkles--the steady blue one near it. I can see it every night through my skylight. I named it Billy Jackson."

"Well, really!" said Miss Longnecker. "I didn't know you were an astronomer, Miss Leeson."

"Oh, yes," said the small star gazer, "I know as much as any of them about the style of sleeves they're going to wear next fall in Mars."

"Well, really!" said Miss Longnecker. "The star you refer to is Gamma, of the constellation Cassiopeia. It is nearly of the second magnitude, and its meridian passage is

—"

"Oh," said the very young Mr. Evans, "I think Billy Jackson is a much better name for it."

"Same here," said Mr. Hoover, loudly breathing defiance to Miss Longnecker. "I think Miss Leeson has just as much right to name stars as any of those old astrologers had."

"Well, really!" said Miss Longnecker.

"I wonder whether it's a shooting star," remarked Miss Dorn. "I hit nine ducks and a rabbit out of ten in the gallery at Coney Sunday."

"He doesn't show up very well from down here," said Miss Leeson. "You ought to see him from my room. You know you can see stars even in the daytime from the bottom of a well. At night my room is like the shaft of a coal mine, and it makes Billy Jackson look like the big diamond pin that Night fastens her kimono with."

There came a time after that when Miss Leeson brought no formidable papers home to copy. And when she went out in the morning, instead of working, she went from office to office and let her heart melt away in the drip of cold refusals transmitted through insolent office boys. This went on.

There came an evening when she wearily climbed Mrs. Parker's stoop at the hour when she always returned from her dinner at the restaurant. But she had had no dinner.

As she stepped into the hall Mr. Hoover met her and seized his chance. He asked her to marry him, and his fatness hovered above her like an avalanche. She dodged, and caught the balustrade. He tried for her hand, and she raised it and smote him weakly in the face. Step by step she went up, dragging herself by the railing. She passed Mr. Skidder's door as he was red-inking a stage direction for Myrtle Delorme (Miss Leeson) in his (unaccepted) comedy, to "pirouette across stage from L to the side of the Count." Up the carpeted ladder she crawled at last and opened the door of the skylight room.

She was too weak to light the lamp or to undress. She fell upon the iron cot, her fragile body scarcely hollowing the worn springs. And in that Erebus of the skylight room, she slowly raised her heavy eyelids, and smiled.

For Billy Jackson was shining down on her, calm and bright and constant through the skylight. There was no world about her. She was sunk in a pit of blackness, with but that small square of pallid light framing the star that she had so whimsically and oh, so ineffectually named. Miss Longnecker must be right; it was Gamma, of the constellation Cassiopeia, and not Billy Jackson. And yet she could not let it be Gamma.

As she lay on her back she tried twice to raise her arm. The third time she got two thin fingers to her lips and blew a kiss out of the black pit to Billy Jackson. Her arm fell back limply.

"Good-bye, Billy," she murmured faintly. "You're millions of miles away and you won't even twinkle once. But you kept where I could see you most of the time up there when there wasn't anything else but darkness to look at, didn't you?... Millions of miles... Good-bye, Billy Jackson."

Clara, the coloured maid, found the door locked at 10 the

next day, and they forced it open. Vinegar, and the slapping of wrists and burnt feathers proving of no avail, someone ran to 'phone for an ambulance.

In due time it backed up to the door with much gong-clanging, and the capable young medico, in his white linen coat, ready, active, confident, with his smooth face half debonair, half grim, danced up the steps.

"Ambulance call to 49," he said briefly. "What's the trouble?"

"Oh, yes, doctor," sniffed Mrs. Parker, as though her trouble that there should be trouble in the house was the greater. "I can't think what can be the matter with her. Nothing we could do would bring her to. It's a young woman, a Miss Elsie—yes, a Miss Elsie Leeson. Never before in my house —"

"What room?" cried the doctor in a terrible voice, to which Mrs. Parker was a stranger.

"The skylight room. It—"

Evidently the ambulance doctor was familiar with the location of skylight rooms. He was gone up the stairs, four at a time. Mrs. Parker followed slowly, as her dignity demanded.

On the first landing she met him coming back bearing the astronomer in his arms. He stopped and let loose the practiced scalpel of his tongue, not loudly. Gradually Mrs. Parker crumpled as a stiff garment that slips down from a nail. Ever afterward there remained crumples in her mind and body. Sometimes her curious roomers would ask her what the doctor said to her.

"Let that be," she would answer. "If I can get forgiveness for having heard it I will be satisfied."

The ambulance physician strode with his burden through the pack of hounds that follow the curiosity chase, and even they fell back along the sidewalk abashed, for his face was that of one who bears his own dead.

They noticed that he did not lay down upon the bed prepared for it in the ambulance the form that he carried, and all that he said was: "Drive like h—, Wilson," to the driver.

That is all. Is it a story? In the next morning's paper I saw a little news item, and the last sentence of it may help you (as it helped me) to weld the incidents together.

It recounted the reception into Bellevue Hospital of a young woman who had been removed from No. 49 East—street, suffering from debility induced by starvation. It concluded with these words:

"Dr. William Jackson, the ambulance physician who attended the case, says the patient will recover."

오 헨리 단편 소설을 다시 읽다

1판 1쇄 발행일 2017년 2월 10일
지은이 | 김욱동
펴낸이 | 임왕준
편집인 | 김문영
펴낸곳 | 이숲
등록 | 2008년 3월 28일 제301-2008-086호
주소 | 서울시 중구 장충단로 8가길 2-1(장충동1가 38-70)
전화 | 2235-5580
팩스 | 6442-5581
홈페이지 | http://www.esoope.com
페이스북 | www.facebook.com/EsoopPublishing
Email | esoope@naver.com
ISBN | 979-11-86921-35-7 93840
저작권 ⓒ 이숲, 2017, printed in Korea.